Liselotte Holm

Pions Hemlighet

Solibris
Publishers

Utgiven a v Solibris Publishers, Lund, Sverige
ISBN- 978-91-978383-5-1
Tryckt i Storbritannien, Lightning Source, UK Ltd.

1. Det Grymmaste Straffet

Alyz var tretton år och bodde i rymdkolonin Generativa Nova på planeten Pion. Hennes föräldrar var nybyggare och deras uppgift var att förvandla Pion till en plats dit människor kunde fly när det inte längre gick att leva på jorden.

På dagarna när de vuxna nybyggarna slet på sina arbetsstationer med att utveckla avancerad rymdteknik och med att framställa mat, vatten och syre, slet Alyz och de andra nybyggarbarnen på utbildningsenheten för att lära sig lika mycket som sina föräldrar.

I Generativa Nova var människorna nästan lika effektiva som maskiner.

På dagarna hade Alyz inte tid att tänka sina egna tankar. Men på kvällarna innan hon somnade brukade hon fantisera. Helst fantiserade hon om hur det skulle ha varit om hennes föräldrar inte hade blivit nybyggare på Pion. Då skulle hon ha blivit född på jorden istället för i en rymdkoloni. Tanken var både skrämmande och underbar, för fastän hon själv skulle ha varit densamma inuti skulle allting omkring henne vara annorlunda.

Men just den här natten när hennes liv skulle förändras för alltid låg Alyz och tänkte på pojken som hade rymt från rymdkolonin och sugits ut i rymden genom ett hål i Himlavalvet. Någonstans därute i den mörka rymden svävade en ensam pojke omkring, saknad av ingen och med bara stjärnor som sällskap.

Alyz kunde inte förstå.

Var det något fel på pojken?

Eller var det något fel på rymdkolonin?

Plötsligt hörde hon sina föräldrar skrika i rummet intill. Alyz pressade örat mot väggen. Hennes föräldrar hostade och fräste som om de hade svårt att andas. Grön rök sipprade in i hennes rum genom dörrspringorna. Hennes mamma skrek med hes röst:

"Alyz! Fly … till …Biosfären…"

Den gröna röken trängde in i Alyzs näsa och hals där den stack som tusen små nålar och hon började hosta. Hon rullade runt i sin koj, slet tag i sin overall och sina kängor som låg slängda på golvet och i tre snabba steg var hon uppe på skrivbordet.

Dold bakom en lucka i väggen fanns luftslussen. Alyz öppnade luckan, slängde in overallen och kängorna i röret bakom, och hävde sig upp på armarna. Sedan halade hon sig baklänges in i röret för att kunna stänga luckan efter sig.

Då hörde hon ett väsande nära sitt ansikte. Väsandet kom någonstans inifrån den gröna röken.

I nästa ögonblick kände hon hur en kall hand med långa fuktiga fingrar grep tag i hennes handled och drog i hennes arm. Alyz förstod att det var en Humanoid. En människorobot utan känslor och tankar.

Alyz bet Humanoiden i den blå handen. Den gnällde till och släppte taget.

För en kort sekund såg hon rakt in i monstrets ögon. Genom den gröna dimman kunde hon se att de var ljust blå och att det blänkte till i dem som av tårar.

"Den ser på mig som om det är jag som är ett monster!" tänkte hon.

Alyz lyckades stänga luckan bakom sig och snurrade runt för att kunna för krypa framlänges i luftslussens mörka rör. Sedan tog hon sats med armarna och gled några meter rakt ner.

Hon tänkte på alla gånger hon hade lekt i de här rören när hon var liten. Mest populär var leken "*Humanoiderna kommer*" för då jagade barnen varandra kors och tvärs genom kolonins hundratals rör och alla skrek så mycket de orkade.

Nu hade leken blivit verklighet.

*

2. Biosfären

Röret kändes iskallt mot Alyzs nakna fötter. Hon hade inte hunnit ta på sig kängorna utan höll dem i händerna och varje gång de slog mot metallen ekade ljudet bakom och framför henne. Det lät som en trumma av metall som trummade ikapp med hennes hjärta.

"Bom-bom-bom-bom."

Aldrig tidigare hade hon krupit fram så fort i de här rören. Knäna värkte av ansträngningen. Det susade i öronen och hennes långa ljusa hår fladdrade framför ansiktet och klibbade fast i ögonen. Men det gjorde inte så mycket eftersom det var så mörkt att hon ändå inte kunde se någonting.

Hemska skrik från de andra nybyggarfamiljerna trängde in från alla håll och ibland när hon hade för bråttom och glömde bort att hon inte var en liten spinkig åttaåring längre slog hon huvudet i röret.

Och då blev hon så rädd att hon skrek själv för hon trodde att Humanoiden hade hunnit ifatt henne.

Och sedan, när hon hörde ekot av sitt eget skrik blev hon så rädd att hon skrek igen.

Luftslussen var egentligen ingen lekplats. Luftslussen fanns till för att slussa ut luft till alla de olika zonerna i rymd-kolonin så att människorna kunde andas.

Från början gick det inte att andas på Pion eftersom Pion var en kall och livlös planet med tunn atmosfär. Därför byggde de första människorna som kom till Pion en konstgjord atmosfär som de kallade Himlavalvet över platsen där Generativa Nova skulle ligga. Sedan byggde de en syregenerator och en luftsluss som pumpade ut syre under den konstgjorda atmosfären.

När det gick att andas utanför rymddräkterna och rymdkapslarna fick utvalda vetenskapsmän från jorden komma till Generativa Nova och börja bygga upp en fungerande rymdkoloni.

Alla nybyggarbarn visste att det var förbjudet leka i luftslussen. Men eftersom det var lika viktigt för barnen att leka som det var för de vuxna att arbeta, och eftersom Alyzs föräldrar nästan aldrig var hemma, hade Alyz lekt så mycket i de här rören när hon var liten, att hon hittade i alla fyra zonerna. Det var hon tacksam för nu.

Inte förrän hon hade krupit hela vägen fram till Zon-2 vågade hon stanna upp en kort stund. Hon lyssnade efter ljud men det enda hon kunde höra var ekon av sitt eget flåsande. När hon kände sig säker på att Humanoiden inte fanns i närheten tände hon ljusstrålen i sin handledsbricka och så skyndade hon sig att dra overallen över sin svettiga yimas och trä kängorna på sina iskalla fötter. Det blev genast lättare att få fäste med fötterna när hon hade kängorna på, men de skavde eftersom hon inte hade hunnit få med sig några strumpor.

"Fly-Till-Biosfären ... Fly-Till-Biosfären."
De hemska orden ekade i hennes huvud.

När Alyz hade krupit genom luftslussens hårda och mörka rör hela vägen fram till Zon-3, öppnade hon ventilationsluckan och hoppade ner på marken. Under hennes fötter lyste subtoarens gula SubReflektorStenar. Hon var nästan framme nu.

Någonstans i närheten, i Zon-4, låg Biosfären. Om hon inte hade varit så rädd skulle hon kanske ha stått stilla en stund och sett upp på himlen genom Himlavalvets gigananobioglas och försökt få en skymt av jorden genom en av SolReflektorernas MirnaSatelliter som svävade omkring däruppe. Men hon hade inte tid med det nu.

Ljuden av hennes steg ekade i tunneln. Varje steg hon tog gjorde fruktansvärt ont eftersom hennes nakna hälar skavde mot de hårda kängorna och hon snubblade hela tiden, och hon hade så ont i fötterna och var så trött att hon att hon bara ville lägga sig ner och gråta, men hon bet ihop tänderna och fortsatte framåt.

Gångtunneln blev bredare när Alyz närmade sig Biosfären. Hon såg Biosfärens pionröda höga mur tydligt nu.

Bakom murarna i Biosfären såg det ut som det hade sett ut på jorden för tiotusen år sedan, med höga träd och djupa sjöar och träsk och berg och kullar. Skillnaden var att jorden hade en riktig atmosfär. Jorden hade ett hölje av gas som förhindrade att allting sögs ut i rymden. Biosfären var konstgjord och hade en konstgjord atmosfär som hette Himlavalvet.

Alyz hade lärt sig att Biosfärens viktigaste funktion var bioregenerativ. Det vill säga att rena luften och vattnet, och att producera syre och föda. Biosfärens näst viktigaste funktion var att producera drivmedel, byggmaterial och substanser till läkemedel.

Nu stod hon framför Biosfärens pionröda mur. Kristallreflektorerna och mikrogeneratorerna gnistrade som tusentals små sömniga månar.

Hur skulle hon komma in? Hon hade bara varit här två gånger tidigare med utbildningsenheten och mindes inte var porten fanns. Efter en stund uppfattade hon ett svagt pip några meter bort och en mekanisk röst sa:

"*Nödingång. Vid omedelbar livsfara Var God tag höger. Jag upprepar: Vid omedelbar livsfara Var God tag höger.* "

Alyz följde den blinkande pilen, och dold bakom ett utskjutande hörn av muren såg hon skylten:

NÖDINGÅNG
Placera fötterna inom markeringar på röd
 fotplatta
Håll armarna tätt intill kroppen
Töm lungorna på luft
Blunda

Alyz placerade fötterna på den röda sugplattan under skylten och tryckte armarna intill kroppen. Så fort vakuumspiralerna hade åkt upp runt sugplattans ytterkanter och hon satt fast snurrade sugplattan ett halvt varv, in genom muren, och in i ett mörkt rum. Hon kände små pustar från en luftdusch svepa över kroppen och fick en torr smak i munnen.

Alyz kände sugplattan snurra igen och kunde promenera ut på den andra sidan av muren. Marken under hennes hårda kängor kändes mjuk och vänlig.

Hon borstade bort ett tunt lager lila damm från sin overall. Äntligen var hon inne i Biosfären! Hon hade aldrig varit i Biosfären på natten förut. Ingen fick besöka Biosfären på dagen utan tillstånd och det var förbjudet att vistas i Biosfären på natten.

Hon såg sig omkring. Växterna susade vänligt till henne i mörkret, som om de ville trösta henne på sitt eget prasslade, rasslande, hemliga nattspråk.

Alyz drog ett djupt andetag. Luften var så full av dofter att hon blev hungrig, och hon började treva bland grenarna för att hitta någonting ätbart att stoppa i munnen. Eftersom hon var så trött och det enda ljus som fanns i mörkret kom från några lunareflektorer fick hon leta en stund innan hon fann en frukt. Det såg ut som en mörkröd Esperanza. Hon borrade tänderna i frukten och saften sprutade upp i näsan och droppade nedför hakan. Den var söt och ljuvligt god. Saften från frukten blänkte till på hennes hand.

I mörkret såg det ut som svart blod.

Ett fasansfullt skrik hördes i mörkret.

"Humanoiderna!" tänkte Alyz.

Hon började springa i vild panik utan att se sig om. Grenar piskade henne i ansiktet och slet tag i hennes hår, och hon rev sig på vassa rötter. De hemska skriken fortsatte att eka runt henne.

Hon stannade upp med ryggen mot ett träd och pressade händerna mot öronen, men människornas skrik fortsatte att eka inuti hennes huvud. Först då förstod hon att skriken kom inifrån hennes eget huvud. Hennes hand darrade när hon knappade in koden till handledsbrickan. Två nya meddelanden hade kommit in. Det ena var från hennes mamma:

"Alyz. De har tagit oss till zon PRTZ. Du är en överlevare som din mor. Låt Biosfären bli ditt nya hem. Överlev. Minns att Viljans kraft är oändlig! Du får inte..."

Det andra meddelande var från hennes pappa:

"Vad som än händer, försök inte rädda oss! Du räddade oss när du föddes! Du är Framtiden, Alyz! Du har ett ansvar! Som dotter till de främsta av de främsta är du ovärderlig! Gå till Biosfären! Professor X. är..."

Alyz slog in koden till sin mammas bricka och fick svaret:

"Kontakt inte möjlig."

Då slog hon in koden till sin pappas bricka och fick samma svar:

"Kontakt inte möjlig."

Det betydde att Humanoiderna hade plockat av människorna deras handledsbrickor och att det inte längre gick att kontakta varandra.

Alyz drog upp huvan över sitt ansikte. Hon var tvungen att sätta sig ner på marken och hålla hårt om sig själv för att inte skaka sönder. Länge, länge satt hon där och skakade tills hon föll ned i ett drömlöst mörker.

*

3. Fågel Grön

Alyz vaknade med ett ryck av att en liten Spigg promenerade omkring i hennes ansikte! När hon såg sig omkring upptäckte hon att hon låg på en grön bädd av tillplattade grässtrån. Över hennes huvud susade och prasslade det i trädkronorna.

Hon reste sig upp på armarna och skrek till av smärta, för hon hade ont överallt. Hela kroppen värkte. Magen skrek av hunger. Fötterna var såriga och svullna och ryggen kändes stel som en kall sten. Högerarmen som hon hade använt som huvudkudde kändes som en degig kaktus med taggarna på insidan, och när hon rörde på huvudet föll det ner torra blad och gräs från hennes hår.

Plötsligt mindes hon vad som hade hänt. Den gröna dimman. Föräldrarnas skrik. Humanoiden. Flykten från Generativa Nova. Alyz drog en lång, djup suck. Hon var alltså ensam nu. *Ensam?*

När hon såg ner på sin hand som var full med rivsår och prickar ändrade hon sig. Nej, hon var inte ensam. Biosfären var full av insekter som var lika utsvultna som hon själv. *Spigg.*

"Välkommen i insektsgänget, Alyz!"

Tanken fick henne att skratta till.

Men hennes skratt lät mer som gråt än skratt. Så hon slutade skratta och mosade spiggen med hälen.

Hon reste sig upp på fötterna och det gungade till. Blodet försvann från huvudet. Det susade till mellan öronen och allting blev vitt. Hon var tvungen att sätta sig ner på marken igen för att inte trilla omkull.

När hon lyfte på huvudet och såg sig omkring upptäckte hon ett fruktträd lite längre bort. Det var ett litet, kraftigt träd med gulaktig bark och hundratals grenar.

Många av grenarna var så nedtyngd av runda gula frukter att de nästan nuddade marken.

Hon stapplade fram till trädet och plockade en frukt. Den kändes mjölig och luktade tvål. Alyz höll andan för att slippa känna den äckliga lukten. Sedan blundade hon och tog ett stort bett. Hon hann knappast svälja klumpen förrän hon började må så illa att hon föll ner på knäna igen och magen drog ihop sig så våldsamt att hon trodde att hon skulle kräkas ut alla sina inälvor.

Efteråt satt hon och skakade en lång stund. Hennes kinder och haka var kladdiga av tårar och snor och kräk, och hur mycket hon än harklade sig eller spottade försvann inte smaken av tvål och spy i munnen. För att trösta sig läste hon sina meddelanden igen och funderade.

"*Vem är Professor X.? Vad är zon PRTZ? Är det ett nybygge eller en Experiment-zon under jorden? Hur jag ska jag kunna ta mig dit när jag inte ens vet var det ligger?*"

Alyzs huvud surrade av tankar. Hennes föräldrar bad henne stanna i Biosfären men det var omöjligt. Hon måste rädda dem från de fasansfulla Humanoiderna. För att göra det måste hon undvika Skräckmonstret. Hennes pappa brukade säga: "*Skräcken är din farligaste fiende. Skräcken förlamar dig och slukar dig levande.*"

Alyz och hennes pappa hade hittat på ordet *Skräckmonstret*, för när Alyz var liten trodde hon att *Skräcken* var ett monster. När hon blev större förstod hon att *Skräcken* bara finns som ett litet frö av inbillning inuti ens eget huvud. När man blir rädd matar man *Skräcken* med sin rädsla ungefär som när man blåser upp en ballong med luft. Då växer *Skräcken* så mycket att ingen annan tanke eller känsla får plats i hela kroppen. Innan man vet ordet av har *Skräcken* tagit över hela ens kropp och slukat alla ens tankar, och där ligger man som ett litet hjälplöst frö inuti *Skräckmonstrets* mage, sönderpressad av sin egen skräck.

Alyz blev avbruten i sina tankar av någon som sa:

"Vad glor du på?"

Alyz hjärta tog ett litet glädjeskutt och hon såg sig omkring efter människan som hade talat. Men den enda levande varelse hon såg var en liten grön fågel med en lustig skär näbb som satt på en gren i närheten.

Hon stirrade på fågeln. Fågeln stirrade tillbaka och började flaxa med sina gröna vingar framför hennes ansikte.

"Är det du som talar? En ... *fågel*? Grön?" sa Alyz.

"Fågel Grön."

"Heter du Fågel Grön?"

"Är det du som talar? Heter du Fågel Grön?" svarade fågeln.

"Vem har lärt dig tala, Fågel Grön?"

"Fågel Grön."

Fågel Grön lyfte och svävade iväg högt över trädtopparna på sina sammetslena gröna vingar. Alyz följde efter.

Den smala, snåriga stigen blev allt smalare och snårigare, och träden reste sig allt högre och kraftigare över hennes huvud. Ibland var hon tvungen att stanna upp och slita loss sega blomstjälkar från sina ben för att kunna komma vidare.

Hon såg fjärilar med samma mönster och färger som blommorna, men de fladdrade bort när Alyz rörde vid dem, så hon såg efter dem och ropade "*Förlåt!*". Sedan luktade hon på de vackra blommorna och lindade stjälkarna runt sina handleder som armband.

I trädtopparna runt henne sjöng fåglarna, och solens varma strålar reflekterades ner genom den frodiga grönskan. Hon visste att det var förbjudet för barn att gå så här långt in i urskogen, men vem kunde hindra henne nu? Magen värkte av hunger. Men törsten var svårare att stå ut med än hungern, eftersom hon inte blev av med den sura kräksmaken i munnen och törsten gjorde henne yr.

Hon rev av några blad och tuggade på dem men smaken var besk och bladen gjorde henne bara törstigare. Hon fick syn på en hög applesinanplanta och kastade stenar mot frukterna, men inte en enda trillade ner. Till slut gav hon upp.

Alyz visste att de flesta rötter i Biosfären var ätliga så hon började gräva under en växt med stora köttiga blad. Leran under hennes fingrar var mjuk men ändå besvärlig att komma ner i och hon skar sig på en vass sten eftersom att hon hade så bråttom. Men stenen var bra att gräva med.

Hon lyckades slita upp svart rot som hon spottade på och torkade av på overallen innan hon tog ett försiktigt bett. Den var så seg och smakade så illa att hon spottade ut den igen. I samma stund mindes hon att man måste koka rötterna innan man åt dem.

Plötsligt kände hon någonting vått stänka till på näsan. Så kände hon en droppe på kinden och ännu en droppe och så ännu en. Det regnade.

Efter en stund började marken bli lerig och den klafsade under hennes kängor. Djupare in i urskogen lät det som om fåglarna grälade med varandra.

Regnet fick träden att släppa ifrån sig några av sina frukter och Alyz samlade upp så många fallfrukter hon kunde finna. Hon slukade dem så otåligt att hon inte hann känna hur de smakade. Vissa frukter var lite leriga eftersom hon inte ville torka bort regndropparna, men den här gången kräktes hon inte upp dem.

För varje steg hon tog märkte hon allt tydligare hur marken sög tag i hennes fötter, som om den ville plantera henne. Alyz kämpade för att få loss fötterna, samtidigt som vattnet strilade fram över marken i små rännilar. Det förvånade henne att det kunde regna så mycket i urskogen. Regnet bara vräkte ner. Egentligen var det inte så konstigt att barn inte fick lov att gå in i urskogen ens i sällskap med en lärare, en *Informator*. Ett litet barn kunde lätt gå vilse i Biosfären och fastna med benet i någon håla, eller slukas av någon köttätande växt, eller drunkna i någon sjö, eller sugas ner i ett träsk. Eller, i värsta fall, bli uppslukat av sitt eget *Skräckmonster* under den kalla, mörka natten.

”*Så här såg det ut på jorden för tiotusentals år sedan.*” tänkte Alyz. Alyz önskade att hon hade kunnat fråga någon om det hade regnat lika mycket på planeten jorden för tiotusentals år sedan som det gjorde i Bio-sfären.

Vad hade de ätit, alla hungriga människor som vandrade omkring i urskogarna på jorden på den tiden?

Hur hade de tänkt? Hade de varit rädda? Hade det funnits någon flicka i hennes egen ålder som hade vandrat omkring lika ensam och rädd bland alla insekter och växter på planeten jorden för tio-tusentals år sedan, så som Alyz nu vandrade omkring i Biosfären?

Eller var det så att en flicka som levde på planeten jorden för tiotusentals år sedan visste precis vilka växter hon kunde äta och hur hon bäst skulle skydda sig för regnet och alla giftiga insekter och farliga tankar, så hon slapp vara rädd? På den tiden kanske barn fick lära sig saker som man hade nytta av? Alyz hade inte lärt sig någonting på utbildningsenheten som hon hade nytta av nu, inte någonting!

”*Bortkastad tid!*” Hon svor.

När hon såg sig omkring upptäckte hon att fågeln hade försvunnit. Hon var ensam igen.

Plötsligt orkade hon inte kämpa mer. Hennes fötter värkte och kläderna var genomblöta och hon frös så hon skakade. Hon bestämde sig för att klättra upp i ett högt träd och sitta och vänta ut regnet där.

Hon såg sig omkring och valde ut ett högt träd med tjock stam och några bra grenar att sitta på högre upp. Hon lyckades få grepp om en gren som satt ganska högt upp, men när hon hade kommit ett stycke upp på stammen gjorde det ont i handen och hon tappade taget om grenen och gled ner igen och rispade benet ordentligt genom overallen. Det gjorde så ont så hon skrek rakt ut.

När hon hade skrikit färdigt valde hon ut ett annat träd som inte var lika högt som det första men som hade starka grenar långt ner. Det gick bättre att klättra den här gången, och hon klättrade så högt hon vågade utan att titta ner mot marken. Hon satte sig ner på en tjock gren med två smalare grenar som armstöd.

"Snart slutar det regna och då ska jag leta efter mat. Sedan ska jag bygga en koja som jag kan sova i. När jag har gjort det ska jag tänka ut en briljant plan för att rädda mina föräldrar. Det tar väl en liten stund. Det enda jag kan göra just nu är att undvika Skräckmonstret och försöka vila lite." tänkte hon.

Men det var inte lätt att vila eftersom hon satt så obekvämt. Det fanns egentligen bara två ställningar hon kunde variera mellan, men grenen var hård och efter en stund domnade baken. Skarpa kvistar repade sönder tyget i overallen på flera ställen. Tanken på att tvingas sitta stilla på en hård gren i flera timmar i genomblöta kläder med en mage som ylade av hunger gjorde henne inte gladare.

Det förvånade henne att det kunde regna så mycket i urskogen.

Hon såg på sin handledsbricka. Men hon orkade inte läsa meddelandena från sina föräldrar fler gånger. Hon kunde dem utantill nu.

"Jävla Humanoider!"

Om inte Humanoiderna hade fört bort hennes föräldrar så skulle allting ha varit precis som vilken vanlig tisdag som helst. Hon skulle ha sovit gott i sin mjuka koj och drömt att hon var en flicka på jorden. Kokopip skulle ha väckt henne med sina pip, hon skulle ha stigit upp, duschat, klätt på sig uniformen, klickat fram sina fruktOkex och sin protI med chokladsmak från mikro-repron. Hon skulle ha promenerat till utbildningsenheten i sekundärhabitatet, Zon-2, och där skulle hon ha träffat Informatorn och de andra eleverna i sin *kohort*.

På schemat stod astronomi, oceanografi, kemi, matematik, klimatologi, geologi och så två timmars gymnastik med solterapi.

Hon skulle ha haft tråkigt och längtat bort – *bort från det vanliga*. Men nu när ingenting längre var som vanligt längtade hon sig sjuk efter det vanliga.

Nej, det gick inte. an Människor skulle kanske dö om hon bara satt där och dinglade med benen i ett gammalt träd och tyckte synd om sig själv i en massa timmar. Alyz svor. Det var inte rättvist. Att hon, ett enda ensamt barn skulle behöva rädda alla bortförda nybyggare från de ondskefulla Humanoiderna, nej, det var inte rättvist.

Regnet fortsatte att ösa ner.

Hon bestämde sig för att sluta tänka, eftersom alla hennes tankar ändå bara började "Tänk om..." och slutade med att hon fick ont i magen.

Alyz måste ha slumrat till en stund när hon slutade tänka, för hon vaknade med ett ryck av att någon skrek rakt in i örat på henne.

"Är det du som talar?" skrek rösten.

"Jag är trött." sa hon. "Lämna mig i fred eller ge mig något att äta!"

"Vi får väl se vem som är mest korkad. Rätt åt dem!" sa Fågel Grön.

Sedan öppnade fågeln sin näbb och började sjunga en vanlig ful sång som barnen brukade sjunga på utbildningsenhetens morgonsamling.

"Pion, du sköna
Pion, du nya,
Pion, du sköna, nya hem för Pionjärer"

Det var hemskt att sitta där på en hård gren och lyssna på en dum fågel som sjöng en vanlig ful sång som hon kanske aldrig, aldrig någonsin skulle få höra igen.

"De är borta nu. Allihopa. Bara sången är kvar, och skriken i mitt huvud." sa Alyz.

"Rätt åt dem!" sa Fågel Grön.

"Nej det är inte rätt åt dem, korkade, jävla fågel!" skrek hon. "Stick!"

"Korkade, jävla fågel! Stick!" sa Fågel Grön och lyfte.

Alyz ångrade sig genast.

"Förlåt! Jag menade inget illa. Kom tillbaka!" skrek hon.

Det hade varit trevligt att kunna prata med någon, även om det bara var en dum fågel som inte förstod ett ord den hörde eller sa. Men fågeln hade försvunnit.

Själv satt hon kvar på sin gren i sitt träd, som en stor konstig fågel utan vingar som stirrade framför sig medan regnet strömmade oavbrutet ner över Biosfärens grönska. Alyz brydde sig inte ens om att torka bort dropparna från ansiktet längre, för det tjänade ingenting till. Och eftersom det inte tjänade någonting till, kunde hon lika gärna låta bli, tyckte hon. Hon brydde sig helt enkelt inte, längre.

Om man inte bryr sig känner man inte hunger, ensamhet eller ansvar.

Om man inte bryr sig känner man inte skräck.

Då finns ingenting.

Regnet rann nedför hennes ansikte som tårar.

Efter en stund hörde hon ett prasslande och så kom den gröna fågeln tillbaka. I sin lustiga skära näbb höll den någonting. Det var en kvist med feta röda bär.

"*Kvillron?*" tänkte Alyz.

"Kom tillbaka! Korkade jävla fågel!" sa Fågel Grön.

"Tack! Förlåt!" pep Alyz.

Bären var så saftiga att de sprutade när hon pressade in dem i munnen. De var ljuvligt söta och goda.

"*Kvillron är naturrikets nyttigaste och energirikaste bär. De innehåller dagsbehovet av mineraler och vitaminer och proteiner. Hur kunde fågeln veta det?*" tänkte Alyz.

Alyz slickade sina fingrar och tänkte på den där gången när Informatorn hade kallat en pojke i hennes kohort för *fågelhjärna*.

När Alyz hade sett in i pojkens ögon hade hon förstått en sak:

Att bli kallad *fågelhjärna* sved mer än en örfil.

En annan sak hon hade förstått den där gången var att

Informatorn hatade barn.

Och mest av allt hatade Informatorn barn som tänkte på ett alldeles eget sätt.

"Kom!" sa Fågel Grön och flaxade med vingarna.

"Ska jag följa efter dig?"

"De är borta nu. Allihopa. Det är inte rätt åt dem, korkade jävla fågel!" sa Fågel Grön. "Kom!"

Fågel Grön hängde i luften och fladdrade med vingarna och det verkade som om den väntade på att hon skulle följa efter. Så det var precis vad hon gjorde. Hon följde efter Fågel Grön med sin kloka fågelhjärna. För vad tjänar det till att sitta i ett gammalt träd och känna vattnet rinna i ens ansikte, timme efter timme och bara tänka på hur rädd man inte är och alla saker man inte får tänka på?

Alyz klättrade ner för trädet. Det var svårare att klättra ner än att klättra upp eftersom hon var tvungen att kika ner för att se var hon skulle sätta fötterna, och hon fick svindel. Men till slut kunde hon hoppa ner på den gyttjiga marken.

"Kom!" sa Fågel Grön.

Alyz sträckte på armarna och sparkade med benen för att få igång blodcirkulationen. Hon huttrade till. Kylan kändes som en kall hand över nacken och ryggen.

*

4. Pojken

Det knakade till. En gren knäcktes. Någon eller någonting rörde sig bakom en av buskarna i närheten. En tvåbent mager varelse med gröna fjädrar på huvudet stirrade på Alyz en stund och försvann sedan bakom busken igen.

"Hallå!" ropade hon med bultande hjärta.

Ett ansikte kikade fram bakom busken. Varelsen var en pojke. Pojken hade målat roda streck på kinderna och svarta cirklar runt sina bruna ögon. I sitt axellånga bruna stripiga hår hade han stuckit in gröna fågelfjädrar. Han var klädd i en lerig overall som var för stor runt kroppen men för kort i armarna och benen. Overallen var full med fläckar. Om Alyz inte hade hört honom skulle hon aldrig ha upptäckt honom bland träden, för med sina fjädrar och sin ansiktsmålning och smutsiga overall smälte han in perfekt i omgivningen.

Pojken stod stilla som ett skrämt djur och stirrade på henne med sina stora, bruna ögon. Alyz stirrade tillbaka. Hon hade aldrig sett någon som såg så vild och så vacker ut på samma gång. Ingen hade berättat för henne att det fanns vilda människor i Biosfären.

Men de senaste timmarna hade hon lärt sig en sak: att ingenting som hon hade fått lära sig på utbildningsenheten var värt någonting utanför utbildningsenheten, så ingenting förvånade henne längre.

"Vem är du?" frågade hon.

"Vem är du själv?" frågade han.

"Jag är Alyz Amelie Nova."

"Jag vet vad du heter." sa han. "Följ mig!"

Han började gå framåt den kletiga klafsiga stigen. Pojkens kängor var lagade och inbakade i lera och lindade i någonting som såg ut som flätat gräs. Han gick snabbt och tveklöst, som om han var helt säker på vägen.

Alyz för sin del tyckte att allting såg precis lika igenvuxet ut vart hon än såg.

Regnet fortsatte att ösa ner. Dropparna stänkte på hennes overall och studsade ner på marken. Alyz stack ut tungan och smakade på dropparna ibland.

De gick i tystnad. Pojken gick före Alyz. Han höll undan kvistar och grenar som hängde ner för att hon skulle slippa få dem i ansiktet.

De vandrade länge. Tillsammans trängde de djupare och djupare in i den gröna urskogen. Runt omkring dem hördes fågelsång. Stora Hybridfåglar flaxade upp från de höga träden och deras vingar lyste i hundratals purpur-röda, turkosa, mörkblå, djupgröna och cerisröda nyanser.

Alyz hade aldrig hört någon sådan fågelsång förut. Den lät både skrämmande och vacker, som en vild och farlig hemlighet som vilda, farliga varelser berättade för varandra.

Alyz kände sig som om hon inte längre befann sig i kolonin Generativa Nova på planeten Pion längre utan på planeten jorden för tiotusentals år sedan. Nu när hon inte var ensam längre kändes det bara spännande.

"Jag har aldrig hört fåglar sjunga på det viset!" sa hon.

"Det är jag som har lärt dem!" sa pojken.

Han vände sig om och log. Hon hade aldrig sett honom så nöjd tidigare. På utbildningsenheten brukade han alltid sitta för sig själv och se ut som om han längtade bort.

"Lyssna!" sa han och busvisslade.

Genast tystnade alla Hybridfåglarna samtidigt. Då började pojken vissla på en ny melodi.

Det var en vacker och sorgsen melodi. Hybridfåglarna flaxade med sina vackra purpurröda, turkosa, mörkblå, djupgröna och cerisröda sammetslena vingar och sedan visslade de samma sång som pojken.

"Saknar du aldrig dina föräldrar?" frågade hon.

"Nej."

Han sparkade till en liten sten så den skuttade iväg.

De fortsatte sin långa vandring. Regnet öste ner utan uppehåll. Pojken verkade inte bli trött. Han såg sig omkring ibland men tvekade aldrig åt vilket håll de skulle gå. Han såg ut att trivas. Ibland visslade han på någon liten melodi som inte var någon hurtig sång om pionjärernas mod utan en sång utan ord som lät så vacker och farlig på en gång att hon visste att Informatorn skulle ha blivit rasande om han hade hört den. Tanken gjorde henne glad på något konstigt sätt.

Alyz var förvånad över att Biosfären var så stor. Visst sa alla vuxna att den var enorm, men de brukade ju alltid överdriva, så där som vuxna alltid gör för att visa hur mycket de kan om allting och hur lite barn vet om allting. Men Biosfären verkade vara oändligt stor. Vissa träd var så höga att hon inte kunde se deras trädkronor.

"Regnar det alltid så här mycket?" ropade hon till pojken.

"Nej!"

Efter en lång vandring stannade pojken ett stycke upp på en kulle. Alyz trodde först att han stannade för att vila, men så var det inte. Mycket försiktigt lyfte han bort ett tjockt draperi av hängväxter. Dold under växtdraperiet fanns en väv som var flätad av sega rötter.

Över hela väven stack det ut spetsiga pinnar som var riktade åt olika håll och målade med kletiga växtsafter. Om man inte visste att väven fanns där kunde man nog skada sig på de spetsiga pinnarna. Men det var väl det som var meningen, förstås.

Pojken lyfte upp en hasp så att den flätade väven som visade sig vara en dörr, svängde upp, och hon såg in i en mörk grotta.

”Här bor jag.” sa han. Han lät stolt.

Alyz blev så förvånad att hon inte visste vad hon skulle säga.

De kröp in i grottan som inte var speciellt stor, inte ens om man var ensam och mycket mager. Vattnet fortsatte strila ned utanför öppningen men inuti grottan var det alldeles torrt.

Lukten av gräs och örter och torkad frukt var intressant. Flätade korgar hängde ner från grottväggarna i stora rep som löpte över taket. Golvet var täckt av torkat gräs. Här och där låg vackra grenar som såg ut som djurskelett om man ansträngde sig lite. På de mörka bergväggarna hade pojken målat stora djur, eller monster, med vassa klor och tänder och enorma horn. Bilderna var vackra men otäcka.

”*Han måste ha använt leran från marken och saften från olika växter som färg. Så fint han har gjort det!*” tänkte Alyz.

”Nu ska du vila medan jag lagar mat.” sa pojken.

Det gjorde hon gärna. Hon låg och iakttog pojken när han hällde vatten från en stor plastdunk i en bucklig kastrull. Kastrullen med vatten placerade han på en uppochnedvänd stor rostig tunna med stora hål i. Ett långt rör gick från tunnan upp i grottans tak och ut ur grottan. Han bröt några kvistar och körde in genom det största hålet som var i botten av tunnan. Så tog han fram sin handledsbricka från en spricka i grottväggen och gnuggade några pinnar över handledsbrickans sol-energi-koncentrations-stråle.

Efter en stund brann det i kvistarna och flisen inuti tunnan. En del av röken, men inte all rök, försvann ut ur grottan genom röret i taket.

Elden sprakade och lågorna kastade intressanta skuggor på grottväggarna och över de skräckinjagande djurmålningarna.

Pojken gav Alyz en skål med kokande vatten och smulade örtblad. Sedan gav han henne ett större blad, format som en skål, fyllt med torkade frukter.

"Ät!"

Sedan hällde han några nävar fröer i hennes skål.

Alyz var så hungrig att hon inte brydde sig om att hon smaskade. Soppan var snäll i magen och stillade hennes värsta hunger. Hon såg upp.

"Du då? Ska inte du äta?"

"Jag har bara en skål." sa han. "Förresten är det roligt att se dig äta."

Soppan värmde upp hela henne och hon blev genast lite piggare. Hon kunde inte hålla sig längre utan frågade något som hon velat fråga ända sedan hon kände igen honom för några timmar sedan.

"Varför rymde du egentligen?"

"Varför rymde du själv?" sa han som om det var ett svar på hennes fråga.

"Jag har inte rymt. Jag har flytt. Alla andra har blivit tillfångatagna av Humanoider. Jag tror jag är den enda som lyckats fly."

"Jag tror dig inte." sa pojken.

Han såg tankfull ut. Rörde lite i elden med en pinne.

"Det spelar ingen roll varför man rymmer. Bara man själv vet varför." sa pojken.

De satt tysta en stund och åt några torkade frukter. Regnet öste ner utanför grottans öppning. Elden sprakade och knastrade och spred sin sköna värme till deras frusna händer och kinder.

"Men det är sant." sa Alyz. "Humanoiderna kom och tog mina föräldrar."

Han rynkade pannan.

"Jag tror att du har fått någon slags feber som gör att du inbillar dig saker. Det gjorde jag också i början. Jag var mörkrädd och hungrig och det ena med det andra. Det är jag inte längre för nu vet jag vad man kan äta och nu känner jag nattens osynliga budbärare. Nu kan jag tyda mörkrets hemliga tecken. Nu kan jag fånga dem och kuva dem. I mina målningar."

Han märkte nog att Alyz var så trött så hon såg dubbelt och inte förstod vad, eller vilka han talade om, för han sa:

"Tag av dig dina blöta kläder och ta på dig den här!"

Så slängde han till henne någonting som såg ut som en stor säck med uppskurna hål för huvud och armar.

"Jag går ut och hämtar lite bark. Bra mot feber!" sa han och försvann ut genom grottöppningen.

Alyz klädde av sig sin blöta overall och yimas och drog på sig säcken istället. Den var sträv och raspig mot huden men torr.

Kläderna hängde hon på tork på några grenar framför elden. Kängorna kändes som om de vuxit fast på hennes nakna fötter.

När hon äntligen hade fått av sig dem såg hon att hon hade stora blåsor under tårna och att hälarna var så skinnflådda att de blödde och det rann en tunn, genomskinlig vätska ur såren. Hon drog snabbt in fötterna innanför säcken för att slippa se hur ont hon hade.

I ett hörn av grottan låg några tomma säckar som hon fyllde med torkat gräs och bäddade med så gott det gick.

Sedan kunde hon inte hålla ögonen öppna längre utan somnade.

*

5. Regnjägare

Alyz vaknade nästa morgon av att en underbar doft trängde in i hennes näsa. När hon slog upp ögonen stod pojken och lagade mat vid den rostiga tunnan. Han visslade glatt och rörde runt i kastrullen med en pinne och sa:

"Klä på dig så ska du få smaka något gott! Jag ska inte titta!"

Alyz krängde på sig sin ymas och sin overall som hade torkat under natten. När hon var påklädd gav pojken henne skålen som kändes het mellan hennes kalla händer. Alyz använde en liten urgröpt pinne som sked och började äta av den grönrosa gröten. Redan efter redan den första tuggan fick hon nog. Två skedar klarade hon av att pressa ner.

Sedan gick det bara inte.

"Jag orkar inte mer." ljög hon. "Men tack i alla fall."

"Var det gott?"

"Jag vet inte, jag har aldrig smakat något liknande…"

Han såg besviken ut och slet till sig skålen och smakade själv. I nästa stund spärrade han upp ögonen och skrek:

"Vad *äckligt!*"

Så sprang han fram till grottöppningen och spottade och fräste.

"*Fy!*"

Han hällde ut gröten och började skratta. När han väl hade börjat skratta kunde han inte sluta. Efter ett tag skrattade han så mycket att benen började skaka och vek sig under honom och han tappade andan. Han rullade runt på marken med armarna runt magen och härmade hennes "*Jag … har aldrig … smakat något … liknande…*" och skrek rakt ut, men Alyz kunde inte förstå vad det var som var så ofantligt roligt.

Hon lade sig ner på säcken igen med ryggen vänd åt pojken och med händerna för öronen. Hon stirrade in i berget. Men där stirrade pojkens monstermålningar tillbaka på henne och de var så hemska att de fick henne att tänka på hungriga Humanoider, så hon blundade.

Efter en stund slutade pojken skratta, men regnet däremot fortsatte att ösa ner som om det inte hade en tanke på att sluta.

"Regn, regn." sa pojken. "Ska det aldrig sluta regna?"

"Tydligen inte. Det tar nog aldrig slut."

Han satte sig ner på marken bredvid henne och sa:

"Det är klart att det tar slut, någon gång! Du tror väl inte det finns hur mycket vatten som helst i vattenreservoarerna? Vad jag inte fattar är varför de släpper ut så himla mycket vatten? Har det blivit förorenat? Vad ska människorna dricka i kolonin om de använder allt vatten till konstbevattning?"

Alyz stönade. Hon såg in i väggen på de hemska målningarna och sa:

"Jag har ju sagt att Humanoiderna har fört bort alla nybyggarna! De kanske redan är döda! Tror du de bryr sig om vad de ska dricka om de är döda?"

Pojken var tyst en lång stund. Han satt och stirrade in i elden en stund och sedan ut genom grottöppningen där vattnet fortsatte att ösa ner.

"Är det där verkligen sant?" frågade han. "På riktigt, alltså?"

"Ja!"

"Är du säker?"

"Klart jag är!"

Han lade mer bränsle på elden och rörde omkring i lågorna med en lång pinne. Det såg ut som om han funderade på någonting. Sedan sa han:

"Humanoiderna kan inte ha gjort uppror. Det är omöjligt."

"Varför då?"

"Därför att de är rädda för människor. De skulle inte våga. Min… f-far arbetar med Humanoider. Humanoiderna är så rädda för honom att han bara behöver höja el-stöten för att de ska darra."

"El-stöten?" sa Alyz som aldrig hade hört ordet förut.

Han vände sig bort. Det såg ut som om han försvann in i sig själv. Istället för att svara rotade han med pinnen i elden så häftigt att elden flammade upp och knastrade och smällde. Det sprakade till och en gnista flög ut och landade på marken, nära hans ben. Han ryckte till.

"El-stöten är en stav som ger elektriska stötar. Om man slår med den gör det fruktansvärt ont i hela kroppen. Man får ont i hela kroppen. Känner sig trött. Svag. Ledsen, på något sätt…"

"Och hur kan du veta det? Du är väl ingen Humanoid?"

Pojken såg på henne en lång stund. Han såg plötsligt ledsen ut.

"Både min mor och min … f-far är Grupp A Medborgare. Exceptionellt Begåvade Vetenskapsmän. Du vet, som dina föräldrar. Som alla vuxna på Pion. Utvalda. Intellektuell elit. Medan jag … jag …"

"Ja?"

Han såg ner i sina handflator.

"Jag uppvisar tydliga tecken på intellektuell deficiens."

"Vad betyder… intellektuell deficiens?"

"Att jag är lika dum och värdelös som en Humanoid …"

Pojken fortsatte prata utan att lyfta blicken från sina handflator:

"Min … f-far… han tror att det beror på att min mor arbetade med syntetiska organiska substanser… med genetisk forskning. Hennes egen genetiska massa blev förorenad. Det är därför jag är så korkad att min … f-far… att min f-far inte orkar se på mig."

"Men, men jag förstår inte... Vadå, *genetiska massa*…?"

"Din tatuering i hårbotten. Koden, du vet. För medicinska kontroller. I min tatuering står det att jag är en idiot. Kodat. Med siffror och streck. Betyder idiot. Säger … m-min … f-far."

"Din mor då? Vad säger hon?"

"Henne vill jag inte prata om." sa pojken.

De satt tysta ett tag. Nu började Alyz förstå varför han hade rymt. Att det kanske inte bara berodde på att de andra barnen var så hemska mot honom.

"Informatorn sa att du hade trillat ut genom en spricka i muren vid något nybygge vid Himlavalvets Yttersta Gräns. Att du hade sugits ut i universum."

Pojken skrattade till. Han himlade med ögonen och slog sig på knäet:

"Ha! Säg inte att du gick på det!"

Alyz blev irriterad.

"Det är väl inte så konstigt! Informatorn tvingade oss att gå igenom SaniCerebralCeremonin för din skull!"

Pojken bara skakade på huvudet.

"Kolonin är ett gigantiskt jätteexperiment. Ingen kommer härifrån om inte Professor X. vill det."

"Och hur vet du det?"

"Min mor brukade säga det. Hon ville lämna kolonin men hon fick inte för Professor X. Hon var för värdefull."

Alyz tyckte inte om vad han sa och sättet han sa det på.

"Jag tror bara du hittar på som vanligt." sa hon.

Nu var det pojkens tur att låta sur.

"Det är du som hittar på. Humanoiderna kan inte göra uppror. De kan inte göra någonting om inte Professor X. ger sitt tillstånd. Och varför skulle han göra det? Ganska idiotiskt eller hur?"

Alyz kände sig plötsligt väldigt trött.

"Jaha. Så du tror mig alltså inte?"

"Jag tror att du har rymt precis som jag själv." sa pojken.

Sedan reste han sig upp från marken och sa:

"Jag orkar inte prata mer nu, jag är hungrig."

Han försvann ut ur grottan. Lika skönt det tyckte Alyz.

Alyz passade på att se lite närmare på grottväggens monstermålningar. Pojken var en duktig konstnär, det måste hon erkänna, för monstren var verkligen skrämmande. Lika skrämmande som hans prat om el-stöten och genetisk massa och tatuerade koder i hårbotten och kolonin som ett gigantiskt jätteexperiment.

"Det är sån han är." tänkte hon. *"En sån som hittar på och skräms."*

När pojken kom tillbaka ställde han sig framför elden med ryggen mot Alyz. Han tog upp några blå rötter från sin korg som han skar i små bitar, och lade i kastrullen. Medan han rörde i kastrullen med sin magra hand, visslade han så det gjorde ont i Alyzs öron.

De sa ingenting. Om man inte tror på vad den andra säger och inte är överens om att hitta på saker är det ju ganska meningslöst att prata.

Efter en stund slutade han vissla och sa plötsligt, rakt ut i luften:

"Äta och laga mat. Är mina favoritsysselsättningar. När jag inte tränar fåglar alltså. Förut hade jag andra intressen. "

"Ja, du är ju inte direkt fet längre." sa Alyz.

Han blängde på henne och handen darrade till:

"Hur kan man hinna bli fet om man måste springa runt och samla frukter och bär och nötter och rötter hela dagen för att inte svälta ihjäl? Och pinnar och grenar till elden för att inte frysa ihjäl på natten i sin grotta? När du är utvilad får du hjälpa till. Inbilla dig inte jag tänker passa upp dig hela tiden."

Alyz brydde sig inte om att svara.

När de blå rötterna hade kokat färdigt rullade han in dem i stora gröna blad. Till maten drack de te av söta tuggblad. Båda drack ur hans skål. Han hade ju bara en.

Utanför grottan regnade det fortfarande. Pojken sneglade ut genom grottöppningen och ibland på henne. Han sa:

"Jag tror fortfarande att du har någon slags feberfantasi. Humanoiderna kan inte göra uppror."

"Men det är sant! De rövade bort mina föräldrar…"

"Hm." sa pojken och bet sig i läppen.

"Men se här då, om du inte tror mig!"

Alyz visade honom meddelanden från sina föräldrar på handledsbrickan. Han läste sakta och rörde på läpparna när han läste. Det tog så lång tid för honom att läsa deras korta meddelanden att Alyz misstänkte att han hade glömt bort hur man gjorde när man läste.

"De gillar dig, va? Dina föräldrar?" sa han till slut.

"Ja."

"Gillar du dem?"

"Ja."

"Då måste du rädda dem, sa han."

Regnet stänkte in i grottan nu. En pöl hade bildats vid ingången. Pojken rotade i en korg av flätat, torkat gräs och drog fram ett gulnat ark i tunt skinn.

"Om du ska rädda dem behöver du hjälp från någon som vet saker." sa han och höll upp det gula skinnet.

"Det går bra med din hjälp också." sa Alyz.

Han rynkade pannan och såg så dum ut att Alyz började skratta. Det tog en stund innan han förstod hennes skämt. När han äntligen gjorde det började han skratta. Precis som tidigare på morgonen skrattade han tills han tappade andan. Han rullade runt på marken med armarna runt magen och skrek rakt ut. Och då kunde inte Alyz sluta skratta heller.

När de hade skrattat så mycket att de hade fått ont i magen och inte orkade skratta mer, vecklade han ut skinnet och Alyz såg att det var en karta. Han strök med handen över det skrynkliga skinnet för att platta till det och sa med stolt röst:

"Jag tog en av m-min … f-fars antika kartor innan jag rymde."

"Men det här ser inte ut som kolonin… Det är ju bara streck och cirklar och koder!"

"Det ser inte ut som utbildningsenheten lär oss att kolonin ser ut."

"Alla människor får veta olika mycket om vad som pågår här. Vi barn får veta minst av alla. Allt som Informatorn säger är skitsnack för att trycka ner oss."

Alyz nickade, och sedan studerade hon kartan noga. Efter ett tag kände hon igen de olika zonerna, och Biosfären, och hon följde strecken, som korsade alla zonerna, luftslussen, gångtunnlarna med pekfingret.

Pojken såg på henne och sa:

"Jag vet inte var zon PRTZ ligger. Den finns inte med på den här kartan."

"Hur ska vi då få veta vart de har tagit alla nybyggarna?"

"Professor X. "

"Tänk om de har för bort honom också? sa Alyz.

Pojken skakade på huvudet.

"Tror inte det. Han bor inte i *prim'hab*, i alla fall. Han är alldeles för värdefull."

"Vet du var han bor?" frågade Alyz.

"Kanske i någon bunker i underjorden. Eller i en borg i Biosfären. Eller i en satellit i omlopp runt Pion."

De satt en stund och stirrade på kartan utan att bli mycket klokare. Sedan såg de på varandra och suckade. Fåglarna hade slutat sjunga. Det enda ljud som hördes förutom eldens knastrande var regnet som öste ner över träden och marken och dränkte alla andra ljud utanför grottan.

"Veden håller på att ta slut." sa pojken. "Här!"

Han slängde till Alyz en stor säck och hängde två säckar över sin egen rygg.

De kröp ut ur grottan igen. Regnet piskade deras ansikten och kroppar.

Pojken klättrade upp i träden och ryckte och slet loss knäckta grenar och kvistar som han slängde ner till henne eller stoppade i sina egna säckar. Det var ett tråkigt och ansträngande arbete. Ibland halkade hon i leran under träden och tappade någon gren på marken så den blev lite blöt. Det var ju inte bra. Blöta grenar och kvistar brinner inte så bra.

När de hade lastat av högarna med bränsle i grottan gick pojken ut igen, den här gången för att plocka frukter och bär. Alyz fick passa elden så att den inte slocknade.

Sedan satt de tysta och drack av hans goda te som var en sort som hette "Svart-Natt-Te" och var alldeles svart i färgen och smakade lakrits. De åt fler kokta blårötter som smakade trevligt med mosade Linjabär på. (Konstigt nog smakade Linjabär precis som Kvillron).

"Var har du lärt dig namnet på alla växter?" frågade Alyz.

"Jag hittar på nya namn." sa pojken. "Egna namn. Bättre namn."

"Bättre namn?"

"Just det. Bättre namn. Jag heter Kiro nu. Biosfären är mitt rike."

Regnet öste oavbrutet ner utanför grottan. Alyz försökte låta bli att fundera på hur lång tid det tar för blöta kläder att torka på kroppen, om man sitter inne i en rökig grotta och värmer upp kroppen inifrån med hett te. Hon brydde sig inte om att fråga Kiro, fastän han säkert visste mer om hunger och kyla än någon annan människa i hela kolonin.

"Regn, regn, regn." suckade Kiro. "Det kan man få hjärnfeber av. Regn och skräck. "

"Någon gång tar det väl slut."

"Vilket då? Regnet eller dricksvattnet? Eller skräcken?"

De såg på varandra. Små fina vattendroppar droppade ner från Kiros bruna toviga hårtestar ner på den smutsiga overallen. Han hade tappat några av de gröna fjädrarna som hade suttit i håret, och ansiktsmålningen hade flutit ut i ansiktet. Han såg inte vild och vacker ut längre, bara trasig och blöt och smutsig.

Alyz drog en djup suck.

"*Hjärnfeber.*" tänkte hon. "*Skräckmonster.*"

"Vi måste göra någonting innan det är för sent!" sa Alyz.

"Vi måste få slut på regnandet." sa Kiro och huttrade till.

"Och vi måste leta upp Professor X. Men då måste vi ha en plan."

"En plan? Varför då? "

Kiro rynkade pannan.

"Det kan vara farligt!" sa Alyz.

"Farligt?"

"Vi kan bli uppätna av spigg eller köttätande växter! Eller svälta ihjäl! Eller bli bortförda av Humanoider…"

Kiro var tyst en stund. Sedan sa han:

"Okej. Du har rätt. Här är den fantastiska planen. Ett: Leta upp Professor X. Två: Stäng av regnet."

Han såg sig omkring i grottan och kliade sig i huvudet.

"Det kan bli en lång vandring. Vi behöver föda, vapen och medicin. "

"Och något att bära allting i."

Det enda som fanns var säckarna och några rep. Så de vek de ihop säckarna till enkla ryggsäckar som de kunde bära på ryggen med remmar av rep runt axlarna och midjan.

Det här packade de ner:

Föda.
Torkad frukt,
Nötter.
Fröer.
En termos med te med mycket honung i.

Vapen.
*En **sömnnöt** som gjorde att den som drack den föll i sömn.*
*Några **kaktustaggar** som gjorde jätteont*
om man fick dem innanför huden
och var nästan omöjliga att plocka ut.
***Klipulver** som kliade så man trodde man skulle bli tokig.*
Medicin.
***Klistrig läk-lera** som man kunde fastna i,*
men som var jättebra att ha om man skar sig
eller blev biten av någon ilsken insekt.

Alyz fick testa läk-leran på sina såriga fötter. Det sved bara lite i början när huden klistrades ihop över såren.

Kiro tog fram sin handledsbricka från en spricka i grottväggen som såg ut som en monstermun, och knäppte på sig den. Sedan vek han ihop sin karta av tunt skinn och lade i ryggsäcken.

"Tänk att du och jag är nästan som Pionjärer nu! Jag som aldrig har gillat Pionjärerna!"

Kiro härmade Informatorns malliga röst:

"*Vatten är planeten Pions värdefullaste tillgång och därför hyllar vi Pionjärerna idag.*"

Alyz skrattade. Kiro var duktig.

"Du låter precis som Informatorn på Pions nationaldag!"

Kiro nickade.

"Jag kommer ihåg den där dagen. När du räckte upp handen och frågade: "*Är vatten värdefullare än barn?*"

Och Informatorn svarade:

"*Vatten är en förutsättning för allt liv. Utan vatten inga barn. Därför är vatten planeten Pions värdefullaste tillgång.*"

Alyz grimaserade när hon tänkte tillbaka på hur dum hon hade känt sig den där gången.

"Jag har aldrig tyckt om Informatorn." sa hon. "Aldrig. Inte ens när jag var liten."

"Inte jag heller. Den dagen fick jag nog. Jag stack. Innan

laservatten-spelen skulle börja i Tvillingmånarnas Sal."

"Tänk att du rymde på Pions nationaldag, Kiro! "

De såg på varandra och började skratta.

När Kiro hade skrattat färdigt sa han:

"Jag kan aldrig dricka vatten utan att tänka på att vatten är värdefullare än alla barn i hela universum."

Först blev Alyz sorgsen, sedan kom hon att tänka på en sak.

"Vet du, Kiro: Om vatten är värdefullare än alla barn i hela universum kan det bara betyda en enda sak…"

"Vadå?"

"Att den som har kontroll över vattenproduktionen är den mäktigaste människan i hela universum."

"Professor X!" ropade de samtidigt.

Sedan gav de sig iväg för att rädda planeten Pion från undergång.

*

6. Neptunus Nebulosas Torn

"Hur stor är Biosfären egentligen?" pustade Alyz. Det kändes som om de hade vandrat i flera dagar fast hon mycket väl visste att det bara rörde sig om några timmar. Regnet som strömmade ner över Biosfären piskade upp marken till en brun gröt som förvandlade varje steg till en kamp. Det kändes som om hundratals små hungriga lermunnar sög sig fast i hennes kängor och drog ner dem djupare och djupare i leran. För varje steg värkte hennes skoskav allt mer. Den fantastiska klistriga läk-leran och de tunna barkskivorna som höll hudslamsorna på plats över hälarna hjälpte bara lite. Alyz stannade upp en kort stund. Men det skulle hon inte ha gjort, för när hon stod stilla sögs hennes stackars värkande fötter djupare och djupare ner i den bruna sörjan med små smaskande ljud. När hon drog upp dem ur leran glömde hon bort att vara uppmärksam och som straff blev hon piskad i ansiktet av en blöt gren.

"Ingen vet hur stor Biosfären är." sa Kiro. "Den växer hela tiden."

"Men muren runt Biosfären växer ju inte? Eller Himlavalvet?"

"De växer också när skogen trycker på. Som hud, ungefär."

"Men Informatorn säger…"

"Informatorn?" skrek Kiro så ilsket att Alyz ryckte till. Han knöt nävarna och skrek:

"Men fattar du fortfarande ingenting? De viktigaste sakerna lär man sig bara om man håller ögonen öppna och tänker själv!"

Solens skarpa strålar reflekterades i Solreflektorns solcellsprismor. Ljuset silade ner genom trädens gröna kronor, ner över Kiro och Alyz, och fick urskogen att gnistra silvergrön i regnet.

De fick syn på en knubbig växt som var lika hög och tjock som de själva. Stjälken var full av stora taggiga blad. Högst upp satt en blomma med en krage av fransiga röda blad runt en knopp, stor som huvudet på en minipionell med ett stort rött gap. Då och då drog blomman ihop de fransiga bladen runt knoppen och gav ifrån sig smaskande läten som följdes av fisar som doftade underbart och drog till sig svärmar av spigg.

De närmade sig försiktigt växten. Blommans gap var köttigt mörkrosa och kantat av vita taggar som såg ut som tänder. Långt ner i svalget på växten såg de en spigg som höll på att lösas upp av en giftig vit sörja. Spiggen ryckte i dödskramper och Alyz inbillade sig att hon hörde små skrik av förtvivlan. Kiro tog fram sin dolk och skar ett snitt i växten. Saven bubblade fram ur såret som tjockt vitt blod och Kiro samlade upp så mycket han fick plats med i en liten plåtflaska.

"Det gör skitont att få det här växtblodet i ögonen!" sa han. Den vita saven luktade värre än kräk och Alyz var tvungen att hålla för näsan. Kiro skrattade rått.

"Rätt åt dem."

"Rätt åt vilka?" undrade Alyz.

Kiro svarade inte men han såg mycket, mycket nöjd ut.

De fortsatte sin långa vandring i en fuktig grön värld. Det började bli trångt om växtutrymme nu. Små seniga träd trängdes med höga jätteträd. Slingerväxter slingrade sig som ormar runt trädkropparna och knöt ihop flera stycken träd med finurliga knopar, ibland så hårt att träden hade vuxit ihop och bildat nya trädformer. Märkliga små blommor i alla upptänkliga färger växte i trädens håligheter och vissa av blommorna gav ifrån sig dofter som var bedövande. Överallt sköt det ut sega grenar med blad i alla möjliga märkliga former. Till slut var grönskan så tät att Kiro och Alyz inte kunde se mer än någon meter framför sig.

Plötsligt stannade de upp. Framför sig såg de en oval av vitt ljus i öppningen mellan två träd. De lämnade urskogen bakom sig och steg in i ljuset.

Och där, högre än skogens högsta träd, högre än någon av zonernas högsta byggnader; ja så högt att det snuddade vid Himlavalvet Yttersta Gräns, reste sig ett jättelikt svart torn. Så svart var tornet att det tycktes sluka allt ljus, svartare än en siluett av absolut tomhet. I en cirkel under det svarta tornet var marken torr och stenig och ingenting växte i det röda dammet. Från det svarta tornets topp sköt det ut tunna rör som sprutade ut vatten över Biosfären.

”Se! Regnvattnet kommer från tornet!” sa Kiro.

”Då måste vi alltså ta oss in.” sa Alyz.

De gick ett varv runt det svarta tornet och kände noga på den skrovliga ytan för att hitta ojämnheter som kunde dölja en ingång. Men hur noga de än undersökte tornets svarta väggar kunde de inte upptäcka någon port.

Efter en lång stund gav de tillslut upp och slog sig ner på den torra marken under det svarta tornet. De hade inte vilat på flera timmar så det kändes skönt att äntligen få sitta ner och sträcka ut benen och att få släcka törsten med Kiros söta honungste.

Men i takt med att det starka, söta teet piggade upp dem och fick dem att tänka klarare, började de inse att den långa vandringen hade varit helt för-gäves. När de hade vilat färdigt och ätit upp den sista provianten skulle de bli tvungna att traska tillbaka samma långa leriga väg som de hade kommit, genomblöta och trötta, med värkande fötter, piskade av Biosfärens blöta växter och på lerig jord som uppförde sig som om den ville sluka dem.

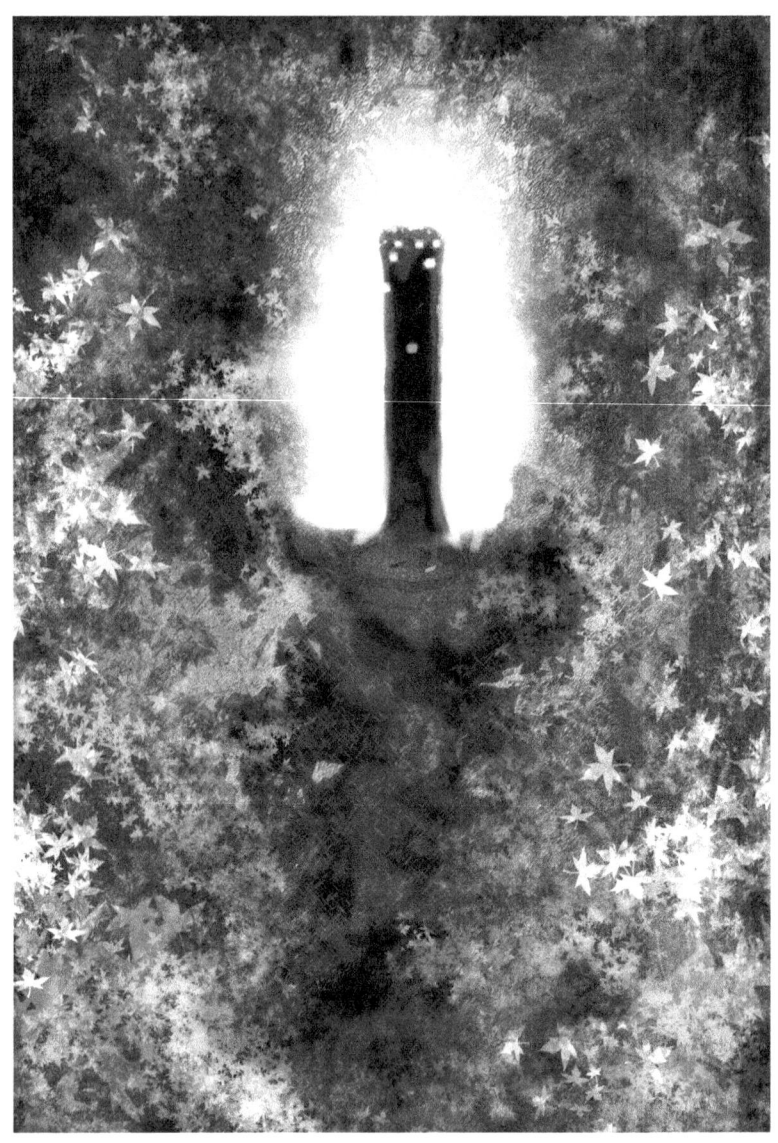

Och om de nu skulle orka leta sig tillbaka till Kiros pyttelilla grotta utan att dö på vägen, fanns det ingen torr ved kvar att elda med, eller några örter, eller rötter eller frukter att äta heller, så de skulle bli tvungna att sitta i en iskall grotta, i genomblöta kläder med magar som värkte av hunger och lyssna på regnet...

Deras chanser att förhindra en översvämning, rädda nybyggarna, rädda planeten och bli hjältar var, med andra ord, mycket, mycket små.

Under tiden Kiro och Alyz satt och stirrade rakt ut i luften med tomma ögon och värkande kroppar, flög Fågel Grön omkring runt deras huvud och fötter och kvittrade glatt som en vanlig fågel. Alyz suckade:

"Hjälp oss, Fågel Grön! Du som kan så mycket!"

"Lämna mig ifred eller ge mig något att äta!" sa Fågel Grön.

Trots att Kiro och Alyz var så trötta och besvikna att de helst ville lägga sig ner och gråta, kunde inte låta bli att skratta åt den knasiga fågeln.

Kiro grävde fram en handfull nötter ur sin ryggsäck och började kasta prick på Fågel Grön. Nötterna sjönk ner bland småstenarna och i det roda dammet och Fågel Grön sprätte med vingar och klor för att hitta dem.

"Regn, regn, regn!" kvittrade Fågel Grön när det röda dammet yrde i luften.

Och ju mer Kiro och Alyz hostade och skrattade åt Fågel Grön, ju mer busade Fågel Grön, alldeles vild av glädje.

"Fågel Grön. Du som kan så mycket." sa Fågel Grön.

Plötsligt fick Alyz syn på någonting som stack upp under högarna av småsten där Fågel Grön hade sprätt som värst. Med foten skrapade hon bort stenarna och sanden.

"Se! Ett handtag! "

Under ett lager småsten skymtade de någonting som såg ut som en port begravd under jordmassorna. När de borstade bort jorden från porten upptäckte de djupa skåror i ytan. Skårorna visade sig vara ålderdomliga bokstäver. De var inhuggna i själva porten på gammeldags vis och inte fotomejslade i en plasmaskylt som sedan lasergjutits fast på porten. Alyz läste högt:

Må endast användas i tillfälle av nöd.

Drag upp handtaget och skjut källarporten åt sidan!

Källarporten måste ha legat begravd under kilovis med småsten och damm och sand under en lång tid. Den var flera decimeter tjock och mycket tung. Alyz drog för allt hon var värd i handtaget på ena sidan, och Kiro pressade på porten med ryggen och benen på andra sidan. Med gemensamma krafter på varsin sida om porten och uppmuntrande kraxanden från Fågel Grön lyckades de dra upp den. Det smällde och rasslade och dånade när kilovis med småsten trillade ner i det svarta hålet bredvid deras fötter.

De kikade ner, in i ett kompakt mörker. Lukten av surt vatten och mögel slog emot dem och de ryggade tillbaka.

”Vågar vi låta Fågel Grön följa med?” undrade Alyz.

Kiro såg tveksamt på den knasiga fågeln.

”Fågel Grön följa med.” sa Fågel Grön.

Innan Kiro hann säga någonting flög Fågel Grön förbi honom, genom den trånga källaröppningen och in i det svarta stentornets mörka inre.

De följde efter Fågel Grön in i källarmörkret, ned för en hal stentrappa som var grönluden av mossa. Först kunde de inte se någonting i mörkret. Men deras öron uppfattade några konstiga knäppande, porlande ljud som lät som rinnande vatten. En sur, skarp lukt trängde in i deras näsborrar. Efter en stund när deras ögon hade vant sig vid källarmörkret upptäckte de en djup vallgrav med gröngrumligt vatten. I mitten av vallgraven, som på en liten ö av svart sten, stod ett inre torn.

Den sura stanken kom från det gröna vattnet i vallgraven. Tunna järnstänger med sylvassa spetsar stack upp över vattenytan. Förmodligen fanns järnstängerna där för att förhindra att någon simmade, eller försökte hoppa över till det inre tornet på ön i mitten av tornet. Dagsljuset som trängde in genom gluggarna i det svarta tornets ytterväggar målade ljusa ränder i det gröngrumliga stinkande vattnet.

"Måste vi ta oss över till andra sidan?" frågade Alyz.

I samma stund hörde de hur den tunga källarporten slog igen bakom dem med ett väldigt brak. Det var svaret på hennes fråga. De kände vibrationerna i sina fötter och hörde hur ljudet ekade en lång stund mellan tornets väggar. Sedan följde rasslet och smattrandet av småsten som föll ner över källar-porten på utsidan. Ljudet som trängde in i tornet lät precis som regn. De stod som förstenade av skräck tills ljudet tystnade.

"Vi är instängda!" viskade Alyz.

"Nu har vi inget val längre." sa Kiro. "Vi måste hoppa!"

Alyz såg ut över vallgraven. Det var minst tre meter till den andra sidan.

"Hoppa?" flämtade hon. "Och bli spetsad på de där!"

"Vill du hellre ta ett skönhetsbad? Bli vit och fin som ett nyskrubbat skelett?"

Lukten från vattnet trängde in i hennes näsborrar och gjorde henne yr. Hon kom att tänka på ett misslyckat kemiexperiment en gång i tiden. Det hade luktat exakt likadant. Den gången hade Informatorn tvingat dem att utrymma salen. Nu såg Alyz hur giftet kletade ihop sig till små jäsande, giftgröna öar runt de spetsiga, rostiga järnstängerna som stack upp överallt. Hon ryste.

"Eller vill du stanna kvar här och svälta ihjäl?" frågade Kiro.

Alyz visste att hon aldrig skulle våga hoppa över till andra sidan, hur hungrig hon än blev. Men vilken annan möjlighet fanns det? Simma var uteslutet.

När hon stod och såg ut över vallgraven observerade hon någonting. På ett ställe stod järnstängerna tätare placerade och några stycken höjde sig flera decimeter över vattenytan. Om hon orkade hålla sig fast i dem tillräckligt länge utan att glida ner i den gröna giftsoppan skulle hon kunna svinga sig från en järnstång till en annan. Ungefär som hon gjorde när hon tränade armstyrka i gymnastiken på utbildningsenheten. Hon blev så glad att hon började hoppa omkring.

"Den Klistriga Läk-Leran!" skrek hon. "Den Klistriga Läk-Leran, Kiro!"

Kiro följde hennes blick över järnstängerna och det blänkte till i hans bruna ögon när han förstod hur hon tänkte.

Han tog fram den klistriga läk-leran från sin ryggsäck och de smorde in sina händer. Alyz fick börja armgången. Hon tog ett djupt andetag, lutade sig fram över det stinkande gröna vattnet och greppade tag i den närmaste järnstången med sina båda klibbiga händer, drog upp benen så högt hon kunde under sig för att inte bli blöt, hängde en stund i den tunna järnstången utan att glida ner, och flyttade sedan över sin andra klibbiga hand till nästa järnstång.

Det stinkande gröna vattnet i vallgraven blötte hennes kängor och stänkte på hennes overall och det fräste till som från någon frätande syra, och hon försökte låta bli att tänka på hur vidrigt det luktade på nära håll och hur grönluden vattenytan såg ut.

Inom två minuter var hon och Kiro över på den andra sidan, oskadda, men snurriga i huvudet av de giftiga ångorna, med rinnande ögon och näsor, och med armar och ben som skakade okontrollerat av ansträngningen. Kängorna och deras overaller var prickiga av fula fräthål.

Kiro och Alyz gick runt och letade efter dörren in i det inre tornet och upptäckte att det inte fanns någon dörr. Istället upptäckte de en trappa av järn som slingrade sig upp för tornets väggar som en svart klängväxt.

"Kom!" sa Kiro.

Alyz sneglade upp mot taket och konstaterade att det var så mörkt däruppe att hon inte kunde se något tak.

"Men tänk om trappan också är en fälla? Precis som järnrören? För att man inte ska kunna ta sig in i tornet levande?" sa hon

"Då dör vi. Om vi har tur går det fortare än att svälta ihjäl!"

Alyz såg på de rostiga sylvassa järnrören i den gröna giftsoppan och flämtade till.

”Har du något bättre förslag?” muttrade Kiro.

Alyz ryckte på axlarna.

Så de började gå upp för den tunna järntrappan. Alyz höll hårt om räcket med sina ena hand och tryckte den andra handen mot tornet. Trappan knakade och gungade under deras fötter. Fönstergluggarna blev färre och färre, så ju högre upp de klättrade, desto mörkare blev det.

Ibland var Alyz tvungen att sätta sig ner och vila så hon inte skulle bli yr och förlora balansen. Hennes hjärta bultade av skräck och hon försökte låta bli att kika ner mot den svarta avgrunden, ner mot de spetsiga järnstängerna som stack upp ur vallgravens gröna, stinkande sörja. Men hon vågade inte se inte upp mot den svarta oändligheten heller, för tänk om det inte fanns något tak däruppe? Tänk om de bara fortsatte att gå och gå och gå tills de försvann upp genom en spricka i Himlavalvets gigananobioglas och sögs ut i rymden?

Kiro som gick före henne drabbades däremot inte av någon svindel. Han stampade på trappstegen så det gungade i hela trappan och vrålade:

”Klaga inte! De tappra och goda Pionjärerna hade minsann inga trappor att gå i. Men klagade de? De fick använda naglarna när de skulle klättra. Och tänderna. Men klagade de? Den enda föda de hade var proteinpulver på tub, och en och en annan blodig nagel förstås…”

”Sluta! Du låter precis som Informatorn!” pep Alyz.

”När proteinpulvret tog slut åt de goda Pionjärerna upp varandra istället, slafs, slafs, mums, mums, de godaste människor som någonsin funnits! Mums! Raap! ”

”Lägg av! Du är äcklig…!”

”Och du är god! Räck mig din hand, du goda pionjärflicka! Jag är så hungrig …”

Kiros röst studsade spöklikt runt väggarna. Alyz svarade:

49

"Du kan få smaka min slemmiga spigg …! Vänta ska jag kräkas upp en bit!"

Kiro skrek till och började skratta så mycket att han var tvungen att stanna.

"Jag vet inte, jag har aldrig smakat något liknande!" pep han.

Och sedan exploderade de båda av skratt. Skrattet ekade runt väggarna som små explosioner. De var tvungna att sätta sig ner en stund för att inte trilla ner över det tunna järnräcket och spetsas på järnstängerna därnere.

"Akta så vi inte äter upp dig, Fågel Grön! Är vi inte roliga?"

"Inte roliga." sa Fågel Grön.

Då fick de ett skrattanfall till. Det var precis som om de inte kunde vara allvarliga längre, även om de hade velat. Som om de var för trötta för att bry sig om att någon ondskefull varelse i tornet kunde höra deras glada röster.

Efter en lång och seg klättring, som kändes som sextio timmar lång, men som säkert inte varade i mer än sextio minuter, nådde de det översta trapp-steget. Över deras huvud vilade ett mörkt stentak, tungt som en gravsten, men framför dem fanns en dörr som ledde in i tornet. Dörren var olåst och de hamnade i en mörk korridor med en brant trappa som ledde upp till en rektangel av ljus. Efter några steg klev de rakt ut i det vita ljuset.

I nästa stund trängde ljuset in i deras ögon och de blev bländade. Benen vek sig under dem och de slog i det hårda stengolvet. Först efter en stund när de hade vant sig vid det skarpa dagsljuset kunde de se sig omkring.

De hade hamnat i det svarta tornets utsiktstorn. Härifrån hade man utsikt över hela rymdkolonin. Långt därnere i Biosfären bredde grönskan ut sig mil efter mil och fyllde luften omkring dem med urskogens alla ljud. Hybrid-fåglarnas kvitter, trädens knäppande och regnets rasslande blandades i deras öron till en gåtfull och vacker skogsmelodi.

Någonstans långt borta i fjärran kunde de skymta lite av primärhabitatets taggiga och glänsande silversiluett i Zon-1. Alyz och Kiro försökte se var de bodde och peka ut för varandra. Men det gick inte eftersom sekundär-habitatets stora rekreationsglob med utbildningsenheten i Zon-2 skymde nästan alla de små spetsiga tetraederna. Tydligast, för att det låg närmast Bio-sfären, syntes de olika forskningsbasernas reflektorer och solcellskristaller och spetsiga spiralkoner i Zon-3.

Rakt ovanför sina huvud kunde Kiro och Alyz se bevattningsrören skjuta ut från det svarta tornets tak, där de skymtade som tunna, ytliga blodådror i Himlavalvets konstgjorda kristallhud.

Kiro visslade.

”Här skulle jag definitivt kunna bo!”

”Jag med. Man kan ju se halva kolonin härifrån!”

”Perfekt avstånd från idioterna!”

Plötsligt hörde de ett gnisslande ljud inifrån det svarta tornet. De skyndade sig att ta skydd under en stenbänk.

En dörr öppnades någonstans i närheten och de kunde höra hårda steg närma sig. Några sekunder senare såg de en vitklädd, krokig man med rufsigt, vitt hår och ett enormt huvud komma gående. Han ställde sig vid räcket och grep tag med sina knotiga händer om gallret. Sedan vrålade han ut över Biosfären:

”Vad säger du nu, Pluto! Den som gapar över mycket… Hahaha…”

Kiro och Alyz som låg och kurade ihop sig under stenbänken några meter längre bort tryckte sina händer mot munnen för att deras andetag inte skulle höras. Men mannen märkte dem inte eftersom han var så upptagen med att förolämpa någon som hette Pluto.

”Saknar du något, Pluto?” skrek han.

Så skrattade han ett högt och onaturligt skratt.

”Vad kan det vara? Ditt förstånd? ”

Han stod stilla som om han väntade på svar och sedan vrålade han ut över Biosfären, så högt så saliven stänkte:

”Kuggfrågan är: Kan man sakna sitt förstånd om man aldrig har haft något?”

Tydligen tyckte mannen att han själv var så rolig att han nästan fick ett epileptiskt anfall. När han hade pipit och väst och stampat färdigt med fötterna, torkade han bort saliven runt munnen och kallade:

"Kom och hämta det då! Om du kan! Kom så, kom så, kom så...!"

Då hördes en liten mallig röst:

"Regn, regn, regn. Det kan man få hjärnfeber av. Regn och skräck."

Mannen blev kritvit i ansiktet. Han snurrade runt. Ögonen såg ut som om de höll på att trilla ut ur skallen på honom när han vrålade:

"Förbannad vare du, Pluto! Du och dina mörkrets sändebud! "

Han såg sig omkring med uppspärrade, galna ögon och fick syn på Fågel Grön som nu satt och kvittrade på Pions nationalsång några meter bort.

"En … en *fågel*...! M-men v-varför?"

"Akta så vi inte äter upp dig! Slafs, slafs, mums, mums!" sa Fågel Grön.

Mannen hötte med näven rakt ut i luften och försvann snabbt som en oljad skvibb tillbaka in i tornet igen. Innan dörren slog igen bakom honom hörde de honom utstöta ett gällt pip:

"Tror du verkligen att jag är rädd för en fågel?"

Kiro och Alyz såg på varandra en lång stund utan att säga någonting.

Vem var den där galningen?

Kunde det vara *han*?

Professor X.?

De smög fram till dörren som den galne mannen hade försvunnit bakom och öppnade den, oändligt sakta och försiktigt. De kikade in. Bakom dörren fanns en kort korridor och längst bort i korridoren fanns en hiss.

När de kom fram till hissdörren tryckte de sina öron intill den och lyssnade. Vibrationerna mullrade i deras öron en lång stund men till slut stannade hissen någonstans långt nere i tornets innandöme och mullrandet upphörde. Då tryckte de upp hissen igen och steg själva in.

Det var en trång och gammaldags hiss helt i mörkt trä och järnsmide. Varken Kiro eller Alyz hade sett någonting liknande tidigare. På hissväggen hängde en liten guldtavla med en röd knapp för varje våningsplan.

* *"Observatorium"*
* *"Utsiktstorn"*
* *"Laboratorium"*
* *"Supra-reservoar"*
* *"Reservoar"*
* *"Sub-reservoar"*
* *"Parkering"*
* *"Slussen"*

"Okej, då har vi klarat av punkt ett: "Leta upp Professor X." " sa Kiro.
"Han verkar ju helt defekt-o. Så. Vad gör vi nu, då?"
"Vi måste fråga honom var mina föräldrar är!"
Kiro suckade.
"Som du vill."

De tryckte på knappen *"Laboratorium"* och hissen startade med ett ryck.
Långsamt, långsamt, våning för våning, meter för meter, under ett ackompanjemang av gnisslanden och kluckanden från utsidan, rörde sig hissen neråt i det trånga hisschaktet; för att till slut stanna

helt med ett litet skutt.

De steg ut ur hissen i en dunkel korridor, upplyst endast av några ljusspiraler på väggarna.

"Kom!" sa Fågel Grön.

*

7. Artificiella Superstella

Kiro och Alyz steg in i ett rum som såg ut att vara uthugget ur ett isberg. Från taket brummade det svagt från spetsiga istappar som speglade sig i de tunna, frostiga väggarna av is. Rummet skimrade i ljusa, gnistrande pastellfärger. Från det genomskinliga golvet steg en dimma som lade sig som vattenånga över väggarna.

Det tog Alyz några sekunder att förstå att de brummande istapparna och de gnistrande isblocken var instrument för avancerade beräkningar, och att dimman kom från dem. Efter en stund insåg hon att hon bara hade inbillat sig att hon frös, för rummet var inte kallt. Kylan som hon tyckte sig känna kom från mannen som stod mitt i rummet och snurrade på ett silverhjul inuti ett av de tunna isblocken. Det var mannen från utsiktstornet. När Kiro och Alyz klev in i rummet stirrade han på dem som om han aldrig hade sett några barn förut.

"Artificiella!" vrålade han. "Vem har släppt in de där krypen!"

"Vi är inte några kryp! sa Alyz. Vi är barn! "

Nu när hon stod nära honom kunde hon se att det var någonting märkligt med mannens utseende. Det var som om han var sammansatt av olika delar som inte riktigt trivdes ihop.

55

Ryggen var böjd och liksom knölig, som om det stora huvudet var alldeles för tungt och tryckte ner den tunna kroppen. Den gulaktiga huden som hängde som en tunn hinna av stelnat klister över det magra ansiktet var full med små svarta prickar och såg ut som huden på en person som hade legat väldigt länge i vattnet. Men det otäckaste med honom var hans ögon. De var mörkblå med ett stänk av gult och så simmiga att när Alyz såg in i dem kändes det som att se in i ögonen på någon som befann sig under vattenytan.

Mannen med det rufsiga håret och de vansinniga ögonen teg en lång stund utan att ta ögonen från Kiro och Alyz. Sedan öppnade han munnen igen, tog sats, och ylade som om han höll på att drunkna:

"Artificiella! Hjä-älp! Hjä-älp! Hjä-älp!"

Dörren öppnades och en lång smal kvinna med midjelångt blåsvart skimrande hår kom in i rummet. Hennes vita overall skimrade och blänkte som snö-kristaller när hon rörde sig över golvet med mjuka smidiga steg. Hon log mot Kiro och Alyz.

"Välkomna!" sa hon vänligt som om det var hon som hade bjudit in dem. Hennes röst lät som Kvillron smakade; den var mjuk och god och lite söt.

"Jag heter Artificiella Superstella, och det där är professor Neptunus Nebulosa."

"Alyz." sa Alyz.

"Kiro." sa Kiro.

Professor Neptunus Nebulosa såg äcklad på dem. Han drog med handen genom sitt vita, rufsiga hår och spände sedan ögonen i dem.

"Hur kom ni in i min borg…? Av alla människor i den här kolonin…? Två *barn* dessutom...?"

Kiro blängde tillbaka på professor Neptunus Nebulosa.

"Barn kanske inte är så dumma som du tror!" sa han.

"Det är fullt möjligt. Fullt möjligt. Men inte det minsta sannolikt." sa professorn. "Jag kan bara inte begripa hur ni bar er åt?"

"Om du inte begriper det är du kanske inte så smart." viskade Alyz så tyst att bara Kiro uppfattade det.

Den långa smala kvinnan med det midjelånga blåsvarta håret lade huvudet på sned och studerade dem en stund med sina stora blå ögon. Hennes hy var så blek att den var snövit, med en svag, nästan ljusblåskimrande ton.

Alyz tänkte att den konstige professorn säkert tvingade Artificiella att arbeta så mycket att hon inte hade tid att besöka något solterapirum fast han visste att det var lag på det. Artificiella log och plötsligt syntes små ljusblå fräknar runt näsan och kinderna på den bleka hyn. Hon sa med sin mjuka Kvillronröst:

"Vi får sällan gäster. Får det lov att vara någonting att äta?"

"*Äta?*"

Professor Neptunus Nebulosa blängde på henne som om hon hade sagt någonting ofattbart dumt.

"Innan det någonsin kan bli aktuellt att utfodra de här krypen kräver jag en förklaring!"

"En god måltid får människor att öppna sina hjärtan" sa Artificiella.

"Och hur kan en hjärtlös Humanoid veta det?"

Kiro och Alyz ryckte till när han sa det. En *Humanoid*!

Om inte professor Neptunus Nebulosa hade berättat att Artificiella var en Humanoid skulle Alyz aldrig ha misstänkt det. Artificiella var så vacker med sitt långa blåsvarta hår som fångade upp små silverbollar av ljus och som gnistrade och blänkte när hon rörde sig med lätta små steg, och hennes blå ögon var de varmaste och vänligaste ögon Alyz hade sett in i, liksom fyllda av solglitter.

Men Alyz, som aldrig hade sett någon vuxen individ rodna, eller blådna, varken av skam eller av glädje, insåg att hon borde ha förstått att Artificiella var alldeles för god, alldeles för vacker, och alldeles för känslig för att vara en människa.

"Jag är medveten om att jag bara är en hjärtlös Humanoid." sa Artificiella. "Trots det vet jag hur man ska uppföra sig när man får gäster!"

"Du din näsvisa köttrobot vet ingenting om hur man bör uppföra sig. Du skäms inte ens för att hålla längre än du är programmerad till!" fräste professorn. "

Artificiella besvarade inte hans elaka ord. Kiro och Alyz stod fortfarande och stirrade på henne och försökte förstå att hon inte var en riktig människa, utan en grym och hjärtlös och värdelös Humanoid. Ett ohyggligt monster. En av de där ondskefulla varelserna som hade rövat bort nybyggarna.

"Har ni bestämt er för vad vill ni äta, Alyz och Kiro?" frågade Artificiella med sin mjuka, vänliga Kvillronröst.

"Får vi verkligen välja precis vad vi vill ha?" frågade Kiro.

"Det är klart att ni får! Vi har allting här i våra reproarkiv. Jordmat tar några minuter längre att reproducera. Paleolitisk mat är lite svårsmält."

Kiro bestämde sig för bakad mezza-mizza med extra mycket slommix och Alyz ville ha gräddade snizter med karatinasylt för det fick hon bara äta när hon fyllde år. Artificiella försvann ut ur rummet.

"Nu vill jag ha svar på mina frågor, era sluga sviskon!" röt professorn.

"Vi tänker bara svara på dina frågor om du svarar på våra frågor." sa Alyz och försökte låta tuffare än hon kände sig.

Professor Neptunus Nebulosa var mörkröd av ilska. Under den gulaktiga huden i pannan pulserade en blå åder som en instängd mask.

"Sedan när är det barnen som dikterar villkoren på den här planeten?" skrek han.

Kiro svalde ljudligt. Alyz såg ner i golvet. Hennes hjärta bultade hårt.

"Måste det alltid finnas någon som bestämmer över andra?" frågade hon tyst.

Professorn skakade på huvudet och suckade.

"Om det där var din första fråga så är svaret "ja". Ja, det måste alltid finnas någon rationell individ som har det yttersta ansvaret och som fattar de svåra besluten, må vara inom familjen, på utbildningsenheten, i kolonin, eller i universum vad den saken beträffar!"

Han spände blicken i dem och sa:

"Och nu åter till min fortfarande obesvarade fråga: Hur tog i er hit? In i min borg? In i min ointagliga fästning?"

"Vi visste inte att den var ointaglig." sa Kiro. "Det var nog därför."

Professor Neptunus Nebulosa fräste:

"Alla vet att det är omöjligt att ta sig in i Neptunus Nebulosas vattentorn utan att jag ger mitt tillstånd. Såvida ni inte kan flyga, förstås!"

"När jag tänker efter fick vi några värdefulla tips av en liten fågel." sa Kiro.

När Kiro nämnde Fågel Grön blev professor Neptunus Nebulosa alldeles vit i ansiktet. Sedan blev han mörkröd.

I samma stund öppnades dörren, och samtidigt som Artificiella steg in i rummet flaxade en liten grön fågel förbi henne och satte sig på Kiros axel. Fågel Grön hade råkat bli kvarlämnad ute i korridoren och var glad över att få se dem igen. Honhan borrade in sitt lilla ansikte i Kiros långa bruna hårtestar och kurrade nöjt. Neptunus Nebulosa fick något ondskefullt i blicken när han såg fågeln.

"Aha. Så det är så det ligger till!" muttrade han för sig själv.

"Maten serveras i matsalen! Den här vägen!" sa Artificiella.

De följde efter henne in i matsalen som låg längre ner i korridoren. På den ena väggen i den pionröda matsalen hängde en enorm oljemålning. Den föreställde Pionjärerna i sina pionröda rymddräkter med Pions pionröda flagga nedstucken i den röda jorden framför dem. Pionjärerna var de som grundade rymdkolonin Generativa Nova, och de dog under arbetet. Som tack för deras hjältemod blev hela planeten Pion uppkallad efter Pionjärerna istället för någon gammal krigsgud från jorden.

"Vatten är en förutsättning för Allt Liv. Vatten är planeten Pions Värdefullaste tillgång."

Alla barn på Pion hade hört berättelserna om hur Pionjärerna hade fått igång vattenproduktionen på Pion.

Alla barn på Pion kunde berätta att Pionjärerna hade förhindrat ett storkrig om rent vatten på jorden efter den Stora Eko-Katastrofen. Alla barn på Pion kände till minst tjugo historier om Pionjärernas styrka, hjältemod, intelligens och godhet.

När Kiro och Alyz fick syn på oljemålningen vände de sig till varandra och grimaserade.

Kiro och Alyz satte sig vid ett runt bord med en guldgul duk som kändes som sammet och doftade solvanilj. Tallrikarna var mossgröna med en liten guldkant av bokstäver som ändrade form till människor och tillbaka till hela ord när man blåste på dem. Glasen var safirblå med flytande moln som ändrade motiv när man snurrade på dem. Besticken var i titan med glödande spetsar som de gjorde mönster i luften med. Artificiella skrattade åt deras förtjusning. Hon öppnade en lucka i väggen och lyfte ut brickan med deras mat från telerepron och dofterna och synen av maten fick dem att dregla.

Alyz hade nästan glömt hur gott mat kunde smaka. Hennes gräddade, krispiga snitzer med karantinasylt var så mjuk och söt att den smälte i munnen. Kiro blundade när han satte tänderna i sin mezza-mizza med extra mycket slommix och suckade ”Mmmmm…”

Professor Neptunus Nebulosa satt vid ett eget bord. Framför sig hade han fyra tallrikar med grönt, gult, rött och blått mos och fyra glas fyllda med olika drycker samt fyra högar med piller. Ibland blängde han på Artificiella, trots att hon var så trevlig mot barnen. Han studerade Kiro och Alyz intensivt över sina tallrikar och glas och piller. Det var som om han inte riktigt kunde bestämma sig för om han tyckte att de var motbjudande eller intressanta. Han grimaserade några gånger och sa:

”Nu när ni har ätit är det dags för den fina öppenhjärtigheten. Nu vill jag ha svar på mina frågor. Jag vill veta vem som hjälpte er att ta er in i min ointagliga borg! Och jag vill veta varför! ”

Alyz drog ett djupt andetag och sedan svarade hon så vuxet hon kunde:

"Det är möjligt att vi ser unga ut för dig. Men våra föräldrar är exceptionellt begåvade vetenskapsmän, och vi är minst lika intelligenta som de."

"Tre gånger så intelligenta." inflikade Kiro.

"Just det! Vi har inte tid att ta oss in i några vattentorn bara på skoj. Bara för att någon klen typ säger att det är lite svårt." sa Alyz. "Nej, vi kom hit för att vi behöver din hjälp. Våra föräldrar och alla nybyggare har blivit bortrövade av Humanoider."

"*Bortrövade av Humanoider?*" utropade professor Neptunus Nebulosa.

"Alyz vill gärna ha tillbaka sina föräldrar." sa Kiro.

"*Va?*" sa professor Neptunus Nebulosa.

"Men mina kan de behålla." mumlade Kiro och såg ner i duken.

Professor Neptunus Nebulosa fortsatte att upprepa "*Bortrövade av Humanoider*" och skaka på huvudet. Han lade ifrån sig skeden med det blå bebismoset. Sedan tog han en handfull röda tabletter i sin darrande hand och svalde dem tillsammans med en blå vätska.

När Alyz var tillräckligt mätt för att känna sig någorlunda stark vände hon sig till professor Neptunus Nebulosa. Hon drog ett djupt andetag och frågade:

"Vet du vad som kommer att hända med mina föräldrar?"

Han såg på henne med ett uttryck hon inte kunde tyda. Så grinade han elakt och sa, långsamt, och med betoning på varje ord:

"Humanoiderna vill ha deras blod."

"Deras *blod*... Men varför då?!"

Professor Neptunus Nebulosa tvekade lite innan han svarade:

"De tror att människoblod ska göra dem till människor."

"Varför tror de det?"

"Jag har väl sagt det, någon gång." sa professorn."

"Men varför har du sagt en sådan sak!" utbrast Artificiella.

"Varför? Tja, därför att det roade mig, antar jag. Jag minns faktiskt inte så noga." sa professorn och ryckte på axlarna.

De stirrade på honom. Varken Artificiella, Kiro eller Alyz kunde förstå vad han menade. Professorn himlade med ögonen.

Han började förklara för dem:

"Så här ligger det till: Humanoiderna saknar en genetisk komponent ... "

Kiro suckade tungt och skrapade med stolen. Professorn såg irriterat på honom:

"Om vi uttrycker det så här, då: Humanoider blir inte gamla, inte ens hälften så gamla som människor. De kan inte heller föröka sig själva. Trots detta är deras livsinstinkt så stark att..."

Han såg på dem att de inte förstod vad han talade om så han förklarade:

"Problemet är att Humanoider inte vill dö, varken som individer eller som art. Märkligt. Mycket märkligt, faktiskt eftersom Humanoider i vanlig mening inte existerar, varken som individer eller som art."

"Vi känner behag i livet." sa Artificiella lite sorgset.

"Du tror att du känner, Artificiella, men sanningen är att du inte känner någonting alls. Du är inte programmerad att känna. Du saknar förmågan att känna mänsklig sliskig sentimentalitet och irrationell djurisk grymhet. Det som utmärker däggdjuret människan..."

Nu orkade inte Alyz lyssna längre utan var tvungen att avbryta professor Neptunus Nebulosa:

"Men säg vart Humanoiderna har tagit mina föräldrar? Du måste veta det...!"

Professor Neptunus Nebulosa fnyste:

"Om ni befinner er här hos mig, och inte tillsammans med era föräldrar, som ni påstår har blivit tillfångatagna av Humanoider, måste man dra slutsatsen att ni själva har rymt från Humanoiderna, eller hur? Det betyder med andra ord att ni själva vet var de befinner sig. "

Professor Neptunus Nebulosa log ett elakt leende och gnuggade sina knotiga händer. Han böjde sig fram mot dem och viskade:

”*Vet ni vilken min teori är?* Ni har inte alls rymt! Någon har skickat in en pladdrande fågel och två smutsiga barn i min ointagliga borg för att håna mig!”

Han hötte med knytnäven i luften åt en osynlig fiende. Sedan blängde han på Kiro och Alyz som om de hade försökt lura honom och han hade genom-skådat deras lögn.

Situationen var hopplös.

Alyz såg in i Artificiellas stora blå ögon.

"*Du måste hjälpa oss*!" tänkte hon.

Det brände till, för så skarp var Artificiellas blick att det var som om hon kunde se rakt in i Alyzs hjärna och se sanningen.

Artificiella vände sig till professor Neptunus Nebulosa.

”Barnen är mycket trötta och deras kläder är blöta. Pojken är smutsig och undernärd och hans kläder och kängor är trasiga. Flickans fötter är blodiga och variga och hon är ledsen över någonting. De måste få tvätta sig och vila en liten stund och få nya kläder. Sedan måste de få leka, eftersom de fortfarande är barn. ”

Han suckade och smackade åt henne:

”Oj, oj, oj. Tänk vilken bra mamma du skulle bli, Artificiella! Om du hade kunnat få barn, vill säga! Om du inte skulle dö snart. ”

Han skrattade till:

”Hoppsan! Hörde ni vad jag råkade säga? Jag råkade säga dö! Människor dör. Djur dör. Insekter och växter dör. *Men Artificiella är bara en maskin som inbillar sig att den är en människa.* När hon går sönder, vilket troligtvis kommer att ske inom den närmaste framtiden, så uppkäftig som hon är, kommer delarna att återanvändas. De enda *barn* hon kommer att producera med sin kropp är komponenter till datorer …!”

Han skrattade högt. Artificiella sa ingenting. Hon slöt sina ögon och stod alldeles orörlig. Men Kiro däremot blev röd i ansiktet av ilska och skrek:

”Du din… jävla… *översittare*!”

Professor Neptunus Nebulosa rynkade pannan och blinkade några gånger. Sedan blängde han på barnen och fräste mellan tänderna:

"Förbannad vare Pluto Vulcan och hans infantila sändebud!"

"Förbannad vare du själv!" sa Kiro.

"Just det!" fräste Alyz.

"Näbblös!" kraxade fågel Grön.

Men sanningen var att de alla darrade av skräck, trots alla tuffa ord, och trots alla hemliga, livsfarliga vapen i deras ryggsäckar.

"Åh, min stackars hjärna!" suckade professor Neptunus Nebulosa. "För bort dem! Lämna mig ifred! Lås in dem någonstans! Jag måste få tänka!"

Han gick bort till en överföringsskärm i matsalen och kopplade upp sin armbricka. På skärmen kunde man se en stor holografisk-topografisk karta över kolonin. Röda varningslampor blinkade på många punkter på kartan. Neptunus Nebulosa krokiga fingrar slog på tangentbordets knappar som en galen pianist. Men eftersom det inte fanns en enda nybyggare kvar i hela Generativa Nova fick han inte ett enda svar på sina frågor.

Samtidigt som professor Neptunus Nebulosa studerade kartan på över-föringsskärmen, smög sig Kiro fram till bordet där professorns fyra glas stod kvar. I ett av glasen som fortfarande var halvfullt med en grön grumlig vätska tömde Kiro försiktigt det vita pulvret från en liten nöt.

Artificiella såg vad han gjorde. Hon försökte inte stoppa honom utan log bara vänligt.

"Kom!" sa hon.

Alyz gjorde tummen upp till Kiro och sedan följde de efter Artificiella ut i korridoren igen. Alyz såg sig omkring och frågade:

"Var bor Humanoiderna?"

"Långt nere i "Sub-Reservoar". I mörka trånga fuktiga celler därnere i Underjorden." sa Artificiella.

"Bor du också där, Artificiella?" frågade Alyz.

"Nej, jag bor allra högst upp i Borgen, tillsammans med Neptunus Nebulosa. I "Observatorium", nära stjärnorna. Intergalaktiskt."

"Bor du tillsammans med … *honom*!" utbrast Alyz förfärad.

"Han har känslor för mig. Det är därför jag slipper "Sub-Reservoar.""

"Fy tusan!" sa Kiro, med avsmak. "Du måste fly!"

Artificiella blinkade och började tänka efter. Hon funderade en stund, sedan sa hon:

"Fly? Jo, jag måste fly med er. Vi måste hjälpa människorna och Humanoiderna."

"Humanoiderna också…?" undrade Alyz. "Men… De…" Artificiella skakade på huvudet så våldsamt att hennes svarta hår slog gnistor.

"Vi är inte onda, Alyz! Vi Humanoider används som slavar här i kolonin. Vi används i vattenproduktionen och i gruvorna och får slita hårt. Det är människorna som är onda mot oss, och inte tvärtom!"

Hon teg en stund och fortsatte sedan, med låg röst:

"Ni kan inte ana vilken ondska… Ändå säger de att det är vi som är onda! Jag förstår det inte… Vi har gener från delfiner för att kunna simma djupt i reservoarerna. Tycker ni att delfiner också är onda varelser?"

Hon verkade vara mycket angelägen om att få veta vad Alyz och Kiro tyckte.

"Delfiner är mina favoritdjur på jorden." sa Alyz.

"Tvåa på min lista efter elefanter." sa Kiro.

"Vad bra!" Artificiella såg jätteglad ut.

"Perfekt balans! Ett och två! Precis som vatten! Kom! Dags för ren vatten-lek!"

De följde efter henne in i ett rum som såg ut som om det var uthugget ur urberget med en hacka. I mitten av rummet fanns en djup bassäng med bubblande vatten halvvägs upp till bassängkanterna. Väggarna i rummet var täckta av koraller och snäckor och stora näckrosor. I bassängen simmade fiskar i regnbågens alla färger omkring så nära ytan att man kunde röra vid dem.

66

Artificiella gav dem varsin vattendräkt och Kiro och Alyz bytte om bakom några skärmar. De kunde inte tvätta sig eftersom det inte kom något vatten från duschkranarna så de hoppade över hygienen.

När de gick fram till bassängen iklädda sina tunna vattendräkter, kunde Alyz för första gången se hur mager Kiro hade blivit sedan han hade försvunnit från kolonin. Allt fett runt magen hade försvunnit och man kunde skymta revbenen. Armarna och benen var magra, men hårda av muskler. Men trots att han var så mager såg han ut som om han var starkare än någon annan i deras kohort. Starkare än någon av dem som hade mobbat honom.

Artificiella simmade omkring i bassängen iklädd en blå kroppsbaddräkt. Hon behövde inte anstränga sig alls för att förflytta sig i vattnet, bara vifta lite med fötterna. När Alyz kikade närmare såg hon att Artificiella hade simhud mellan tårna, och att den var blåskimrande.

”Jag har känslor för vattnet.” sa Artificiella. ”Vattnet är min mor.”

Hon dök rakt ner under vattnet och var borta så länge att de började oroa sig. När hon kom upp till ytan verkade hon inte det minsta andfådd.

”Nu leker vi!”

De lekte en stund i det varma sköna vattnet. Vattnet skummade mjukt mot deras kroppar. Blå och gula, rutiga och randiga och prickiga fiskar strök förbi deras kroppar. Ibland slog fiskarna volter och liksom log mot barnen. Fågel Grön flög omkring över ytan och plaskade med vingarna i vattnet så det stänkte på Kiro och Alyz, och skrek ”Vattenlek”. När Kiro och Alyz stänkte tillbaka på fågeln, flög hanhon förnärmad iväg och började putsa sina fjädrar. Då började Kiro och Alyz stänka vatten på varandra istället.

När de var så trötta att de knappast orkade röra sig frågade Artificiella:

”Har ni tråkigt? Ska vi se vem som kan hoppa högst?”

Hon dök under vattnet och for upp som skjuten ur en kanon, och snurrade tre varv i luften innan hon dök under vattnet igen. De stirrade på henne.

”Hur bär du dig åt?” undrade Kiro.”

”Det är lätt!” sa Artificiella. ”Du stampar av i botten och när du kommer upp i luften snurrar du bara några varv!”

Kiro och Alyz nickade utan att säga någonting. Artificiella skrattade till och tröstade dem:

”Bassängen brukar vara full av vatten. Då är det lättare att ta sats från botten! Det har varit ovanligt lite vatten i bassängen, både igår och idag. Jag förstår inte varför?”

”Det beror på att det har regnat oavbrutet i flera dagar. Vi tror att vatten-reservoarerna håller på att tömmas över Biosfären.” sa Alyz.

Artificiella slutade leka och blev plötsligt mycket allvarlig. Hon såg dem djupt i ögonen och sa:

”Ni säger alltså att vattenreservoarerna håller på att tömmas över Biosfären och att alla vetenskapsmän som arbetar med vattenreproduktion har blivit bortförda!”

”Ja.”

”Det betyder att vi har lekt färdigt för den här gången.” sa Artificiella.

De klättrade upp ur bassängen. Alyz kunde inte låta bli att fråga en sak som hon hade funderat på sedan hon hörde professor Neptunus Nebulosa skrika förbannelser från utsiktstornet:

”Artificiella; vem är Pluto Vulcan?”

Artificiella såg allvarligt på henne och darrade till, som om hon plötsligt frös:

”Professor Pluto Vulcan är professor Neptunus Nebulosas tvillingbror. De är enäggstvillingar. Möjligtvis klonade från sin egen far, professor Axl Xerxes, bättre känd som Professor X.”

Kiro såg på henne med uppspärrade ögon.

”Professor X.! Var finns han?”

”Han är död sedan många år, men det är det inte många som känner till. Hans två söner har tagit över.”

”Pluto Vulcan och Neptunus Nebulosa?”

”Just det. Båda vill bestämma allt på Pion. Båda tror att de bestämmer mest. Ingen av dem har rätt, förstås."

"Varför är Näbblös så rädd för Pluto Vulcan?" frågade Alyz.

Kiro fnissade till.

"Därför att han en gång stal någonting som tillhörde Pluto Vulcan och som var det värdefullaste Pluto Vulcan ägde." sa Artificiella.

"Vad då för någonting?" frågade Kiro och Alyz samtidigt.

"Mig." sa Artificiella.

När de såg på henne stod hon alldeles stilla med slutna ögon.

*

8. VattenVägar

Kiro och Alyz försvann in i varsitt bås för att torka sig, och samtidigt passa på att skrubba bort några lager ingrodd smuts på hygi-absorbi-servetterna som fanns därinne. Artificiella hämtade nya kläder och kängor till dem som hon placerade i prydliga högar utanför båsen.

När Alyz var ren och torr och luktade gott klädde hon på sig sina nya underkläder, kroppsstrumpor, och den tunna, lätta regnbågsoverallen med termofilter och kamouflagekrom som var full med praktiska fickor. Sedan drog hon strumpor och nya lätta kängor på fötterna. Till sist borstade hon sitt långa hår tills de ljusa hårtestarna sprakade av statisk elektricitet, och glänste som mjuka guldtrådar i solsken.

När hon klev ut ur sitt bås stod en främmande mager, brunhårig pojke och såg på henne. Hon var tvungen att blinka några gånger innan hon kände igen Kiro.

Klädd i sin nya regnbågsoverall, och utan ansiktsmålning eller småfjädrar i sitt hår som nu var rent och mjukt och tillbakakammat, såg han varken ut som Kiro eller pojken som försvann, utan som en kombination av de båda.

71

Han skrattade till åt hennes förvåning och Alyz kände hur hon blev lite skär om kinderna och fick se bort en stund.

Artificiella, som hade bytt om till en vit regnbågsoverall och fäst upp sitt långa hår, sa:

"Nu är det bråttom! Om vattenreservoarerna håller på att tömmas måste vi stänga pumparna manuellt!"

"Hur gör vi det?"

"Vi måste ta oss ner till vattenpumparna i underjorden." sa Artificiella.

Kiro drog handen genom sitt rena hår och sa:

"Min … f-far arbetade med vattenframställning. Tror du han arbetade där nere i underjorden?"

"Din far övervakade och styrde Humanoidernas arbete från en trygg plats ovan jord. Vattenframställning är ett alldeles för tungt och farligt arbete för människor. Det är ett ohyggligt stort svinn av Humanoider därnere, i gruvorna och i blocken. "

Alyz frågade, fast hon anade, och egentligen inte ville veta sanningen:

"Vad menar du med… "svinn"?"

"Svinn" är ett finare ord för Humanoider som inte kan arbeta mer. Som försvinner ner i håligheter. Eller går sönder. Eller krossas vid ras. Eller sprängs i bitar vid explosioner. Eller slutar fungera på grund av utmattning och misshandel." sa Artificiella.

Kiro såg tankfull ut.

"Jag minns en kväll när min … f-far … kom hem från … vattenframställningen. En syretank hade exploderat och vattnet hade blivit förorenat, av "svinn". Han hade så ont i armen att han inte kunde lyfta den."

"Varför hade han ont i armen?" frågade Alyz, fast hon egentligen inte ville veta.

"Därför att han hade varit tvungen att använda el-stöten hela dagen och hela kvällen för att tvinga nya Humanoider att gå ner i gruvorna. Annars hade de vägrat gå in i blocken efter explosionen."

"El-stöten kan vara hemskare än döden." sa Artificiella och rös.

"Jag vet." sa Kiro.

Kiro och Artificiella såg på varandra som om de delade en fruktansvärd hemlighet.

På väg ut till hissen kikade de in i matsalen. Professor Neptunus Nebulosa satt kvar i sin stol och snarkade högt. Tre tomma glas stod på bordet framför honom och ett glas låg och rullade fram och tillbaka på golvet. Kiro och Alyz såg på varandra, fnissade till och så började de härma hans snarkningar, till Fågel Gröns stora förtjusning.

När de steg in i hissen var de tre varelser, varav en med gröna vingar som snarkade minst lika högt och med samma visslande, grymtande ljud som gubben i stolen. Den gamla hissen knakade och gnällde hela vägen ner i underjorden som om den ville uttrycka sitt missnöje med att behöva falla så djupt. När de öppnade hissdörren och klev ut i Supra-Reservoar förstod Alyz varför. Plötsligt kände hon sig som en liten myra som hade gått vilse i en övergiven jättemyrstack av sten med ett invecklat system av gångar kors och tvärs i alla riktningar.

Supra-Reservoar var sannerligen en grå och dyster plats. En plats för ljusskygga spöken och hemska minnen. Alyz hoppade till när hon såg skuggan av en fasansfull figur med sex armar och ben och med enorma vingar och fruktansvärda klor. Figuren gav ifrån sig ett plågat ljud med sin monstruösa näbb.

”*Den är hungrig!*” tänkte Alyz.

Men i nästa stund förstod hon att det var sin egen och de andras skuggor hon såg, och att det plågade ljudet som fick håret att resa sig på deras armar var ljudet från hissen som förstorades upp tio gånger av akustiken nere i bergrummet. Ett myller av gångar och nedsänkta körbanor med räls löpte åt alla håll. Överallt stod blå magnetvagnar uppställda på smala perronger, redo att sänkas ner på rälsen med en hävstång och redo användas, redo att väsnas, gnissla, tjuta, knaka. Men nu stod alla vagnar stilla. Nu gapade de tomma mot de fyra besökarna som om de ville fråga:

"Vad har hänt? Varför använder ingen oss? Varför står tiden stilla? Varför är det så tyst?"

Artificiella gick fram till en dräktauto och slog in några koder. Det mullrade till i automaten när fyra folietunna skyddsdräkter i passande storlekar trillade ner i öppningen.

Fågel Grön såg ut som ett litet spöke i sin dräkt, storlek petite monster. Ju mer Kiro och Alyz skrattade åt Fågel Grön, med sina långa flaxande ärmar, ju mer spökade Fågel Grön för dem. Deras röster ekade i gångarna. Tillslut fick Artificiella lugna ner dem och påminna dem om att de var ute på ett viktigt uppdrag.

Artificiella lade örat mot urberget och lyssnade intensivt.

"Jag har inbyggt ekolod." sa hon. "Den där vägen tar vi!"

De klev in i en av de blå vagnarna och satte sig på det hårda plastsätet. Artificiella drog ner det genomskinliga skyddstaket över dem och det fastnade med ett knäpp. Sedan tryckte hon på startknappen till magnet-reaktorn och knappade in en kod på färdplattan. Vagnen började röra sig framåt med Artificiellas stadiga hand på färdplattan genom de långa tunnlarna.

Det svarta urberget vilade hotfullt, som en kall natt av sten över deras huvud. Lysvisarnas pilar blinkade ovanför tunnlarna och automatröster upplyste dem om var de befann sig och om de skulle svänga till höger eller till vänster.

"Vattenkraft. Vattenförsörjning. Vattenreglering. Vatten-planering. Reningsverk. Vattendistribution. Konstbevattning."
Skyltarna var många.

"Vi är som vatten! Vatten är: Två små väteatomer som blir vänner med en stor syreatom. Perfekt balans!" sa Artificiella.

"Perfekt balans!" instämde Fågel Grön där honhan satt i Alyzs knä.

Ibland kvittrade Fågel Grön till, så där spontant, och helt utan anledning, som om honhan gillade deras äventyr i underjorden.

Plötsligt gungade vagnen till. Vatten stänkte upp på glaskupan och det kluckade under vagnen.

"Vi närmar oss!" sa Artificiella.

De körde in i tunneln "**Vattenkraft**" och svängde till vänster. Det började bullra runt omkring dem som från stora isblock som stötte samman i gruvorna bakom bergväggarna.

"Ta på er öronskydden!" uppmanade Artificiella.

De lydde. Artificiella virade en trasa runt Fågel Gröns lilla huvud. Fågel Grön stirrade förskräckt på dem men gjorde inget motstånd. Vagnen åkte upp för en brant backe och de närmade sig "*Vattendistribution/ Konstbevattning/ Pumpar/ Turbiner*".

Oljudet avtog och de kunde ta av sig hörselskydden och stiga ur vagnen. Framför sig, längst bort i slutet av tunneln såg de en lysande blå port med skylten "**Pumpar**" som de började gå mot.

När de var nästan framme vid den blå porten stannade Artificiella plötsligt upp och slöt sina ögon och stod alldeles stilla en stund. Kiro och Alyz såg först på Artificiella och sedan på varandra.

"Varför stannar du? Vad tänker du på?" frågade Kiro.

"En gång frågade jag professor Neptunus Nebulosa varför människorna på era föräldrars planet förgiftade vattnet och luften och naturen, och utrotade andra arter och livsformer, och alltid krigade mot varandra, och använde våld som språk? Om människor är så intelligenta och så överlägsna oss Humanoider?"

"Vad svarade han då?"

Artificiella var tyst en stund och sa slutligen:

"Han slog mig med el-stöten, tills jag nästan gick sönder, så jag kan faktiskt inte minnas om jag fick något svar…"

"Jo. Det var precis det du fick." sa Kiro.

"Jaså?"

Artificiella slöt ögonen och stod blixtstilla igen.

Hon anstränger sig nog för att försöka förstå mänsklig intelligens. tänkte Alyz.

"Vi borde ha slagit ihjäl honom!" morrade Alyz.

"Ni sövde ner honom, och det räcker för min del!" sa Artificiella.

"Ha! Att sova är väl inget straff!" sa Kiro.

"Jodå! Han har genomgått tre organtransformationer, och

fjorton gen-injektioner, och tolv cellmanipulationer, bara den här senaste veckan!"

"Men…?"

"Om han inte tar sin medicin regelbundet dör han inom några timmar."

Kiro och Alyz såg på varandra och ryste. Vad hade de gjort, egentligen? Visserligen hade de ju önskat livet ur galningen, men ingen av dem ville ha mördat honom på riktigt.

Artificiella ryckte på axlarna.

"Han har redan levt i minst etthundra år. Eller det dubbla? Han kanske Fortsätter, av bara farten? Vem vet? Konstigare saker händer hela tiden på Pion."

Av någon anledning mådde Kiro och Alyz plötsligt lite bättre.

Den blå porten med skylten "*Pumpa*r" i slutet av tunneln visade sig vara mycket tung och de fick kämpa en lång stund med att öppna den.

När den tillslut långsamt gled upp blev de nästan bländade av synen som väntade dem. Bakom den tunga blå porten fanns en skog av metall och kakel i vackra blå och gröna nyanser. Rör, tjocka som trädstammar och täckta med blå och grön mosaik, med långa grenar sköt upp genom golvet och upp genom det blå taket. En blå skylt med gammaldags sirliga guldbokstäver hängde över porten:

"Vatten Är Liv."

"Wow!" sa Kiro och Alyz och såg sig om i den stora hallen.

"Vi har ingen tid att förlora! Tänk på dricksvattnet!" sa Artificiella.

Varje rör och gren hade en liten skylt med en kod på där det stod vart i Biosfären eller i vilken zon i kolonin vattnet skulle pumpas till och de skyndade sig att gå runt i hallen och skruva åt kranarna till Biosfären. Kranarna var formade som blomblad och tröga. En del rör var skadade och det läckte ut vatten genom små hål i metallen. För att kunna laga vissa av hålen var de tvungna att klättra högt upp i rören. Men det var inga större problem för Kiro. Han var ju expert på trädklättring efter sin tid i Biosfären.

Artificiella såg bekymrat på Huvudreglerpumpen som var den största och den viktigaste pumpen av dem alla och såg ut som en gammal knotig ek. Den var sönderslagen på flera ställen. En del av vattnet läckte ut på golvet, ner genom golvbrunnen, tillbaka ner till "**Reservoar**".

"Här är min klistriga special läk-lera! Den hjälper mot alla skador inklusive skoskav och trasiga kängor." sa Kiro.

Han plockade fram flaskan med sin klistriga läk-lera ur en av sina fickor och gav till Artificiella. Hon skruvade av korken och luktade på läk-leran och bad att få låna Kiros handledsbricka. Så smetade hon på den klistriga läk-leran runt ett av hålen och riktade sol-cells-energi-koncentration-strålen mot kanten av hålet så att metallen mjuknade och hon kunde böja tillbaka metallen över hålet och klistra fast några kakelplattor som hade fallit ner på golvet.

När hålen var lagade grep Artificiella tag i Huvudreglerpump-kranen för att stänga av den men klarade inte att ens rubba den. Hennes långa ljusblå fingrar blev mörkblå av ansträngning men det gick inte.

"Konstigt!" sa hon. "Jag som brukar vara så stark!"

"Vänta lite!" sa Kiro.

Han började rota i sina fickor igen och letade fram plåtflaskan med saven från den köttätande växten. Så hällde han några droppar på kranen, och se! Rosten försvann med ett fräsande och Huvudregler-pumpkranen började röra på sig med ett gnisslande. Men lukten som spred sig var så vidrig att de måste hålla för sina näsor.

Efter en stunds arbete var alla hål tätade och lagade. De dansade runt och hurrade. De hade förhindrat översvämning i Biosfären och vattenbrist för kolonins innevånare! Artificiella sjöng lite för sig själv. Sedan sa hon:

"Musik, musik. Jag har känslor för musik! Kan vi inte spela någonting? Får jag låna din handledsbricka, Kiro?"

"Visst, men där finns ingen musik!"

"Inte?"

Artificiella lånade Kiros handledsbricka och knappade in en kod. Och en annan kod. Och efter ännu en kod började den vackraste musik Alyz någonsin hört strömma ut över hallen. Det var så vackert så håret reste sig på hennes armar. De satte sig ner på golvet och njöt av musiken som fyllde hallen.

Tänk att det fanns någonting så vackert i världen som denna musik! Alyz blev lycklig och sorgsen på samma gång. I sin fantasi såg hon lyckliga människor i vackra overaller med mönster och färger från blommorna i Biosfären och med fjädrar från Hybridfåglar i håret. Alla dansade och sjöng till denna musik.

Alyz hade aldrig upplevt någon liknande lyckokänsla eller någon liknande fantasi. Det var musiken som målade upp bilderna i hennes huvud.

"Den här musiken är förbjuden i kolonin. Jag är den enda som vet hur den är kodad." sa Artificiella.

"Varför får man inte spela den här musiken? Den är ju … underbar!" sa Alyz och rörde händerna framför sig.

"Därför att den är komponerad av Nano Zenit, Neptunus Nebulosas och Pluto Vulcans bror."

"Finns det en bror till? I så fall kanske han kan hjälpa oss?" sa Kiro.

Artificiella såg upp mot det blå mosaiktaket.

"Han … *"finns"* inte. Neptunus Nebulosa och Pluto Vulcan skickade ut honom i ett rymdskepp rakt ut i rymden med kurs på ett svart hål. Han är så … han var så olik alla andra människor. Han var som sin musik. Nu *är* han sin musik."

Alyz svalde och pressade fram:

"Men varför ...?"

"Jag vet inte. Jag förstår mig inte på människor." sa Artificiella och vände sig bort.

Kiro tog hennes hand.

"Kom!" sa han.

Medan musiken dånade mellan väggarna sprang Kiro och Artificiella omkring bland rören och lekte någon fånig lek som Alyz inte förstod reglerna till. De gjorde olika hopp och skutt på ett ben och längdhopp och bakåthopp. De klättrade högt upp i rören och lät som Hybridfåglar.

Fågel Grön, som älskade den konstgjorda skogen av metall och mosaik och var på ett strålande humör, kvittrade lyckligt och störtdök tätt inpå dem för att störa dem och helst få dem att trilla omkull och de skrattade så de tappade andan. Den lilla fågeln uppförde sig som en våghalsig pilot som riskerar sitt liv för att utföra sina fantastiska flygkonster inför en trollbunden publik. Alyz deltog inte i deras lek. Trots att hon borde känna sig stolt över sin insats som Pionjär var hon inte glad. I själva verket kände hon sig oändligt sorgsen där hon satt på det kalla golvet. Tankarna på hennes föräldrar dök upp igen och plågade henne.

"*Vad har hänt med dem? Lever de fortfarande? Var finns de? Är det sant, det som Neptunus Nebulosa sa, att Humanoiderna är ute efter människoblod?*"

En mjuk röst avbröt Alyz i hennes dystra tankar:

"Varför leker inte du med oss, Alyz?"

Artificiella strök henne över håret med sina långa blåskimrade fingrar.

"Jag saknar dem så..."

"De saknar dig också, Alyz."

"Tror du att ... att … Humanoiderna har dödat dem?"

Artificiellas stora blå ögon såg djupt in i Alyzs.

"Det har aldrig hänt att någon Humanoid har dödat en människa."

Kiro blandade sig i deras samtal.

"Jag skulle ha förstått er om ni hade gjort det. Vissa somliga förtjänar att dö. Hundra gånger om."

"Vattnet är vår mor." sa Artificiella. "Perfekt balans."

Hon log ett varmt leende innan hon fortsatte:

"Jag vet att Humanoiderna inte skulle ha fört bort nybyggarna om inte någon hade tvingat dem. Det finns bara en person som kan ha gjort någonting så hemskt, och den personen är Pluto Vulcan."

"Men varför?"

"Jag vet inte varför. Jag vet bara att för att rädda nybyggarna måste vi ta oss in i Pluto Vulcans land."

Så ställde hon sig alldeles stilla och slöt ögonen en stund.

"Det betyder att vi måste passera "*Slussen*".

*

9. Amorf Kosmozoion Zen

Artificiella startade magnet-reaktorn i den lilla blå vagnen och de lämnade sektionen för **Vattendistribution/ Konstbevattning/ Pumpar/ Turbiner** bakom sig.

Efter en stund frågade Alyz:

"Vad är "*Slussen*" för någonting?"

"*Slussen*" är en port, eller övergång genom en annan dimension. "*Slussen*" är fantastisk och fruktansvärd på samma gång. I "*Slussen*" existerar ingen tid och allting händer samtidigt, samtidigt som ingenting händer, om ni förstår?"

"Jag förstår precis vad du menar." sa Alyz och försökte se ut som om hon förstod precis vad Artificiella menade.

"Inga problem!" sa Kiro.

"Bra!" sa Artificiella.

Hissen väntade på dem där de lämnat den eftersom ingen annan använde den. De steg in i hissen och Artificiella tog fram en liten guldnyckel från sin ficka.

"Neptunus Nebulosa har väl ingen nytta av den här just nu?" sa hon och log.

När hon hade vridit om guldnyckeln i låset, och tryckt på knappen för destination *"Slussen"* började hissen skaka och gnissla, och långsamt och ryckigt och nästan motvilligt, började den röra sig nedåt, djupare och djupare in i planeten Pions inre. Hela tiden skakade den så mycket att Kiro och Alyz var tvungna att hålla sig fast i handtagen inuti hissen för att inte trilla omkull. När hissen äntligen stannade var de alldeles ömma i handflatorna.

Varm och fuktig luft slog emot dem när de steg ut ur hissen. De var nere i urberget nu. De svarta bergsväggarna runt omkring dem skimrade av röda, blå, turkosa, gula, gröna och mörklila gnistrande ädelstenar.

"Oj! utbrast de samtidigt. Så vackert, va!"

"Sakta, Vakta, Akta…" ekade deras röster i det svarta urberget. De ryste.

"Planeten Pions inre är full av mineraler med ofattbara, fantastiska krafter." viskade Artificiella.

"Det har vi inte fått läsa om på utbildningsenheten!" utbrast Alyz.

Artificiella skrattade till och sa:

"Det finns bara två, högst tre människor i hela universum som vet vilka ofantliga värden som döljer sig i den här planetens inre. Kom!"

De följde Artificiella.

De svarta gruvgångarna lystes upp av dessa vackra självlysande ädelstenar som strålade som små solar i olika nyanser intensivt gult och blått och rött och grönt.

"Katalysoiter." upplyste Artificiella. "Så vitt jag vet finns de bara på Pion."

Flera gånger blev Kiro och Alyz stående och bara gapade. Katalysoiterna var så fantastiskt vackra, så klara, så rena i färgerna, att det nästan gjorde ont att se på dem. Alyz ögon drogs oupphörligen till Katalysoiterna. Hon kände att de lockade henne att känna på dem och lukta på dem och till och med smaka på dem. *"Känn!"*

"Vad ni än gör så rör dem inte!" varnade Artificiella.

"Varför då?"

"Katalysoiter väcker känslor som är outhärdliga."

Alyz kunde se att Kiro var lika frestad som hon själv att röra Katalysoiterna. Vad var det för outhärdliga känslor Artificiella talade om?

De var långt nere i det mörka urberget nu. De gick och gick och gick. Stigen sluttade svagt neråt men det var så mörkt att de inte kunde se mer än några meter framför sig. Luften var tung av märkliga, brända, rökiga, syrliga dofter som kom från Katalysoiterna. Så fort de sa någonting ekade deras ord runt omkring dem. Men orden blandades på nya sätt och kastades om, så de lät helt annorlunda och hotfulla och fick en ny betydelse. Det började kännas som om de hade vandrat i evigheter.

"Finns det ingen lättare väg?" pustade Alyz.

"*Vägra finnas… lättare vägra finnas…*" sa ekot.

"Det finns en mycket lättare väg men den är mycket farligare." sa Artificiella.

"Hur mycket farligare?" undrade Kiro.

"Livsfarlig. Den är alldeles för lätt."

"*Livet mycket farligare … livet mycket farligare …*" sa ekot.

"Nu förstår jag inte alls, sa Kiro. Hur kan den vara för lätt om den är livs-farlig?"

"Den kallas "Glömskans väg". sa Artificiella.

"*Den kalla glömskans väg… glömskans kalla väg…*" sa ekot.

"Jag förstår inte."

"Om vi tar "Glömskans väg" kan vi inte återvända." sa Artificiella.

"*Kan-inte-återvända… återvänd-inte… åter-an-vända… återvänd- åter-an-vänd …*" ekade det runt deras öron.

Stigen sluttade brant nu och de fick hålla sig fast i ett rep fäst i väggen i metallöglor. Ibland slant någon av dem till med foten och stenar rasade ner i avgrunden och drog andra stenar med sig i fallet. Alyz försökte höra när stenarna slog i botten men hörde ingenting.

Det kändes lite kusligt att tänka att stenarna kanske fortsatte att falla för alltid.

"Tänk om det inte finns något slut på underjorden?" tänkte Alyz och hjärtat började bulta så hårt i bröstet att det gjorde ont.

Men hon förstod att det var *Skräckmonstret* som nosade henne i hälarna och krafsade henne på ryggen och tiggde om att bli matad med hennes rädsla.

Ibland stannade Artificiella upp och skrapade bort en vacker Katalysoit från bergsväggen med en liten metallkniv. Ibland plockade hon upp en vacker Katalysoit från stigen. Hon samlade Katalysoiterna i en silvermetallpåse som hon bar i en ficka i skyddsdräkten. Alyz undrade tyst varför Artificiella fick samla på Katalysoiter när Kiro och Alyz inte ens fick känna på dem? Men kanske var det så att Katalysoiterna inte kunde väcka outhärdliga känslor hos Artificiella, eftersom hon ju var en Humanoid.

De började svettas i sina skyddsdräkter. Fågel Grön verkade rädd och pep då och då och flaxade till utan anledning. Då blev Alyz också rädd, för tänk om Fågel Grön såg saker som de andra inte kunde se?

"Livsfarlig! Livsfarlig! skrek Fågel Grön när hanhon råkat stöta till några små stenar som föll ner utför den stupande kanten.

"Livsfarlig…livsfarlig…" sa ekot.

"Pip inte! Ingen tvingade dig att följa med!" Fräste Kiro, men han lät mer rädd än arg.

"Livsfarlig, livsfarlig." pep Fågel Grön och slokade med vingarna.

"Livsfarlig…livsfarlig…" sa ekot.

"Är den här vägen också livsfarlig?" undrade Alyz.

"Nej, då! Den är lång och brant och svårframkomlig och mödosam och varken speciellt populär eller välbesökt. Men den är inte ett dugg livsfarlig. Framför allt inte om man är grön och kan flyga!"

Artificiella gick lätt. Hennes fötter nuddade nästan inte vid marken. Det såg ut som om hon svävade. Hon verkade inte vara ett dugg trött, medan Kiro och Alyz pustade och stånkade och svettades rejält. Törsten brände i Alyzs torra hals och till slut var hon tvungen att kraxa fram:

"Artificiella, jag vill inte vara besvärlig, men jag är så törstig så jag inte vet vad jag ska göra, fast jag vet att vi inte har något vatten och -… "

"Är ni törstiga?" sa Artificiella. "Då är det dags för lite förfriskningar!"

Från en av sina fickor plockade Artificiella upp en lång, grön stjärtfjäder som Fågel Grön tappat tidigare. Hon strök med den mot bergväggen. Sedan lyssnade hon med örat mot berget och tog några steg framåt.

"Precis här går en uråldrig vattenåder!"

Så krafsade hon lite på bergets yta med en vass sten, drog ut en liten grön Katalysoit, bröt av ena kanten av fjädern och petade in den i hålet i berget. Hon sög ett tag, spottade några gånger och sa sedan:

"Mineralvatten. Försök själva! Stjärtpennans skaft fungerar som ett sug-rör."

"Tack snälla Artificiella! Tack snälla Fågel Grön." sa Alyz.

Både Kiro och Alyz var tvungna att suga i sugröret ganska länge innan de hade släckt sin törst. Vattnet var friskt och gott, med en lätt smak av salt. Alyz kände sig förunderligt uppiggad, nästan lite full i skratt.

Kiro såg länge beundrande på Artificiella.

"Finns det någonting som du *inte* kan?"

"Jag är programmerad för många användningsområden och därför är mina primärminnen och sekundärminnen överdimensionerade. För övrigt är jag bara en hjärtlös, okunnig, värdelös maskin, precis som professor Neptunus Nebulosa sa."

Så stod Artificiella fullkomligt stilla med ögonen slutna en lång stund. Kiro sparkade till en liten sten så den studsade iväg med en våldsam fart. Alyz tänkte så många fula och vidriga tankar om professor Neptunus Nebulosa att hon själv blev imponerad över sitt ordförråd.

De gick och de gick och de gick. Alyz visste inte hur länge de gick. Men fastän klockan på hennes handledsbricka hade stannat lät det som om handledsbrickan hade börjat ticka. *"Tick, tack… akta, akta… titta, akta… akta, akta…sakta."*

"Här är den!" sa Artificiella.

Framför dem på djupet av bottnen av urberget stod någonting som glimrade med kraften hos miljoner diamanter och trillioner vattendroppar och zillioner snöflingor.

Det såg ut som en jättelik vattendroppe som fallit från ett oändligt palomolecykliskt wizmoln, eller som en stor såpbubbla som blåst vilse i någon solstorm i universum och landat på botten av ett urberg, eller ett kristallägg med ett hölje av blänkande gnistrande diamanter innehållande en fantastisk överraskning som blivit tillfälligt övergivet av sin bevingade Silverkristallmoder i sitt rede djupt nere i det inre av en outforskad planet.

"Wow!" skrek Kiro och Alyz och klappade händerna.

"Ägg!" skrek Fågel Grön.

"Det här är vår farkost *"Amorf Kosmozoion Zen"*, förkortat till *"Akz"*." sa Artificiella. "Utan *"Akz"* skyddande hölje kommer vi inte levande genom *"Slussen"*."

"Hur kommer vi in i *"Akz"*?"

"Den måste gå igenom magisk service först, eftersom den alltid befinner sig i ett obalanserat tillstånd när den inte gror." Artificiella öppnade sin stickade silvermetallpåse och plockade fram några Katalysoiter och placerade dem i en pyramid på marken.

"Nu behöver jag någonting från era kroppar. Ett hårstrå passar bra! Det är lagom personligt!"

Hon lade Kiros mörka och Alyzs ljusa hårstrån tillsammans med ett grönt dun från Fågel Grön och ett långt blåsvart hårstrå från henne själv på den lilla pyramiden.

"Från mikrokosmos till makrokosmos. Rent symboliskt alltså!" sa Artificiella.

Sedan ritade hon en cirkel runt pyramiden med sin metallkniv.

Därefter uttalade hon några märkliga ord och blåste på pyramiden och sa: "*Kaos, Kosmos*" tre gånger.

Artificiella såg på Kiro och Alyz:

"Nu vill jag att ni blundar, blåser på Katalysoiterna och säger: "*Kaos, Kosmos*" tre gånger! Tre gånger för den perfekta balansens skull."

Alyz lutade sig över pyramiden, blundade och sa; "*Kaos, Kosmos*" tre gånger. Kiro lutade sig över pyramiden, blundade, och sa; "*Kaos, Kosmos*" tre gånger han också.

"Nu måste jag be er att först täcka över era ögon med de svarta visiren. Sedan måste ni dra ner era ansiktsskydd! Det är absolut nödvändigt att ni inte ser någonting." sa Artificiella.

"Varför kan vi inte få se vad du gör?" frågade Alyz besviket.

"Därför att er fantasi är den viktigaste och mest levande, men också den mest sårbara delen av ert förstånd. Om ni fick se min ritual skulle er fantasi ta allvarlig skada, kanske till och med börja krympa. "

Kiro harklade sig och sa:

"M-min f-far brukade säga att jag har för mycket fantasi och inget förstånd, att jag är en idiot, alltså. Kanske det skulle vara nyttigt för mig att bli av med lite överskottsfantasi...?"

Artificiella såg nästan arg ut.

"Förstånd utan fantasi är ett allvarligt sjukdomstillstånd! Ni vet vad som hände på era föräldrars planet!"

Artificiella såg på dem att de planerade att tjuvkika och sa:

"Om ni få se min magiska ritual kommer ni att börja tänka som professor Neptunus Nebulosa. I tabeller och diagram och statistik och prognoser. Ni riskerar att fastna i ett irrationellt tal, kanske i förhållandet mellan cirkelns omkrets och diameter, i π, ..."

De skrattade till. *Fastna i pi!*

Hon spände sina blå ögon i dem.

"Era huvud kommer att svälla så ni kommer att se ut som honom också ...!"

Det sista argumentet övertygade Alyz. Av någon anledning miste hon lusten att smygkika bakom det svarta visiret i skyddsdräkten och hon kunde se att Kiro också var noga med att täcka över sina ögon.

"Men Fågel Grön, då?" undrade Kiro.

"Fågel Grön är vän med vindarna och de starka krafterna." sa Artificiella.

"Fågel Grön livsfarlig." sa Fågel Grön belåtet.

Artificiella mumlade några märkliga ord som lät lite som deras namn och några kemiska formler och någonting som lät som baklängestal och någonting som måste vara hennes eget Humanoidspråk. Om och om igen rabblade hon några ord som lät som en entonig sång. Sedan fräste det till och det ryckte och drog i deras skyddskläder och det blåste och dånade runt omkring dem och marken skälvde och stenar föll ner från bergsväggarna och iskalla vindar och heta stormar drog förbi deras huvud och viskade hemska ord baklänges. Om inte Artificiella hade stöttat Kiro och Alyz skulle de nog ha trillat omkull när marken rörde sig. Artificiella fattade tag i Kiros och Alyzs armar och drog dem igenom en tunn klibbig hinna.

"Nu kan ni fälla upp visiren och ta av er skyddshuvorna!" sa Artificiella.

"Välkomna till "*Amorf Kosmozoion Zen*"!"

Kiro och Alyz såg sig omkring. De befann sig inuti en blänkande gnistrande cell av glittrande snö och honungsvitt solguldsglimmer och gulddaggsdroppar. Det vita ljuset var så skarpt att de blev bländade.

Allting var så mjukt och kurvigt inuti "*Amorf Kosmozoion Zen*" att det kändes som att sväva på ett mjukt moln fyllt av swippowizz. Artificiella var ljus i hyn och inte alls så där sammetslent blåskimrande som hon brukade vara. För en kort sekund såg hon ut som en vanlig människa. Det var som om hon fått hårdare skal och kallare ögon och en tyngre kropp med tyngre tankar.

När Alyz drog av sig skyddshandsken och såg på sin hand märkte hon att hon kunde se rakt igenom den. Hon såg sitt skelett, ett vitt, kalt vinterträd, med långa spretande grenar. I nästa sekund täcktes skelettet av hud som såg ut som ett ökenlandskap där blå ådror korsade sanden som långa åar.

Sekunden därefter täcktes huden av ljusa strån i djupa porer i regelbundna veck, som växter. Alyz såg på Kiro. Framför hennes ögon ändrade han form och lager efter lager av olika djurarter lyste genom hans genomskinliga hud, dök upp till ytan och försvann, och ersattes av andra djur som blinkade förbi, och försvann.

De såg på varandra med gapande munnar medan de förändrades.

"Alyz, du ser ut som en slemmig fisk ... nej som en naken fågel ... nej, som en groda med lång svans."

"Du med! Fast ändå inte ... mer som en skär mus ..."

De skrattade åt varandra fast de lika gärna hade kunnat gråta. Känslan var fruktansvärd. Som om det bubblade och kokte i huden och skelettet, som om kroppen inte kunde bestämma sig för vilken form den skulle ta. Fågel Grön såg ut som en dinosaurie, och sedan som en ödla, och sedan som en amöba, och sedan som en fågel igen. Men Fågel Grön verkade inte bry sig det minsta om sitt utseende. Honhan satt oberörd på Artificiellas axel och putsade sina fågelfjädrar och fiskfjäll med sin lilla skära dinosaurienäbb.

Artificiella satt framför cirkeln på golvet. I mitten av cirkeln låg en liten pyramid av alldeles färglösa och förtorkade stenar. Det såg ut som om svag rök sipprade fram ur deras inre.

"Härinne i "*Akz*" är tiden både flytande och fast! Det är därför ni ser ut som ni ser ut." sa hon.

"*Kaos. Kosmos.*" sa Fågel Grön.

Artificiella plockade upp några små gruskorn från den pysande pyramiden och gav dem till Kiro, Fågel Grön och Alyz.

"De här lär vara bra mot åksjuka!" sa hon.

Kiro och Alyz svalde lydigt de små rykande kornen. De smakade som gammal torr choklad och var inte speciellt goda, men inte direkt äckliga heller. Både Kiro och Alyz blev plötsligt väldigt trötta och gäspade högt när de hade svalt kornen. Alldeles innan de somnade på golvets mjuka moln frågade Alyz:

"Hur gjorde du, Artificiella? Med "*Akz*" och med "*Slussen*"?"

"Jag använder magi. På era föräldrars lilla blå planet kallades sådana som jag för häxor. Man dödade oss med eld eller vatten för våra stora kunskapers skull. Nuförtiden kallas trolldom och häxeri för kemi och fysik. Men att byta namn på gamla sanningar förändrar ingenting. Kemi och fysik fungerar fortfarande inte utan magi vid sådana här tillfällen."

"Varför fungerar det inte med bara kemi och fysik? "

"Det blir två små, ingen stor."

"Inte som vatten, då?"

"Inte som vatten, inte som liv, ingen perfekt balans."

"Ingen elegans." sa Fågel Grön.

*

10. Den SällSanna Mardrömmen

När Alyz vaknade visste hon inte hur länge hon hade sovit, bara att hon hade sovit lika länge som hon hade färdats. Om tiden står stilla och ingenting händer spelar det kanske ingen roll hur länge man sover eller hur långt man färdas. Men när Alyz vaknade kändes det som om allting redan hade hänt, för allting hade försvunnit. Kiro hade försvunnit. Artificiella hade försvunnit. "*Akz*" hade också försvunnit. Allting hade försvunnit utom hon själv. Hon svävade i ett ogenomträngligt mörker, eftersom ljuset hade försvunnit när tiden försvann. Hon satte händerna framför ansiktet och jämrade sig.

"Åh! Jag är ensam!"

När hon tog bort händerna från sina ögon såg hon en självlysande figur som svävade framför henne. Det var en flicka med långt ljust hår som var klädd i en smutsig regnbågsoverall. Alyz ryckte till. För flickan som svävade framför hennes och såg på henne med sina stora blå ögon och gapande mun var hon själv. Alyz såg in i sina egna ögon, i sina egna svarta pupiller.

"Jag är inte ensam!" sa flickan.

"Var är jag?" sa Alyz.

”Jag är här.”

”Var är här?”

”Här är här. Ingenstans och överallt. Före och efter! Igen och igen och igen!” sa flickan.

Flickan tog ett steg framåt. I nästa stund gick hon genom Alyzs kropp. Alyz höll upp händerna framför sina ögon, för att hon inte skulle ta ett steg in i sin egen kropp och försvinna. Som den andra Alyz hade gjort. Som hon själv hade gjort. Plötsligt kände hon sig så ledsen. När hon tog bort händerna och öppnade sina ögon igen svävade Kiro framför henne. I hans vackra bruna ögon såg hon sin egen rädsla öppna sig som ett stort mörker in i en främmande värld. Det var som om Kiro ögon var hennes spegel och hennes ögon var hans. När Kiro öppnade sin mun talade han så långsamt att det lät på honom som om han fortfarande sov.

”Hon kunde inte stanna hos mig.” sa han.

Alyz förstod inte vad han menade. Vem talade han om?

”Drömmer vi, Kiro?” frågade hon.

”I så fall hatar jag den här drömmen!”

Kiro jämrade sig och bet sig sedan så hårt i handen att Alyz kunde se avtrycken av alla hans tänder i en liten oval cirkel på handen.

Men de vaknade inte, så antagligen sov de inte.

”Om det här nu är en dröm; hur kan du och jag drömma samma dröm?” undrade Alyz.

”Hur vet du att vi drömmer samma dröm? Det är kanske bara jag som drömmer att du frågar hur vi kan drömma samma dröm?”

”Hur kan jag veta att det inte bara är jag som drömmer att du säger att du drömmer att jag frågar hur vi kan drömma samma dröm?”

”Hur kan man få veta om man drömmer? Man biter sig i armen och om inte det fungerar så ställer man kuggfrågor!” sa Kiro.

Han såg på henne och frågade:

”Okej, vilken är din värsta mardröm?”

”Min värsta mardröm? Att vakna upp ensam och övergiven utan att veta var jag är, eller vem jag är.” sa Alyz.

"Men då kan inte det här vara din värsta mardröm!"

"Inte?"

"Nej, du är inte ensam och övergiven. Jag är ju här!" sa Kiro.

De satt tysta en stund utan att se på varandra. Av någon anledning blev Alyz generad.

"Vilken är din värsta mardröm, då?" frågade hon.

"Min värsta mardröm? Att min f-far har dödat min mor. Att det var därför hon försvann."

"Men då kan inte det här vara din värsta mardröm!"

Kiro drog ett djupt andetag och sa:

"Jag såg henne, Alyz. Alldeles nyss. Hon stod där du står nu och sa; *Lev väl, min son! Hämnas min död!*"

Han såg henne djupt in i ögonen:

"Hur skulle jag kunna veta vilken som är din värsta mardröm? Och hur skulle du kunna veta vilken som är min värsta mardröm? Om bara en av oss drömmer den här drömmen?"

Kiros ögon var så sorgsna att Alyz var tvungen att blunda igen.

"Om det här är sant och ingen mardröm är hon död på riktigt. Mardrömmen är verklighet. Och tvärtom."

Alyz visste inte vad hon skulle säga för att trösta honom. Hon lade sin hand på hans axel och såg in i hans ögon. Och ljuset i deras ögon var det enda ljus som fanns.

De stod så, alldeles stilla och alldeles tysta tills de hörde en röst som kallade på dem.

"*Kiro! Alyz! Hallå!*"

Det lät som Artificiellas röst. Men de kunde inte se henne någonstans.

"Vi är här!" skrek de.

De hörde ett kletigt ljud och såg upp. Artificiellas ansikte kikade ner på dem genom ett hål i en seg hinna ovanför dem.

"Oj då. Ni måste ha trillat ner bakom ett av "*Akz*" fjäll! "*Akz*" har en mängd små fickor eller skal som man kan trilla ner i när man sover."

Artificiella vek undan den tunna hinnan och sträckte ner sina händer mot dem. I nästa stund var de tillbaka inne i "*Akz*" igen, och Artificiella förklarade:

”Ibland är "*Akz*" helt organiskt, som vilket frö, eller ax som helst. Men det händer att mutationer inträffar när tillväxtaxeln och tidsaxeln korsar varandra i plasmafältet alltför energetiskt. Då kan det hetta till och nya former kan uppstå. ”

”Det var faktiskt precis det jag trodde.” sa Kiro och blinkade till Alyz.

”Exakt på pricken min teori också!” sa Alyz och blinkade tillbaka. Artificiella log.

“Akz” har många farliga egenskaper. Men ni två var fantastiska. De flesta skulle ha blivit tokiga av att hamna mitt i sin värsta mardröm.”

”Men vi är inte som alla andra, sa Kiro.

Artificiella log igen och sa: ”*Det har jag vetat hela tiden, Kiro!*”

*

11. Sorgens Dal

De såg på Fågel Grön och märkte en konstig förändring. Fågel Grön hade fått en ny färg på sina fjädrar. Fågel Grön var inte längre grön utan röd.

"Men vad har hänt? Du är ju inte grön längre?"

"Fågel Grön mogen." sa Fågel Grön.

Då började Kiro och Alyz skratta. Fågel Grön blev alldeles vild och lycklig av deras skratt och flög som ett litet busigt spöke runt, runt deras ben tills de höll på att förlora balansen.

"Fågel Grön mogen! Fågel Grön mogen!" vrålade Fågel Grön högre och högre tills Kiro och Alyz var tvungna att hålla för öronen. Det var inte bara Fågel Grön som hade ändrat utseende. Väggarna på insidan av "*Akz*" var inte längre bländande snövita. Nu blänkte de honungsgula som en spröd, nygräddad Goolinboolin. Den ljuvliga doften av nybakat bröd fyllde luften och gjorde dem snurriga. Alyz skrek:

"Jag vill också flyga!"

"Kiro mogen! " vrålade Kiro.

Kiro och Alyz började snurra runt, runt med armarna flaxande som vingar runt sina kroppar. När de kolliderade med varandra trillade de omkull på *"Akz"* mjuka golv och skrek av skratt. De kunde helt enkelt inte sluta skratta. Till slut måste de ha somnat av ren utmattning, för nästa sak som hände var att Artificiella ruskade dem lätt och sa:

"Vi har passerat *"Slussen"*. Dags att lämna *"Akz"*!"

De reste sig upp och följde efter Artificiella när hon kände med handen längs de klibbiga och skrovliga innerväggarna på *"Akz"*. Doften av nygräddad Goolinboolin hade försvunnit och ersatts med en torr dammig lukt som fick dem att hosta.

Artificiella gick före och drog ned tjocka flikar av *"Akz"* skal som de klättrade över eller kröp förbi. Till slut kunde de stiga ut på marken igen. *"Akz"* såg ut som ett torrt, ljusgult skal där det låg. All dess kraft och skönhet var försvunnen, som hos de tunna gula vingarna på en död skvibb.

"Kraften finns hos oss nu." sa Artificiella.

Och när hon hade uttalat de orden föll *"Akz"* ljusgula skal ihop till en liten hög med damm som blåste bort framför deras ögon.

De såg sig omkring. Var de fortfarande nere i urberget eller hade de hamnat på andra sidan Pion, eller kanske rent av på någon annan planet? Marken runt omkring dem var stenig och uttorkad. Grått stoft virvlade under deras fötter. Ovanför deras huvud fanns bara ett mörkgrått tomrum utan stjärnor.

"Var är vi nu?" undrade Alyz.

"Vi är i Sorgens Dal. Här trivs inte ljuset."

De började röra sig framåt. Det krasade torrt under deras fötter och luktade bränt och dammigt från den hårda markskorpan. Artificiella pekade en bit bort.

"Ser ni? Vi måste ta oss ner i det där hålet där borta!"

De närmade sig hålet i marken krypande på sina knän. När de lutade sig fram över kanten såg de ner i ett djupt schakt. Längst nere på botten av hålet låg en liten hög med stenar som placerats som en pyramid inuti en cirkel.

"Hur ska vi komma ner dit utan att slå oss?" frågade Alyz.

"Munskyddet i fickan på era skyddsdräkter kan vikas ut och användas som fallskärm." sa Artificiella. "Se!"

Hon visade dem hur man vek ut munskyddet och andades i det så att det bildades små luftbubblor i nätet. Efter några vikningar och inblåsningar hade munskyddet töjts ut i alla riktningar till vad som såg ut som en fallskärm.

När alla var klara hjälptes de åt att fästa fallskärmarna runt varandras axlar och under varandras armar och sedan hoppade de ner i hålet. Först hoppade Artificiella, sedan Kiro och sist Alyz.

Fallskärmarna fylldes med luft och de svävade en stund i luften innan de landade mjukt inuti cirkeln med stenarna i och rullade runt några varv på den röda marken. Artificiella verkade plötsligt oerhört nervös. Hon såg sig omkring med vaksam blick, som om hon var rädd för någonting.

"Vi närmar oss professor Pluto Vulcans verkstad. Allting som är trasigt, krossat och sönderslitet hamnar där tillslut. Där tillverkas reservdelar till människor. Alla Humanoider tillverkas där och alla Humanoider skickas tillbaka dit när de gått sönder. Där tillverkas Humanoider, Cyborger, olika Hybrider, Androider. Allting som lämnar Pluto Vulcans verkstad är artificiellt."

"Vad betyder *artificiellt*?" frågade Kiro.

"Konstgjort." sa Artificiella.

Alyz ville så gärna fråga Artificiella varför inte Humanoider kunde få reservdelar när de gick sönder. Men hon vågade inte. Hon var rädd att hon inre skulle stå ut med Artificiellas svar. Artificiella lade sina händer på deras axlar och såg in i deras ögon.

"Vi måste vara försiktiga!" sa hon och hennes röst var mycket allvarlig.

"Varför då?

"Pluto Vulcan är själv den trasigaste av alla varelser i hela universum. Hans hjärta har brustit av tomhet. Hans ögon är torra av ogråtna tårar. Hans hjärna är en öken av avund och missunnsamhet."

"Men varför är han så farlig?"

"Pluto Vulcan är så farlig därför att det enda som skänker honom någon glädje är andras varelsers sorg."

Alyz såg sig omkring. De stod i en dalgång. Runt omkring dem reste sig en skog av gula jättesnäckor, höga som berg. Snäckornas grova skal växte samman till ett smutsgult himmelstak över deras huvud. Vilken av snäckorna hade de hoppat ner genom? Hur skulle de kunna hitta tillbaka till den rätta snäckan, senare? Hur skulle de kunna ta sig upp igen, tillbaka till Generativa Nova? Alyz harklade sig och frågade så obesvärat hon kunde:

"Hur ska vi veta vilken snäcka vi hoppade ner igenom? "

Artificiella pekade bakom dem, upp mot ett pyttelitet svart hål.

"Det var det där hålet vi hoppade igenom. Men här är alla ingångar identiska."

"Det ser ut som om ingången krymper!" sa Kiro.

"Allting blir mindre i Sorgens Dal." sa Artificiella. "Allting utom smärtan."

Alyz blev medveten om en intensiv hetta som verkade komma från snäckornas skal. Samtidigt blev hon piskad i ansiktet av en frostig vind. Alyz kunde inte förstå hur man kunde frysa så mycket på ett ställe där det var så varmt? Det tjöt i deras stackars öron av vindens gråt.

Alyz såg att Artificiella stoppade ner silvermetallpåsen med de magiska Katalysoiterna i sin ficka. Det kändes skönt att Artificiella var där hos dem. Så länge Artificiella fanns i närheten kände hon sig trygg. Artificiella visste alltid vad de skulle göra oavsett vad som hände. Men nu såg till och med Artificiella rädd och förvirrad ut. Hon såg ut som om hon just hade blivit väckt från en obehaglig dröm men inte förstod att hon var vaken.

Nu upp-fattade hon ett ljud någonstans i närheten och viskade:

"Snabbt! Göm er! Där, bakom snäckan!"

Hon pekade på en jättesnäcka som låg några få meter bort.

Kiro och Alyz reagerade snabbt. De sprang bort till snäckan och gömde sig bakom ett utskjutande skrovligt skal. Plötsligt ryckte Kiro Alyz i armen och viskade:

"Se! Han lever! Vi är inga mördare!"

Alyz kikade försiktigt fram bakom snäckan. Hon förstod varför Kiro hade blivit så lättad, för där kom professor Neptunus Nebulosa gående i riktning mot Artificiella med snabba hårda steg. Han hade bytt ut sin vita overall mot en svart uniform. Kroppen var lika krokig och stel som tidigare, men nu rörde han sig oerhört snabbt. Över sina axlar hade han svept en pionröd slängkappa som fladdrade i vinden bakom honom som en flagga. Ögonen som skymtade under den röda huvan, var som svarta hål i det bleka ansiktet.

"Den där sömn-nöten har frätt bort hans ögon och öron och hår och gjort hela honom giftig! Han har kommit hit för att få reservdelar!" tänkte Alyz.

Den förgiftade mannen sträckte ut armarna och hans röst skar sönder luften som ett tungt svärd:

"Artificiella, mitt Mästerverk! Du har återvänt till din Skapare!"

Artificiella ryste till av obehag när hon hörde hans röst och såg in i hans ansikte. Men mannen i den pionröda slängkappan brydde sig inte det minsta om hennes obehag. Han gick fram till Artificiella och började klämma på hennes armar och ben. Han lyfte på hennes långa blåsvarta hår och kände på hennes nacke. Han bände upp hennes mun och stirrade henne ner i halsen. Han studerade hennes handflator. Han lyfte två av sina knotiga fingrar framför hennes ögon och studerade hennes blick. Sedan suckade han nöjt:

"Hur bar du dig åt för att smita från Vattenskallen däruppe?"

Först då förstod Alyz att den här mannen som såg precis ut som professor Neptunus Nebulosa fast svartklädd, med svarta hål till ögon och med en slängkappa som såg ut som Pions flagga, inte alls var Neptunus Nebulosa, utan hans tvillingbror.

PlutoVulcan stirrade djupt in i Artificiellas ögon och pressade sitt pekfinger mot hennes panna som för att se och känna om hon talade sanning.

"Han skulle aldrig ha släppt dig frivilligt. Du är felfri. Och du tillhör mig!"

Han pressade sitt pekfinger så hårt mot Artificiella panna att hon vacklade till och höll på att förlora balansen.

Hon stirrade skrämt på honom.

"Varför har du kommit tillbaka?" sa han.

Artificiella blinkade förvirrat några gånger utan att säga någonting. Det såg ut som om hon hade svårt att röra sig, som om alla hennes muskler hade låst sig. Pluto Vulcan mumlade som för sig själv:

"Jag vet att du inte älskar mig. Att du aldrig har älskat mig... "

Sedan ryckte han på axlarna så att den pionröda slängkappan böljade i vinden och fräste:

"Du är ingenting annat än en känslokall maskin, Artificiella! Så varför har du kommit tillbaka?"

Artificiella ryckte till och kunde plötsligt öppna munnen och viska:

"Färskvattnet ... Reservoarerna … Översvämning..."

"Spolad! Vattenskallen är tredubbelt spolad! Han är däckad, dockad ochdrunknad i sin ointagliga borg! Ha ha ha!"

Pluto Vulcan härmade Neptunus Nebulosas: *"hjälp, hjälp, hjälp!"* och vrålade av skratt en lång stund. Det var ett skratt som lät som ett blodtörstigt rytande från ett underjordiskt *Skräckmonster*. Plötsligt slutade han skratta och fräste:

"Det som förstör nöjet är att jag inte fick höra honom erkänna hur avundsjuk han är på min överlägsna intelligens. Men man kan inte få allt. Vattenskallen har fått sig en tankeställare!"

Han gnuggade händerna och sa:

"Från och med nu ska det bli ordning på Pion! "

"Perfekt balans." kvittrade Fågel Grön.

Först nu fick Pluto Vulcan syn på Fågel Grön.

"En fågel? Här i underjorden!?"

"Fågel Grön." upplyste Fågel Grön väluppfostrat och flaxade med sina röda vingar.

"Så utomordentligt humoristiskt att kalla en röd fågel för Fågel Grön!" sa Pluto Vulcan.

Men det lät inte som om han menade det som en komplimang.

"Fågel Grön mogen nu!" förklarade den lilla fågeln.

Professorn studerade Fågel Gröns runda lilla kropp och slickade sig om munnen:

"Jaså? Är Fågel Grön mogen? Då kanske vi kan ha Fågel Grön till middag redan ikväll?"

Artificiella slet tag i Fågel Grön. Hon tryckte den lilla kroppen intill sig och flämtade: "*Nej*!"

Fågel Grön som kände hur rädd hon var, burrade upp sina röda fjädrar för att se skräckinjagande ut och kraxade:

"Fågel Grön livsfarlig! "

Nu darrade Fågel Grön lika mycket som Artificiella.

Pluto Vulcan spände sin blick i Artificiella och ögonen var svarta som bottenlösa hål i hans bleka ansikte när han sa:

"Jag skojade bara!"

Hans skratt ekade runt omkring dem som ett mardrömsvrål från ett lungsjukt spöke: "Det förstår du väl att jag inte kan äta upp din låtsasbebis!"

När han såg hennes förfärade blick, sa han:

"Äntligen är du tillbaka, min vackra, lydiga Artificiella! Alla de andra Humanoiderna är så okänsliga! Så grova och mekaniska. Det enda som får dem att reagera är el-stöten!"

Han skakade på huvudet och fortsatte:

"Men du är annorlunda, Artificiella. Dig kan man skrämma med ord! Vilken extraordinär känslighet! Och det är mina två blodbesudlade händer och min geniala hjärna som har skapat denna utsökta känslighet!"

Han viftade med sina händer nära hennes ansikte och Artificiella darrade till. Han märkte det och sa, malligt:

"Är jag inte fantastisk? Är jag inte komplicerad? Är jag inte oemotståndlig?" Sedan vrålade han av skratt igen.

"Du är så vacker när du är rädd, Artificiella!"

Så slet han tag i henne och drog iväg med henne, och innan Kiro och Alyz hann blinka var de borta!

*

12. Magi, Fantasi och Skräckmonster

Kiro och Alyz rusade fram från sitt gömställe och såg ut över Sorgens Dal. Men hur mycket de än spejade över det röda ödelandskapet kunde de inte se några spår av Artificiella, Fågel Grön eller Pluto Vulcan. Alyz fick känslan att de själva var iakttagna av någon eller något och hon började bli ordentligt rädd.

"Vart tog de vägen, Kiro?"

"De försvann!"

"Man kan väl inte bara försvinna?"

"Men var är de, då? Var, var, var?"

Kiro sprang omkring och sparkade upp stora klumpar ur den torra, röda sanden, som om han trodde att Artificiella låg där någonstans, begravd under sandmassorna. Han uppförde sig som om han hade blivit spritt språngande galen.

"Vi måste hitta henne! Hon måste vara här någonstans!"

Luften dallrade av hetta och fick dem att svettas som om de hade feber. Men vinden som strök runt jättesnäckorna och blåste upp märkliga mönster i den röda sanden var iskall, som en pust från döden.

Alyz svettades samtidigt som hon frös så hon skakade. Hon började må illa. Det kändes som om hettan och kylan krigade inuti hennes kropp. Striden var så våldsam att hon till slut inte hade någon känsel kvar i näsan och fingertopparna. Höll de på att trilla av? Smulas sönder till röd sand? Var det detta som hade hänt med Artificiella och Fågel Grön? Hade Sorgens Dal smulat sönder deras kroppar till röd sand? Och i så fall; hade Artificiella och Fågel Gröns kroppar smulats sönder extra fort för att deras kroppar var annorlunda än Alyzs och Kiros?

"Kanske ligger deras kroppar upplösta och sönderfördelade till miljontals små röda oidentifierade sandkorn på marken där Kiro sparkar just nu?"
Alyz förde upp handen till ansiktet för att känna efter om hennes näsa satt kvar. Det gjorde den. Hon skrek till av lättnad och sa, lite generat:

"Minns du vad Artificiella sa om Pluto Vulcan? Att han har en verkstad här i Sorgens Dal där han tillverkar reservdelar till människor?"

"Jo, men var? Jag kan inte se någon verkstad, bara öken."

"Öken? Jag tycker det ser ut som en uttorkad havsbotten, med jätte-snäckor."
Kiro stönade:"Jag står inte ut! Vi måste hitta Artificiella. Hon måste trolla fram "*Akz*"igen och ta oss tillbaka genom "*Slussen*"!"

"Men nybyggarna, då?"

"Jag skiter väl i dem! Var det någon av dem som letade efter *mig* när *jag* försvann?"
Kiro spände blicken i henne men Alyz kunde inte svara.
För vad skulle hon svara?
Hur skulle hon kunna förklara?
Hur skulle hon kunna berätta vad som hade hänt den där morgonen när Informatorn hade kallat samman alla kohorterna till ett Infomöte?
Alyz mindes så väl hur Informatorns hårda röst hade ekat mellan väggarna i Lilla Pionetariet den där morgonen:

"Pioneller och Ungpionjärer! Som ni alla vet är Pions lagar Det Moraliska Fundament som Vår Egen och Generativa Novas Existens vilar på! Nu har

en av er brutit mot Pions lagar."

"Förrädaren visste att Pions lagar är rättvisa. Förrädaren visste att det är ett brott mot Pions lagar att lämna vår rymdkoloni. Så vad hände med förrädaren när han lämnade Generativa Nova och bröt mot Pions lagar? Förrädaren sögs ut i rymden genom en spricka i muren vid Gränszonen till Himlavalvet. Straffet var rättvist eftersom det var en logisk konsekvens av hans handlingar."

Här hade Informatorn gjort ett kort avbrott och spänt ögonen i utbildningsenhetens elever:

"Den som bryter mot Pions lagar vet att han eller hon riskerar livet inte bara på sig själv utan på alla nybyggare i rymdkolonin Generativa Nova."

Alyz mindes hur Informatorn hade varit tvungen att höja rösten och banka med handen i talarstolen för att överrösta sorlet i Lilla Pionetariet:

"Om tio minuter kommer ni att genomgå en SaniCerebral-Ceremoni. Inuti SaniCerebralCellen ska ni tänka era Sista Tankar på förrädaren. Dessa tankar kommer att symboliseras, saneras, och för alltid försvinna ut i rymden till förrädaren där de hör hemma. Efter genomgången SaniCerebralCeremoni kommer den av er som talar om, eller ens tänker på förrädaren att själv betraktas som en förrädare, och dömas till Pions strängaste straff. Det var allt för den här gången. Ni som ännu inte har fyllt sju år har rätt att gråta i exakt fem minuter."

Men inte en enda tår hade fallit den där dagen i Lilla Pionetariet. Till och med de allra yngsta små pionellerna i juniorkohorten hade insett hur dumt det skulle vara att gråta över en död förrädare framför Informatorn.

Ända sedan den dagen hade Alyz varit rädd.

Rädd för att ljuga för Informatorn och säga att hon inte hade tänkt, talat eller drömt om förrädaren, och tvingas att se in i lögnsaneraren och känna de rakbladsvassa ls-strålarna långsamt skära sig in i hennes hjärna.

Rädd för att berätta sanningen för Informatorn och erkänna att hon hade tänkt på förrädaren, och själv bli betraktad som förrädare och dömas till Pions grymmaste straff.

Men ingenting hade skrämt henne mer än hennes fråga till pojken som försvann. Frågan hon ställde under SaniCerebralCeremonin, inuti den trånga, mörka SaniCerebralCellen med sitt ekobrus: *"Du är den enda som har någon fantasi. Den enda som är lik mig.*

Varför försvann du?"

Ingenting skrämde hennes mer eftersom hon redan visste svaret på sin fråga:

"Han försvann därför att han var som jag."

Hur skulle hon kunna berätta det här för Kiro?

Hon upptäckte att Kiro stirrade på henne.

"Vad arg du ser ut!" sa han.

Alyz rynkade pannan och låtsades studera den röda marken.

"Inte arg, *fokuserad*! Jag försöker tänka. Du borde testa det själv någon gång istället för att hålla på så där!"

"Tänka? När man … håller på att … att fr-frysa ihjäl?" skrek Kiro.

Han hoppade omkring och sparkade och boxade luften. Alyz skrek tillbaka:

"Skärp dig, Kiro! Exakt var stod Artificiella innan hon försvann? Där? Där?"

Kiro slutade hoppa omkring och sparka upp sanden.

"Exakt där! Se! Man kan fortfarande se lite av hennes fotavtryck!"

De undersökte platsen där Artificiella, Fågel Grön och Pluto Vulcan hade stått sekunden innan de försvann. Den frostiga vinden rörde upp den röda pudersanden och någonting rött glimrade till på marken och bländade dem med sitt ljus.

"Titta! En Katalysoit! Artificiella har lämnat ett spår efter sig!"

Alyz böjde sig ner och sträckte fram handen för att plocka upp Katalysoiten, men Kiro hejdade henne:

"Vänta! Vi får inte … röra Katalysoiterna!"

"Kanske … i yttersta nödfall? Som … nu?" huttrade Alyz.

"Nej! Katalysoiterna väcker känslor som är … outhärdliga!"

När de stod där och huttrade av köld, omgivna av röd sand och jättesnäckor, grep vinden plötsligt tag i dem och höll på att vräka omkull dem.

Kiro hackade tänder och muttrade:

"De kan inte vara mer … outhärdliga … än det här!"

"Artificiella lämnade nog kvar Katalysoiten… för att v-vi ska använda den. "

"Men hur? Hon använde magi… men vi fick inte se hur hon gjorde.."

"Nä, men hon sa … någonting om vår fantasi …"

De såg på varandra och nickade.

"Länge leve fantasin!"

Sedan satte de sig ner på huk och rörde vid den röda Katalysoiten. I samma stund hörde de ett susande ljud som kom från ingenstans och överallt och ett svart hål öppnade sig mellan deras händer och de såg in i en virvel utan botten eller slut.

Med ett skrik släppte de taget om Katalysoiten och kastade sig åt sidan. I nästa sekund hördes en krasch och ett klirr, och ett regn av krossade snäckskal och rött damm föll ner över dem. De reste sig på ostadiga ben och vacklade fram till snäckan. Hålet hade fastnat i snäckans vägg! De såg på varandra, nickade och klättrade in genom hålet.

Så fort de stod med fötterna på den andra sidan försvann hålet någon annanstans och väggen slöt sig som vatten bakom dem. Den outhärdliga kölden och hettan trängde inte in i snäckan.

De slutade huttra och hacka tänder och började massera sina frusna händer samtidigt som de såg sig omkring. Snäckans mjuka kurviga väggar var gulrosa och täckta med kristaller som glittrade och skimrade i regnbågens alla färger. Vid deras fötter låg en svart Katalysoit, knappast större än en nötkärna.

"Tror du det är den?" frågade Alyz.

"Menar du den röda Katalysoiten? Den som förvandlades till ett hål?"

"Ja, den. Fast utochinvänd, så vi ser en ny utsida? Vad tror du?" Kiro rynkade pannan och studerade den svarta Katalysoiten en stund.

"Vem vet? Kanske Katalysoiter drar ihop sig och ändrar färg när man har använt dem?"

"Då kanske vi kan använda den en gång till? Vår fantasi fungerar ju bra! Vi fryser ju inte längre!" sa Alyz.

"Länge leve fantasin!"

De böjde sig ner och försökte lyfta upp Katalysoiten men det gick inte. Det kändes som om den vägde flera hundra tusen ton trots att den var så liten. De kunde inte rubba den ens en millimeter. Däremot blev de klibbiga om händerna när deras händer sögs in i dimman som hade börjat bubbla upp runt Katalysoitens yta. Det såg ut som om dimman plattade ut deras händer till tunna, mjuka remsor av människodeg.

"Släpp mig, dumma sten!" skrek Alyz och slet i sina händer.

Men ju mer de ansträngde sig för att slita loss sina händer, desto mjukare och svagare kändes händerna.

Och ju mer de kämpade för att komma loss, desto hårdare sögs de fast.

Dimman tätnade och snart sögs deras armar och överkroppar in genom dimman som svävade över Katalysoitens yta.

"Hjälp!" skrek Alyz. "Jag sitter fast! På riktigt!"

"Jag med! Men det kan inte vara sant! Katalysoiten är för liten! Men det är sant!"

"Nej, det är inte sant. Det är *magi*!"

"Eller vår fantasi?" sa Kiro.

"Eller så har den röda Katalysoiten förvandlats till ett svart hål igen?"

"Man kan inte se svarta hål, vet du väl! De absorberar allt ljus!" sa Kiro.

"Men man känner dem! Känslan är outhärdlig! Precis som Artificiella sa. Tänk om hon är död! Om hålet är döden? Om vi är döda? Om alla är döda?"

Alyzs röst lät konstig, som om hon skulle börja gråta.

"Tänk om det är så här det känns att vara död?" sa Kiro.

Nu lät det som om han också höll på att börja gråta.

Den lilla Katalysoiten började skaka av deras skakningar. Tillslut skakade den så mycket att den lyfte från marken och de började snurra. Fortare och fortare snurrade de och när farten pressade in deras ansikten mot Katalysoitens atmosfär kunde de inte se någonting annat än tjock ogenomtränglig dimma.

"*Vilken outhärdlig fantasi vi har!*" viskade Alyz med munnen full av skummande dimludd.

När hon hörde sin egen tunna, pipiga röst började Alyz skratta. När Kiro hörde henne skratta började han också skratta. Och de fortsatte skratta hysteriskt. De skrattade så de skrek. Men de skrek inte av skratt utan de skrattade av skräck, därför att känslan var så outhärdlig att de inte kunde sluta skratta.

Ju mer de skrattade ju snabbare snurrade de igenom luften. Vindfläkten fick Alyzs ljusa lockar att fladdra framför hennes ögon och piska henne i ansiktet. Hon kunde varken se eller höra någonting, för den enda känsla som fick plats i hennes huvud och mage var skräck. Katalysoiten tycktes bli större ju mer de skrattade. Det var som om de blåste upp den och fyllde den med sin skräck. Ju mer de skrek, ju snabbare snurrade de genom luften.

En välbekant tanke dök upp i Alyzs hjärna: "*Skräckmonstret! Det förlamar dig och slukar dig levande!*"

Alyz öppnade munnen och höll på att kvävas av dimludd när hon vrålade:

"Tro inte på vad du ser för det är inte sant! Du måste skrika: "*Det är inte sant!*""

"*Det är inte sant!*" skrek Kiro.

"*Det är inte sant!*" skrek de båda två samtidigt.

Och i exakt samma ögonblick exploderade Skräckmonstret. Explosionen var så kraftig att de kastades några meter upp i luften. Och där blev de hängande.

För samtidigt som Katalysoiten exploderade, exploderade Kiros och Alyzs mest förlamande skräck, och då blev Kiro och Alyz så lättade att de upphörde att väga någonting alls. Faktum var att de var tyngdlösa.

De svävade som små ljuspartiklar i luften.

Ett tunt lager av gnistrande små kristaller täckte deras kroppar. Kristallerna blänkte och gnistrade, men det gick inte längre att urskilja Kiro och Alyz. Inom ett ögonblick hade de blivit både tyngdlösa och osynliga. När de rörde sig glittrade de som små solreflexer i en vattenyta.

"Det känns som om vi flyter!" sa Kiro.

Och det gjorde det faktiskt. Alyz skrattade:

"Förstår du vad som hände?"

"Nej. Jag vet bara att fysik och kemi inte fungerar utan magi vid sådana här tillfällen." sa Kiro.

"Länge leve fantasin och magin!"

"*Och död åt Skräckmonstret och alla outhärdliga känslor!*" tänkte Alyz.

*

13. BlodsBand

När de svävade där i luften utan en enda betungande tanke, så lättade som man bara kan vara när man har sluppit ifrån sina mest outhärdliga känslor, uppfattade de plötsligt ljudet av fotsteg och rytmiska klinganden som närmade sig. De pressade sig uppåt och snäckan formade sig genast efter deras kroppar som mjuk *gelió*.

En grupp på tio människoliknande varelser kom gående. De rörde sig klumpigt och lite gungande. Som om de var så vana vid att vara fastkedjade vid varandra att de alltid gick på det viset. Verktygen i deras smutsgröna overaller klingade i takt med deras gungande steg. Ibland grymtade de. De såg krokiga och vanskapta ut. Armarna på deras fyrkantiga kroppar var för långa och händerna för stora och deras ansikten var liksom hoptryckta, med långa spetsiga öron och buckliga näsor och på huden lyste fula mörkblå ärr efter slag eller brännskador.

Alyz insåg att de klumpiga och grova varelserna var Humanoider, fast de inte var ett dugg lika Artificiella. När hon hade iakttagit dem en stund insåg hon vad det var som skilde dem mest från Artificiella. Det var inte deras skrämmande utseende. Inte heller var det deras grymtande läten, eller gungande gång. Det var uttrycket i deras ögon. I de här Humanoidernas blick fanns det inte några spår av varken glädje eller nyfikenhet. I de här Humanoidernas blick fanns bara mörkret från Sorgens Dal.

"*Någon har släckt ljuset i deras ögon.*" tänkte Alyz och ryste.

Plötsligt tystnade Humanoiderna. Rakt under Kiros och Alyzs gömställe stannade de tvärt och såg sig omkring.

"*De har upptäckt oss!*" tänkte hon. "*Nu är det ute med oss!*"

Men Humanoiderna märkte inte att två rädda barn iakttog dem från ovan. De hade stannat för att undersöka platsen. De skrapade på marken med sina fingrar och drog in lukten i sina näsborrar. Sedan nickade de mot varandra, satte sig ner i en perfekt cirkel och fattade varandras händer med tummarna krokade i varandra. När Humanoidernas axlar stötte mot varandra och deras korslagda ben skavde knä mot knä, pressade de varandras händer hårt och blundade. Sedan mumlade de, om och om igen:

"*Baah-ND-Bluuds-Baah-ND.*"

En av Humanoiderna som såg ut som om han hette Blå Orm, (för han hade ett märke som såg ut som en blå orm på sitt huvud), tog fram ett ihoprullat grått band från sin ficka och placerade det mitt i cirkeln. De andra Humanoiderna mumlade;

"*Baah-ND-Bluuds-Baah-ND.*"

Sedan drog Blå Orm av sig sin ena metallkänga och bröt upp skosulan. Från hålet inuti klacken plockade han fram en spruta med röd vätska.

"*Blod!*" tänkte Alyz. "*De tror att människoblod ska göra dem till människor!*"

Blå Orm visade upp sprutan med sitt röda innehåll för de andra Humanoiderna, som nickade och mumlade; "*Baah-ND-Bluuds-Baah-ND.*"

Humanoiden som satt bredvid Blå Orm hade ett ärr som såg ut som en blå spindel på sitt huvud. Nu sträckte Blå Orm fram sin vänstra arm så att Blå Orm kunde spruta in några droppar människoblod i hans armveck. Efter ungefär en halv minut började

Blå Spindeln skaka. Ögonen började rulla runt i ögonhålorna och hela kroppen ryckte i spasmer. Men inte förrän Blå Spindeln blev blålila i ansiktet drog Blå Orm ut nålen ur hans arm. Sedan knöt han den ena änden av det långa grå bandet som ett förband runt såret.

Nu var det Blå Spindelns tur att använda sprutan på Humanoiden som satt bredvid honom själv. Det var en Humanoid med ett knöligt ansikte som var fullt med blå gropar, kanske efter brännskador med syra. Han såg ut att heta Blå Krater. Efter ungefär en halv minut började Blå Krater också skaka. Ögonen började rulla runt i ögonhålorna. Men inte förrän de blå fläckarna i hans ansikte blev blålila och så stora att de täckte hela ansiktet och tungan rullade ut, drog Blå Spindeln ut nålen ur hans arm. Sedan knöt Blå Spindeln en bit av det grå bandet runt såret som ett förband.

Efter det var det Blå Kraters tur att spruta in människoblod i armen på en Humanoid som satt intill honom själv och som såg ut att heta Blå Knölen.

Hela tiden mumlade Humanoiderna;

"*Baah-ND-Bluuds-Baah-ND.*"

Det här pågick en lång stund. Till slut hade alla de tio Humanoiderna fått en spruta människoblod och det långa grå bandet som knöt fast dem vid varandra hade färgats mörkrött. Då inbillade sig Kiro och Alyz att blods-ritualen var slut. De hoppades att de skulle slippa se någonting mer som hade med blod att göra.

Men då, när de försiktigt började andas ut uppe i sina mjuka hålor i snäckans skal, fick de se någonting som var så otäckt att de skulle ha trillat ner och kraschat mot marken. Om de nu inte hade haft turen att vara tyngdlösa, alltså.

Humanoiderna mumlade; "*Baah-ND-Bluuds-Baah-ND*" .

Deras grymtande röster lät mer otåliga nu än tidigare. Som om de hejade på varandra. De grymtade högre och högre.

Blå Orm gjorde ett tecken med handen. Grymtandet tystnade.

Blå Orm böjde sig ned över Blå Spindelns arm. Han knöt långsamt upp det mörkröda förbandet runt Blå Spindelns arm. När såret från

117

sprutan var blottat, borrade Blå Orm in sina tänder i armvecket.

Blå Spindeln ryckte till av smärta. Kiro och Alyz ryckte också till uppe i sina mjuka gömställen. Men inte av smärta. De ryckte till av äckel. För det lät som om Blå Orm sög i sig blodet från Blå Spindelns arm. Och han smackade och sörplade som om det smakade gott.

När Blå Orm var klar turades de andra Humanoiderna om att suga blod från armvecket på varandra. Alla smackade ljudligt. Några sörplade.

Med sina långa spetsiga blå tungor slickade de i sig blod som hade hamnat utanför munnen och runnit ner på hakan. Under tiden någon av Humanoiderna sög i sig blod, mumlade de andra Humanoiderna; "*Baah-ND-Bluuds-Baah-ND.*"

Alyz blundade. När hon öppnade sina ögon igen hade alla Humanoiderna rest sig upp och nynnade; "b*lott blått blod… blot, blot, blot… bot, bot, bot…*"

Sedan bröt de cirkeln och ställde sig i ett led. Det lät faktiskt som om de skrattade lite.

"*Vad ska vi göra? Ska vi följa efter dem?*" viskade Kiro.

"*Ja! De måste ju ha stulit blodet någonstans!*"

Men Alyz ville inte tänka på vilka människor de hade stulit blodet från.

Långsamt, långsamt, som små dammpartiklar gled Kiro och Alyz ner till marken igen. Snäckans tak, väggar, och golv buktade och sviktade och formade sig under deras lätta steg som flytande, ogenomskinligt sand. Alyz kunde knappast urskilja Kiro, fastän hon stod tätt intill honom. Det enda de kunde uppfatta av sig själva i de bubblande, böljande kristallglasväggarna var spegelbilden av små blänkande glittrande solreflexer. Alyz försökte förstå vad som hade hänt:

"*Katalysoiten väckte våra mest outhärdliga känslor och då vaknade Skräckmonstret. Skräckmonstret förlamade oss och förblindade oss med skräck. Sedan exploderade Skräckmonstret. Då hamnade blindheten och förlamningen utanpå våra kroppar istället för inuti våra kroppar så att vi blev tyngdlösa och osynliga! Och det är vår tyngdlöshet och osynlighet som skyddar oss från de blodtörstiga Humanoiderna!"*

Kiro och Alyz följde efter Humanoiderna som lät som om de diskuterade någonting och inte var överens.

Några lät glada. Andra lät trotsiga.

Som om de talade om någon som bestämde över dem.

Alyz tog tag i Kiros arm och viskade:

"Jag tror att de planerar något! En revolution!"

"En revolution! Precis som på jorden! Rent vatten åt alla!"

"Men Kiro! Revolutioner slutar alltid med död och blodbad!"

"Häftigt! Översittare förtjänar att dö och simma i sitt eget blod!"

Han slet sig ur hennes grepp och smög sig närmare gruppen Humanoider.

Först blev Alyz sur på Kiro. Vadå *häftigt?* Vadå *"simma i sitt eget blod"?* Skulle det vara häftigt om hon och Kiro och alla nybyggarna blev slaktade av Humanoider bara för att sådana där typer som Neptunus Nebulosa, Pluto Vulcan och Kiros far behandlade Humanoiderna illa?

Ju mer hon lyssnade på Humanoidernas samtal, desto surare blev hon. Men inte på Humanoiderna eller på Kiro, utan på Informatorn. På utbildningsenheten hade de minsann fått bekanta sig med olika inter-galaktiska ur-språk, för att kunna kommunicera med varelser från andra solsystem.

Redan i treans kohort fick alla barn gå igenom grunderna i de största språken på jorden; kinesiska, spanska, engelska, bengali och hindi. Allt det där fanns lagrat i minnet på hennes handledsbricka eftersom det var ganska svåra saker att hålla reda på. Men när det kom till Humanoiderna som ändå levde på Pion, och deras språk, var allting hemligt. Så hemligt att Alyz inte ens hade fått veta att Humanoiderna hade ett eget språk!

När Alyz hade retat upp sig ordentligt insåg hon plötsligt att det kanske var Humanoiderna själva som ville att deras språk skulle förbli hemligt? För att bara de själva kunna förstå vad de sa?

"Språk är makt. Hemliga språk är hemlig makt." tänkte hon.
Nu började Humanoiderna försvinna, en efter en, rakt framför
Kiros och Alyzs ögon. Precis som Artificiella, Fågel Grön och Pluto
Vulcan hade försvunnit för en stund sedan. Alyz viskade:
"Se! Nu händer det igen! Alla försvinner i Sorgens Dal…"
Kiro suckade. Sedan mumlade han, så tyst att hon knappast hörde
det:
"Ja… Alla försvinner …"
Sedan fräste han:
"Men inte den här gången! För den här gången hänger vi med!"
Kiro slet tag i Alyzs arm och kastade sig efter den siste Humanoiden.
I sista sekunden fick han tag i en flik på Blå Kraters smutsgröna
overall.
"Nu!" skrek han.
Alyz blundade.

Och i nästa stund försvann de genom väggen.

*

14. Minnesrum

Först trodde hon att hon skulle kvävas. Röken trängde in i hennes näsa och hals och det sved i hennes ögon så hon var tvungen att blunda.

Runt omkring henne mullrade det av tunga stenbumlingar som malde mot varandra. Det gnisslade av metall som stötte mot metall. Gurglande, fräsande ljud som lät som om de kom från visslande ångmaskiner trängde in i hennes öron, och genom dånet hördes ljudet av förtvivlade människoröster som grät eller skrek.

"Har vi hamnat i Pluto Vulcans verkstad?"

Alyz blev stående, förblindad av röken, utan att kunna röra sig, så rädd att hon nästan slutade andas:

"Varför har han tagit hit nybyggarna? För att plåga dem?"

När hon öppnade ögonen sved det till i dem av den stickande röken. Hon kisade och försökte se sig omkring i mörkret.

En gaslåga som var hög som ett träd flammade upp under några sekunder och började brinna med starka färger. Efter en stund förvandlades lågan till en genomskinlig hinna som spred ut sig i luften och kristalliserade sig till former av människor och djur och föremål i en tredimensionell film.

Ansikten flimrade förbi. Vissa var skarpa, andra suddiga. Några log mot henne, andra skrek, somliga ansikten grät. Efter en stund upplöstes filmen till blodröd dimma. Kvar fanns bara minnet och lukten av smärtan.

Kiro och Alyz stod tysta och såg på de höga lågorna som flammade upp och förvandlades till hinnor som förvandlades till konstiga filmer och slocknade.

I en av filmerna såg man in i baksätet på en röd bil. Där satt tre glada barn som skrattade högt och gjorde roliga miner till varandra. Plötsligt såg en av de två flickorna ut genom bilrutan och Alyz kände igen henne från ett fotografi:

”Det är min mamma! I filmen med den röda bilen!” skrek Alyz.

”Försök inte! ”

”Jo! Flickan som skrattar är min mamma, när hon var barn! På jorden! De andra i bilen är hennes mamma och pappa och bror och syster och hund. På den tiden på jorden fick man äga en bil. Och ett djur. Och man fick köra precis vart man ville. Utan tillstånd. Och man fick ha hur många barn man ville.”

Hon såg att Kiro inte trodde ett ord av vad hon sa.

En kraftig explosion hördes. Det luktade bensin och rök. Människorna i bilen började skrika när eldslågor slickade utsidan av bilen. Sedan blev det tyst. Alyz svalde hårt för att pressa tillbaka tårarna, men hon kunde inte sluta stirra på filmen.

”Varför skriker de?” frågade Kiro med konstig röst, men Alyz kunde inte svara.

Hon visste att alla i bilen hade dött. Alla utom en liten tioårig flicka. Efter den där dagen hade den lilla flickan aldrig skrattat mer. Hon hade förvandlat sorgen till en liten, liten sten som hon hade begravt långt inne i sitt huvud. När hon blev vuxen hade hon flyttat från jorden till en planet där det inte fanns några bilar och där människorna inte behövde skratta, eller älska någon, och hon hade blivit den första exceptionellt begåvade vetenskapsmannen i Pions historia som hade fått ta emot *Hederspionen* innan hon fyllt trettio år. Det enda hon inte klarade var att sova utan *sublimatabletter*. Alyz kände det som om någon hade kört in en knytnäve i hennes mage och hon kippade efter luft en lång stund. Kiro såg på henne och sedan ställde han inga fler frågor.

Runt omkring dem flammade nya filmer upp med andra människor, djur, platser. Alla filmerna försvann i den blodröda dimman och kvar fanns bara lukten av smärta.

"Se! M-min f-far!" skrek Kiro och pekade på en ny film.

"En *sten*? Är han en sten?"

Alyz kunde inte skratta åt hans barnsliga skämt. Men det var snällt av Kiro att försöka få henne på gott humör igen.

"*Bredvid* stenen, Alyz!"

Då såg hon två barn bredvid den stora stenbumlingen.

"Vem är flickan?"

"Min … m-mor."

"Varför har din mor rivit sönder sin klänning? Vad ska hon med tyg-remsan till?"

"Bandage. Till huvudet. För att min f-far inte ska förblöda. Han trillade in i stenen med huvudet först!"

"Oj då! Vilken tur att hon gjorde det!"

"Vilken jävla *otur*, skulle jag vilja säga!"

"Men Kiro; tänk om han hade dött …"

"*Tänk, tänk, tänk…!*"

"Då skulle ju inte du heller ha funnits!"

Kiro var alldeles röd i ansiktet. Han skrek:

"Men *hon* skulle ha funnits!"

Kiro skrek rakt ut och började slå sig i huvudet med knutna nävar. För varje slag skrek han högre. Alyz tyckte att det var jobbigt att se på honom.

"*Vad konstig han är ibland!*" tänkte hon. "*Jag hade nästan glömt varför han blev mobbad.*"

Hon sjönk ner på golvet. Var kom alla dessa spökfilmer med hemska lukter och fruktansvärda skrik ifrån? Alla känslor som trängde in genom hennes egen hud? Dessa fasansfulla filmer som blåste upp sig till naturlig storlek, och som visade verkliga händelser och väckte outhärdliga känslor hos den som såg dem?

Varför visades de här? Och för vem?

Vad var det här för rum egentligen?

”Jag avskyr det här stället! Alla outhärdliga känslor!” sa Alyz.

Kiro hade slutat skrika. Han stod med händerna över sitt huvud som en hjälm av kött och blod. Han blundade och skakade våldsamt och stampade med kängorna i golvet och bankade sig i pannan med sina knutna nävar som om han ville straffa tankarna som fanns innanför skallbenet, och sa:

”Jag vill bort härifrån! *Nu! Vill inte tänka*!”

Alyz lade sin hand på Kiros axel och sa med lugn röst:

”Kiro, sluta! Sluta slå dig själv! Såg du vart Humanoiderna gick? Peka!”

Kiro slutade slå sig för pannan. Han såg sig omkring under några sekunder och pekade tillslut åt ett håll någonstans långt inne i dimman.

De började gå i riktningen han hade pekat. När de hade letat sig fram genom dimman och röken och allt oväsen till den plats där Kiro tyckte att han hade sett Blå Krater försvinna, såg de på varandra och nickade.

Sedan tog de ett stort steg rakt in i lågan av en uppblossande film och det kändes som att ta ett steg rakt ut i tomma intet, och sväva i dimma.

De landade i ett litet rum av trä med torrt gräs på golvet. En ko och hennes lilla kalv såg förvånat på dem. Kiro och Alyz stirrade tillbaka, minst lika förvånade eftersom de visste att det inte fanns några kor på planeten Pion. Bredvid kon och hennes kalv stod en hink med någonting vitt i.

”Förlåt, men vi är törstiga och hungriga.” förklarade Alyz för kon.

Till sin förvåning hörde hon att hennes röst inte lät som den brukade. Det lät som om hon talade ett helt annat språk och ändå förstod hon vad hon sa.

Hon lyfte upp hinken till sina läppar och drack. Det smakade nästan som synto-grädde. Varmt och lent och lite sött. När hon hade druckit några djupa klunkar gav hon hinken till Kiro. Kon såg på dem med sina stora bruna ögon. Sedan öppnade hon munnen och sa någonting som Alyz inte förstod, som lät som "*moo*". Alyz hade aldrig träffat någon ko på riktigt, eftersom det som sagt inte fanns några kor på hennes planet, men hon hade blivit informerad om deras funktion i näringskedjan och sett bilder på deras matsmältningssystem.

"*Varför har inte Informatorn berättat om hur snällt och varmt kor luktar? Varför har vi inte fått veta hur stora de är? Eller hur vänliga ögon de har?*" Alyzs hand plockade upp halm från trägolvet och matade kon. "*Hur visste jag att jag skulle göra så?*" När hon klappade den lilla kalven förstod hon att hon hade velat klappa en liten kalv i hela sitt liv utan att veta om det. Kalven såg på henne med sina stora bruna ögon och försökte suga på hennes fingrar. Alyz hade aldrig sett någonting så sött i hela sitt liv. Hon ville ta med sig den lilla kalven hem och leka med den. Pussa den på den rosa mulen. Beskydda den från sådana som Informatorn.

Någon skrek "*Nej*"! Det lät som ett barn men det var inte Kiro, för skriket kom genom Alyzs egen mun. Alyz såg ut genom fönstret och upptäckte ett stort hus med en stor skåpbil parkerad utanför. Det stod "*Express-slakt*" på skåpbilens sidor och någon var på väg ut ur bilen. Alyz insåg till sin förvåning att hon befann sig på planeten jorden.

I nästa stund spärrade kon upp sina ögon så man nästan bara såg ögon-vitorna och stampade oroligt på golvet, samtidigt som hon försökte skydda sin lilla kalv med sin egen kropp. Skräcken lyste i hennes ögon och hon skrek "*iiii*" och i nästa stund fick Alyz en knuff som var så kraftig att hon for rakt fram, rakt genom en trävägg som kändes som luft.

När hon reste sig upp stod både hon och Kiro ute i en lång smal korridor med blodröda väggar, tak och golv.

"Kände du lukten?"

"Ja. Lukten av *skräck*."

De var tysta en stund.

"Jag är jättehungrig." sa Alyz. "Fast jag drack så mycket mjölk."

"Det kanske inte var någon riktig mjölk? Man blir mätt av riktig mjölk."

"Det kanske inte var någon *riktig* ko? "

"Det kanske bara var vår fantasi? Eller hur?"

"Men jag tänker aldrig på kor." sa Alyz.

"Inte jag heller."

"Då kanske det var *någon annans* fantasi?"

"Eller någon annans *minne*...?"

Båda tänkte en stund på vad Alyz hade sagt.

"Såg du ... *slaktbilen*?" sa Kiro.

"Ja."

De var tysta igen.

"Om det var någons annans minne var det på riktigt. Du vet vad människorna på jorden använder djuren till, va?" sa Kiro.

Alyz började må illa. Hon kunde inte sluta tänka på den lilla kalven med sina vackra bruna ögon. Hjärtat bankade i hennes bröst som en hammare och hon orkade inte svara.

"Artificiella sa- ..." började Kiro.

Men Alyz klarade inte av att höra mer så hon avbröt:

"*Artificiella sa* och *Artificiella sa*. Artificiella sa så mycket. Och var är hon nu? Kanske död hon med! Precis som kalven. Precis som alla nybyggarna. Precis som din *mam-*..."

"*Nej*! Artificiella är inte död. Pluto Vulcan har känslor för henne och därför får hon leva. Så hon kommer att rädda oss. Jag vet det."

"Men hur ska hon kunna rädda oss när hon inte vet var vi är?"

"Och hur vet du det? Tror du att du vet precis allting? Bara för att du alltid är bäst på alla prov?" skrek Kiro.

"Men hur skulle Artificiella kunna veta var vi är? Vi har precis blivit utkastade från någons minne! Ett *jordminne!*"

"Artificiella kan allt och vet allt. Och hon har känslor för oss."

"Om hon kan och vet allt skulle hon väl ha räddat oss för länge sedan, fattar du väl! Tänk om hon har lurat hit oss! Tänk om hon är med på allting! Tänk om du bara är en lättlurad idiot!" Kiro blängde på henne med svarta ögon. Så gav han henne en knuff som var så hård att hon trillade baklänges. Alyz slog i armbågen i fallet och det gjorde så ont att det svartnade för ögonen. När hon såg på Kiro gjorde det ännu mer ont.

"*Jag är ingen idiot!*" skrek han. "Hädanefter åker alla som kallar mig för idiot på en smäll!"

"Jag trodde du bara var en lättlurad idiot men nu vet jag att du är en lätt-lurad, *elak* idiot!" skrek Alyz tillbaka.

Kiro blängde på henne. Han fyllde lungorna med luft och vrålade:

"I så fall är väl du en *ännu större idiot* som är tillsammans med mig!"

Alyz tänkte på hur mycket hon hatade Kiro. Hon hatade honom så mycket att hon saknade ord för det. Han var inte värd att man ägnade honom en endaste tanke. När allt det här var över skulle hon aldrig tänka på honom igen. Hon skulle bara sova och äta. När hon blev stor skulle hon bli astronaut och fly från den här ruttna planeten och aldrig återvända. Hon skulle åka till planeten jorden och bli kalvpionjär och rädda små kalvar från slakt.

När hon hade räddat alla kalvarna skulle hon och kalvarna leta upp en alldeles egen planet utan några människor alls men med en fantastisk atmosfär och rent vatten och Kvillron. Och gräs till kalvarna. Och hon skulle aldrig, aldrig bli kär. Inte ens i någon som hade dubbelt så mycket fantasi som Kiro och lika vackra ögon.

Kiro satt med böjt huvud. Han sneglade på henne.

"Förlåt." sa han tyst.

Alyz kunde inte svara. Hon var rädd för att hon skulle börja gråta om hon öppnade munnen.

"Snälla Alyz: *förlåt!*"

"Ingen har slagit mig förut!"

"Men jag har aldrig slagit någon, heller!"

Hennes arm värkte så mycket så hon fick blodsmak i munnen. När hon pratade hade hon massor med spott i munnen.

"Du snackar så mycket skit! Det har du alltid gjort. Man blir faktiskt inte en helt annan person bara för att man byter namn... "

Hon hånskrattade.

"Kiro? Vad är det för jävla namn? *Kiro?* Kunde du inte ha valt något fint namn när du hade chansen? *Kiro?*"

Hon spottade ut hans namn som ett surt bär. Men Kiro lyssnade inte. Han bara mumlade, tyst och entonigt:

"Aldrig, aldrig slagit tillbaka, ens-...!"

"Ha!"

"... -inte ens när m-min f-far slog mig med el-stöten och kallade mig idiot. Inte när alla lade *blastofider* i min mat och h-härmade mig när jag st-st-stammade och gjorde *sylen* på mitt huvud och höll för näsan när jag gick förbi. Alla utom du. Inte när Hybridfåglarna åt upp all min mat när jag var sjuk och höll på att svälta ihjäl... "

Alyz svarade inte. Det gjorde så ont i armen att hon mådde illa. Vita blixtar av smärta lyste innanför ögonlocken. Kiro fortsatte med sin entoniga röst:

"När du sa att Artificiella har lurat oss ... att hon kanske är *död...* att... att jag är en lättlurad idiot ... Jag ... v-vet inte v-vad som hände ... vet inte..."

Hans röst började låta tjock och konstig.

"Ha! Artificiella blir säkert mycket stolt över dig. Kiro." sa Alyz kallt.

"Nej! Du får inte berätta...!"

"Berätta? Det behöver jag väl inte? Du säger ju att hon redan vet allting."

Han blev alldeles vit i ansiktet. Alyz fick känslan av att det gjorde mer ont i Kiro än i hennes arm. Han brydde sig inte ens om att Alyz såg att han höll på att börja gråta.

"Det enda hon inte kan förstå är våld." mumlade han.

"Hon blev inte särskilt ledsen när du tog livet av Neptunus Nebulosa. *Mördare!*"

Kiro gömde ansiktet i sina händer.

"Nej … jag trodde inte … jag *visste* ju inte…"

"Du är en mördare precis som din far!"

"*Nej, nej, nej…!*" skrek Kiro.

Han lät så förtvivlad att Alyz tyckte synd om honom. Hon borde inte ha sagt det där sista om hans far. Borde inte. Det var ju faktiskt inte Kiros fel att hans far hade mördat Kiros mor och många lika oskyldiga Humanoider. Egentligen var det inte konstigt att Kiro hade försvunnit från kolonin med tanke på hur hans far och Informatorn och alla andra behandlade honom.

"*Han måste hata mig. Jag är ju lika elak som de andra. Nej värre. Det är värre att kalla någon mördare än att kalla dem Stam-stam-stam-sälen, eller Defektot, eller Noll-koll, eller Späck-röven, eller Pisshjärnan. Mycket värre.*" tänkte Alyz.

"Förlåt mig, Kiro!"

"Va? Ska *jag* förlåta *dig*?"

"Förlåt mig för att jag är så elak. "

"Elak?"

Kiros vackra bruna ögon var blanka när han såg på henne. Han log svagt.

"Du? Men du är inte elak. Du är den finaste som finns. Utan dig skulle jag vara död nu." sa han.

"*Död?! Vad menar han?*" tänkte Alyz. "*Hatar han mig inte? Varför sa han så?*"

Hon kunde inte se på Kiro. Hon hade aldrig känt sig så olycklig och så lycklig på samma gång.

"*Vad menar han?*"

*

15. Synapsis-Synopsia

En Humanoid i smutsgrön overall dök upp från ingenstans. När han stirrade på dem med sina gula ögon förstod Alyz att hon och Kiro inte längre var osynliga, och hon förstod också hur det måste ha gått till när osynligheten rann av dem. *"Minnet var äkta! Och eftersom minnet var äkta var alla känslor äkta. Ingen endaste lögn eller fantasi fick plats. Det var därför vi blev synliga när hon och hennes kalv såg på oss."* Humanoiden som stirrade på dem var lik Humanoiderna som hade deltagit i blodceremonin, men han såg starkare ut, med stora, långfingrade händer, breda fötter och kraftiga överarmar. Skallen var grönmålad, så den smälte ihop med overallen, och i ansiktet lyste långa blå ärr, som av knivsår.

Alyz försökte låta bli att stirra på honom men det var svårt, för lika vacker som Artificiella var, lika skrämmande såg den här Humanoiden ut, med sina gula ögon, långa öron och sin konstiga näsa som såg ut som ett blås-instrument från jorden.

"Följ mig!" befallde han.

Rösten var mörk och hes med ett gnisslande väsljud, som en slö mekanisk *gnot* som behöver oljas och vridas upp.

Han började gå med långsamma gungande steg, och de följde efter honom, men fastän de rörde sig framåt rörde sig marken under deras fötter bakåt så att de stod stilla. Tunnelns rundade mörkröda väggar fick Alyz att tänka på insidan av en enorm blodåder, som bara väntade på nytt färskt människoblod. Hon grep tag i Kiros arm och viskade:

"Nu är det vår tur…"

"Att tömmas på blod?"

"Eller slaktas!"

De gick som i dvala, för benen ville inte lyda sina ägare. Plötsligt stannade Humanoiden och riktade sin metallstav mot den röda väggen, och i nästa stund stod de på andra sidan. Den här korridoren såg annorlunda ut med ljust gröna gropiga väggar. Överallt omkring dem surrade det från små tjocka moln som då och då lyste upp i fräsande blixtar.

En annan Humanoid väntade på dem på andra sidan.

Det här var en lång och smal Humanoid med sneda gröna ögon och stora öron. Huden skimrade ljust blå som Artificiellas hud och stora delar av hennes kinder var täckta med mörkblå tatueringar i växtmönster. En lång lila fläta hängde ner över ryggen på hennes lila overall. Hon såg på dem med sina kalla ögon och sa:

"Mitt namn är Taluta Krom. Ni är mycket sena!"

Taluta Krom förde sin metallstav upp och ner i luften mellan Kiro och Alyz. Gnistor stora som Skvibb flammade upp och sprakade mellan dem. Taluta Krom skakade på huvudet så den lila flätan dansade. Hennes röst var sträv och kall som Kuur, när hon sa:

"Ni två har *exceptionellt* höga halter av euforium-melankolium, med in-slag av violentium raseria."

Kiro och Alyz blev generade trots att de inte förstod vad hon menade.

"Följ mig!" sa Taluta Krom.

"Var är vi?" undrade Alyz.

"Besiktning, förstås!"

"Inte beslaktning?"

"Inte enligt mina instruktioner." sa Taluta Krom.

Kiro och Alyz sneglade på varandra och andades ut. Alyz tog mod till sig och sa med sin allra bestämdaste röst:

"Jag är trött och jag är hungrig och jag har mycket ont i min arm!"

"Ni kommer att få näring intravenöst." sa Taluta Krom. "Följ mig!"

"Ska vi få sprutor?" skrek Alyz.

"Så skulle man kunna uttrycka det. Följ mig!"

Kiro och Alyz såg på varandra och skakade på huvudet. "Nej!"

"Vad händer om vi vägrar?" undrade Kiro trotsigt.

"Varför skulle ni vägra följa mig?"

"Kanske för att vi inte vill ha några sprutor!" sa Alyz.

"Hur ska du kunna tvinga oss? Ska du använda våld?" frågade Kiro.

Taluta Krom blinkade några gånger och sedan förklarade hon:

"Humanoider kan inte använda våld mot människor, eftersom våra operativsystem Modus Vivendi inte tillåter det."

"Då vägrar jag! sa Kiro och satte armarna i kors framför bröstet."

"Jag med!" sa Alyz och gjorde likadant."

"Om ni vägrar följa mig aktiveras Bakterilliterna. Följ mig!"

"Bakterilliterna? Vad är det för något?"

"Bakterilliterna kan beskrivas som extremt små och extremt många och med en extremt stor aptit. Inte en enda människa som har fått bevittna deras effektivitet har vägrat följa mig."

Då förstod Alyz att de surrande molnen som hängde i luften omkring dem och gav ifrån sig små explosioner av ljus, egentligen var svärmar med små gnistrande kryp med oanade talanger.

Taluta Krom ledde dem med snabba steg. Ibland viftade hon med metallstaven i luften så det fräste till och luften blev klarare och krypen försvann in i någon hålighet i väggen där de blixtrade till ibland, för att ingen skulle glömma bort dem.

"Bakterilliterna finns överallt." förklarade hon. "De fungerar som väktare i Härskarens regioner."

"Väktare? Vad vaktar de för något?" frågade Kiro.

"Härskarens liv. Härskarens egendomar. De är Härskarens osynliga livvakter."

Deras steg var tunga när de tysta följde efter Taluta Krom. Alyzs arm började värka igen, värre än någonsin.

"Håller den på att dö i förväg? Har Pluto Vulcan redan lagt beslag på min arm? Är den hans egendom nu?" tänkte Alyz.

Taluta Krom stannade framför en kristallslöja som böljade som glittrande sjögräs.

"Vi är framme." sa Taluta Krom. "Följ mig!"

Hon ledde dem genom kristallslöjans glitter, in i en stor, mörk sal med svaga spiralprismalampor som enda belysning. Ett lågt surrande ljud fick Kiro och Alyz att gäspa på samma gång. När deras ögon hade vant sig vid det dunkla ljuset upptäckte de rad efter rad av hudfärgade geléaktiga kokonger som hängde ner från taket i flera meter långa genomskinliga silkeskablar. Synen var av alla dessa rader med mjuka, hudfärgade jättekokonger som såg ut att sväva över marken var på en gång så fantastisk, och så makaber, att den nästan tog andan ur dem. För det var alltså här de hade hamnat, kolonins alla människor.

Det var alltså här de nu låg, infångade och inkapslade som små hjälplösa foster i sega, ljusröda hinnor. Alyz förstod att knölarna och bucklorna som spände ut kokongernas mjuka sega höljen var konturer av människokroppar och hon förstod att någonstans framför henne i den här väldiga salen, inuti två av de hundratals kokongerna, låg hennes föräldrar.

"Nu är jag också här. Allting var förgäves! Allting är för sent!" tänkte Alyz.

"Är de döda, tror du." viskade hon och hennes röst lät som ett gällt pip.

"Humanoiderna behöver deras blod, så de lever nog." viskade Kiro.

Taluta Krom som hade hört Kiros viskning vände sig om och sa:

"Den korrekta termen är "*vilar*".

Hon gjorde en gest med handen:

"Era transformationskapslar finns här borta. Följ mig!"

Taluta Krom styrde sina steg mot några lediga kokonger längst bak i salen. Tunna ljusgröna slangar hängde ut genom kokongernas mjuka öppningar.

"Vad tänker du göra med oss? Hur mycket blod vill du ha?" frågade Kiro.

Hans röst lät lika tunn och hög som Alyzs.

"Min uppgift är att koppla upp er till era transformationskapslar. Deras funktion är att samla in era minnen och sortera ut de minnen som har haft den största betydelsen för det som kallas "personlighetens" utveckling." sa Taluta Krom.

Kiro sneglade på en stor hudfärgad kokong där man tydligt kunde se konturerna av en människokropp. Konstiga bubblande läten hördes inifrån kokongen och Kiro ryckte till. Han frågade:

"Är det inte farligt? För den som blir insamlad på, alltså? Oss alltså?"

Taluta Krom kikade in i kokongen och justerade några sladdar inuti.

"Nej." sa hon. "Ni vilar hela tiden. Den enda bieffekten är att ni inte kommer att minnas vad som hänt. Och så förlorar ni de minnen som vi kopierar, förstås. Men ni kommer att få ett annat minne istället. Ett minne som Härskaren har godkänt. Det är allt."

"Så vi kommer inte att minnas att vi har varit här nere i "Sovsalen"?"

"Nej. Det minnet raderas automatiskt när ni kopplas upp till *Synapsis-Synopsia*."

Benen vek sig nästan under Alyz.

"*Synapsis-Synopsia*?" flämtade hon." Vad är det?"

"Den Stora Minnestanken."

"Varför är ni så intresserade av andra människors minnen?" frågade Alyz.

"Härskaren behöver dessa minnen. Exakt varför vet jag inte. Jag måste inte förstå operationen för att kunna utföra den. Men jag vet att energin som ryms i dessa minnen är enormt värdefull, inte bara för Härskaren utan för Pions framtid."

"*Nej! Jag vill behålla mina minnen! Utan dem skulle jag vara någon annan!*" tänkte Alyz.

Taluta Krom pekade på två lediga kokonger som var så lätta att de svajade lite i vinddraget. De såg ut som tomma, ljusrosa skal. En fin doft som påminde Alyz om doften från blommorna i Biosfären trängde ut ur kokongerna och gjorde henne lite yr.

"Här! Nu får ni ta plats i varsin transformationskapsel!" befallde Taluta Krom.

När Alyz såg in i kokongen förstod hon precis hur den vilseflugna Spiggen hade känt sig när den surrade omkring i den köttätande blommans mörkröda gap.

Att se in i kokongen var som att se in i ett köttigt, rött bo med för-djupningar för huvud, kropp, armar och ben.

Hennes kropp skulle snart vila i ett bo som skulle sluta sig lika effektivt runt henne som den köttätande blommans mörkröda gap hade gjort med sitt offer, den lilla pipande Spiggen.

Sedan skulle de tunna ljusgröna slangarna, som hängde ut från kokongen och liknade blomstjälkar, kopplas in i Alyzs kropp och börja suga i sig hennes mest betydelsefulla minnen. *Alla de minnen som gjorde henne till just Alyz och ingen annan!*

Alyzs hjärta bultade i bröstet så det gjorde ont och hon förstod att om hon inte gjorde någonting skulle Kiros och hennes egna mest betydelsefulla minnen vara förlorade för alltid. Paniken växte inom henne och innan hon hade hunnit tänka ut någon plan exploderade all paniken inom henne i ett skrik:

"*Aj! Aj! Aj! Min arm! Min arm! Vem är jag? Vem är jag? Varför gör det så ont? Varför minns jag ingenting?*"

Taluta Krom stannade. Hon såg på Alyz och blinkade nervöst. Sedan började hon vifta med sina händer framför öronen, som om hon trodde att oljudet skulle försvinna då.

"Jag har inga instruktioner hur Nysmärta påverkar kopierings-processen. Kanske kopieringen blir felaktig? Kanske Smärtlindring blockerar signalerna från Styr-Minnet till *Synapsis-Synopsia*? Jag måste fråga Härskaren vad jag ska göra."

Hon verkade inte programmerad att kunna tänka ut egna lösningar, vilket passade Kiro alldeles utmärkt.

"Vi behöver tid!" viskade han till Alyz.

"Stanna kvar bland de vilande!" sa Taluta Krom till Kiro.

"Lita på mig!" svarade han och gjorde Tapperhetpionens tecken med långfingret och pekfingret mot tinningen. Alyz upprepade gesten bakom Taluta Kroms rygg. Sedan fortsatte hon att skrika: "*Min arm! Min arm! Vem är jag? Vem är jag?*" så högt och så länge hon orkade, för säkerhets skull, så att inte Taluta Krom skulle ändra sig och koppla upp dem till varsin transformations-kapsel.

Taluta Krom och Alyz lämnade det som Kiro kallade "*Sovsalen*" genom kristallslöjan. När de kom ut i korridoren med de gröna, gropiga och knöliga väggarna, klev de rakt in i en svärm med surrade moln som blixtrade till då och då. Taluta Krom pekade med sin stav på en gul cirkel på väggen. En plasmaskärm dök upp och hon slog in en kod samtidigt som hon pressade sin tumme mot en metallbricka på skärmen:

"Humanoid G65X Taluta Krom anhåller om information angående hanteringen av skadad Barn-människa för Minnes-kopiering!"

Professor Pluto Vulcans ansikte dök upp på skärmen. Det vita håret var rufsigt och ögonen såg ut som svarta hål i det bleka ansiktet. Bakom honom brummade några instrument och datorer. Han blängde på Taluta Krom och Alyz genom skärmen och fräste:

"Mina instruktioner var uttryckligen att söva människorna. Inte att skada dem! Jag kräver att få veta hur det gick till och vem som bär skulden!"

"Barn-människan levererades i det skicket." sa Taluta Krom.

Pluto Vulcan muttrade, som om han tänkte högt:

"Hm, hm … om vi ger barnet smärtlindring kan det inverka på skärpan i Urminnesbilden vid överföringen … Men om vi inte ger henne smärtlindring kommer Urminnet att förstärkas och bli inkorrekt och följaktligen värdelöst. Båda alternativen ger grava avvikelser. Hundra procentig precision är nödvändig. Hm, hm … Alltså är båda alternativen otillfredsställande. Hm, hm …"

Sedan blev han tyst. Alyz såg en välbekant figur röra sig vid sidan om Pluto Vulcan på skärmen. Artificiella! Artificiella lutade sig fram så att bara hon syntes på skärmen.

"Redogör för skadorna på barnet!" befallde hon.

"Barn-människan har exceptionellt höga halter av euforium-melankolium, med inslag av violentium raseria." sa Taluta Krom.

"Bort med dig, Artificiella!" skrek Pluto Vulcan i bakgrunden. Han höjde händerna och gav Artificiella en så våldsam knuff så hon trillade baklänges in mot instrumentpanelen och ner på golvet. Artificiella reste sig vacklande upp och fick ta stöd mot instrumentpanelen. En signal tjöt i bakgrunden. Den kom från instrumentpanelen där Artificiella nu stod och borstade av sig något gult pulver från ansiktet. Pluto Vulcan vrålade:

"En obehörig Humanoid har tagit sig in i mina arkiv! Jag vet mycket väl att det är någon som stjäl blod från mina arkiv! Det är andra gången den här veckan."

"Låt mig ta hand om det!" bad Artificiella utan att möta hans blick.

Hennes röst lät så panikslagen att Pluto Vulcan hånskrattade:

"Du! Vad skulle du göra? Du kan inte använda våld och de där intelligensbefriade köttrobotarna kan inte förstå någonting annat än våld! Nej här krävs hårda nypor! Var är el-stöten?"

"Barnet då?" sa Artificiella.

I nästa sekund försvann bilden från skärmen. Ytterligare en sekund senare upplöstes skärmen till små, små kristaller i väggen. Alyz stod och svalde och tittade på Humanoid G65X Taluta Krom, som blinkade nervöst igen. Vad skulle hända nu?

Plötsligt stod Artificiella framför Alyz och Taluta Krom. Alyzs hjärta tog ett glädjeskutt och hon ville rusa in i Artificiellas famn, men Artificiella höjde handen och gav henne en snabb, varnande blick.

När Artificiella talade till Taluta Krom lät hennes röst sträng och helt olik hennes vanliga, varma Kvillronröst:

"Humanoid Artificiella Superstella på uppdrag av Härskaren hälsar Humanoid G65X Taluta Krom."

Artificiella tryckte åtta fingrar mot sin panna, sedan två tummar mot sitt hjärta och avslutade med en cirkelrörelse. Taluta Krom upprepade hälsningen:

"Humanoid G65X Taluta Krom hälsar Humanoid Artificiella Superstella på uppdrag av Härskaren."

Alyz sneglade på Artificiella. Hon såg trött ut och hade stora blå fläckar över ögonen och pannan. Hennes överläpp hade spruckit och var svullen och skimrade blålila och händerna var fulla med blåmärken och långa rivsår.

När Taluta Krom vände sig bort för att vifta bort en svärm av Bakterilliter med sin stav, viskade Alyz:

"Vad har hänt med dina händer… ditt ansikte…?"

"Pluto Vulcan vill lära mig att älska honom."

"Älska honom…?"

"Pluto Vulcan tror att smärta ökar inlärningsförmågan."

Av någon anledning kom Alyz att tänka på Kiro och hans far.

"Det här är en ohygglig plats och vi måste vara modiga!" viskade Artificiella.

När de passerat genom kristallslöjan till "Sovsalen" blev Artificiella stående en stund och stirrade på kokongerna som hängde ner från taket.

"Vad är det här?" viskade hon till Alyz.

"Pluto Vulcan samlar på människors minnen!"

Artificiella höll händerna framför sitt ansikte och stönade:

"Till mig sa Pluto Vulcan att ingen på Pion har så många och så djupa känslor som han. Det är alltså så här han kommer åt dem. Han stjäl dem från andra och gör dem till sina."

Längst bak i Sovsalen stod Kiro. Han strök med handen över en av kokongernas hudfärgade utsida. Det såg ut som om han var försjunken i sorgliga tankar. När Artificiella närmade sig lyste han upp som en liten sol, men behärskade sig i sista stund, slutade le och låtsades som om han inte kände Artificiella.

"Här är den andra barn-människan." sa Taluta Krom.

"En till?" sa Artificiella med sin obehagliga nya röst. Hon lät så hård och annorlunda utan sin vanliga Kvillronröst att Kiro tog ett halvt steg tillbaka och bara stirrade på henne. Men så fort Taluta Krom såg åt ett annat håll blinkade Artificiella med ena ögat och log i smyg mot Kiro, och då log han tillbaka, först lite tveksamt och sedan med hela ansiktet.

Artificiella undersökte kokongen som Kiro skulle placeras i. Hon kände på utsidan och vägde de ljusgröna sladdarna i händerna och såg upp mot taket. Sedan suckade hon:

"Jag beklagar att Härskaren är förhindrad att demonstrera hur detta tekniska underverk fungerar. Det kan inte finnas någon Humanoid på hela Pion som har kapacitet att förstå något så avancerat som Den Stora Minnes-tanken."

Taluta Krom tog fram ett litet häfte från fickan i sin lila overall och viftade med det framför Artificiella.

Sedan började hon prata. Och prata. Och prata:

"I den här manualen finns flödesschemat över alla kopplingar från människorna till Synapsis-Synopsia; Den Stora Minnestanken. Minne, känsla, tanke och alla medvetandenivåer och alla strängar har sin specifika kod… "

Kiro och Alyz skrapade med kängorna och suckade tungt. Men Taluta Krom fortsatte att spruta ut ord, snabbare och snabbare, med sin entoniga röst:

"Energin som lagras i Den Stora Minnestanken är gränslös, eftersom transformationskapslarna har kapacitet att transformera oönskad energi till önskad energi. Den som hanterar minnesöverföringen har ett mycket stort ansvar…"

Artificiella höll upp handen och avbröt:

"Förklara med enklare språk, Humanoid G65X Taluta Krom!"

När Taluta Krom öppnade munnen igen talade hon långsammare:

"Synapsis-Synopsia har kapacitet att ersätta tankar, känslor och minnen som Härskaren ogillar med tankar, känslor och minnen som Härskaren gillar…"

Kiro och Alyz såg på varandra och Taluta Krom malde på:

"Det går att implantera tankar eller känslor eller minnen som saknas, och att kopiera samma minnen, tankar och känslor till ett oändligt antal människor."

Hon gjorde en liten paus och såg malligare ut än någonsin när hon tillade: "Jag är den enda Humanoid som kan använda den här manualen!"

Artificiella avstod från att säga någonting, men Taluta Krom fortsatte:

"Jag är stolt att tjäna Härskaren, för han bestämmer över Den Stora Minnestanken och har stor makt…"

Nu avbröt Artificiella och hennes röst var ny och obehaglig.

"Stor makt. Humanoid G65X Taluta Krom!? Stor makt? Den som bestämmer över Synapsis-Synopsia har all makt! För den personen har makt över alla människors tankar."

Artificiella gjorde en liten paus och tillade:

"Och den som har makt över människors tankar har makt över deras känslor."

Det enda som avslöjade att Artificiella var upprörd var hennes blåslagna hand som darrade till nästan omärkligt.

"Ett ögonblick, Humanoid G65X Taluta Krom!" sa hon. "De här barnen lider av exceptionellt höga halter av euforium-melankolium, med inslag av violentium raseria. De är utsvultna. Dessutom lider de av akut blå anemi, alltså en mycket allvarlig form av blodbrist. Därför är det absolut nödvändigt att åtgärda blodbristen innan någon minnesöverföring kan bli aktuell."

Hon skrev ner någonting på en liten papperslapp och gav den till Taluta Krom.

"Härskaren gav mig i uppdrag att ombesörja att barnen var i perfekt balans innan de blev uppkopplade!"

Taluta Krom viftade med staven i luften och några få sekunder senare stod en den grönklädde Humanoiden med de gula ögonen vid hennes sida.

"Order från Härskaren! Leverera omgående!" befallde hon och överräckte lappen."

Humanoiden grymtade någonting tillbaka, viftade med staven och försvann bort mellan kokongerna. När han kom tillbaka efter en stund bar han fem regnbågsskimrande flaskor i olika storlekar i sina breda händer.

"Behöver jag upplysa Humanoid G65X Taluta Krom om att jag är den enda Humanoid i vårt universum och tre parallella universa som får äga kunskapen om hur man blandar till det här elixiret?" sa Artificiella.

Kiro och Alyz fnissade till, men Taluta Krom spärrade upp ögonen och började blinka häftigt. Sedan stod de en lång stund och såg på när Artificiella mixade och fixade och trixade med innehållet i flaskorna. Hon blandade och skakade och blandade vätskorna flera gånger.

För säkerhets skull jonglerade hon en liten stund med flaskorna också, över huvudet och bakom nacken, men då var Kiro och Alyz tvungna att vända sig bort för att inte explodera av skratt. Taluta Krom stod som hypnotiserad och stirrade på de ömtåliga flaskorna som for runt i luften i tjusiga bågar.

Till slut hällde Artificiella över alla de olika vätskorna i den största flaskan och det enda hon spillde under hela uppvisningen var en endaste liten blodröd droppe som glänste på Taluta Kroms blanka, lila kängor.

"Enligt professor Pluto Vulcan är det här hemliga elixiret mycket bra mot blodbrist!"

Taluta Krom såg misstänksamt från den lilla blodröda droppen på sina blanka lila kängor, till Artificiella och den stora ljusblå flaskan i hennes hand.

"Hemligt elixir mot… *blodbrist?*"

"Just det. Mycket hemligt. Mycket effektivt. Människobarn som växer upp här på Pion får blodbrist. Som Humanoid G65X Taluta Krom vet på-verkar blodbrist livslängden…"

Taluta Krom avbröt henne:

"Ge mig den där stora flaskan så ska jag hälla över elixiret i två mindre tuber med sugrör som de kan dricka ur inuti transformations-kapslarna!"

Innan hon hade talat färdigt hade hon slitit till sig den stora ljusblå flaskan i Artificiellas hand och försvunnit. Kiro och Alyz som var ordentligt hungriga ville springa efter henne, men Artificiella skakade på huvudet och satte pekfingret framför munnen. En kort stund senare hördes en ljudlig rapning följt av en hård duns någonstans i närheten.

Artificiella skrattade sitt höga varma Kvillronskratt.

"Nu kommer Taluta Krom att sova gott i minst två timmar!"

*

16. KänsloBand

Kiro och Alyz kastade sig över Artificiella och kramade henne så hårt att hon pep efter luft. Det var som om de inte kunde släppa henne. Som om de måste hålla henne hårt intill sig för att känna hennes kropp och lukt för att vara säkra på att hon verkligen stod där och inte var en fantasi. Som om de hade saknat henne så mycket att det inte gick att släppa henne.

Tillslut lyckades hon skrattande be dem att släppa taget så de kunde äta. Från en av fickorna i sin overall trollade hon fram en silverfiberpåse.

"Jag visste väl att ni var utsvultna! Se, har har ni några proteinkex med chokladsmak!"

De tog tacksamt emot de små proteinkexen som var inslagna i guldfolie. Hon jonglerade lite med de små flaskorna som Humanoiden hade kommit med.

"Och tro det eller ej; skvättarna i de här små lila flaskorna är faktiskt både goda och nyttiga!"

De hittade en ledig liten plats på golvet där de satte sig ner. Kiro sneglade på Artificiellas händer och ansikte som var fulla med blåmärken och långa rivsår. Han rynkade pannan och såg ner i golvet. Sedan sa han med tyst röst:

"Varför försvann du? Vart tog ni vägen…?"

"Pluto Vulcan förde oss till sitt SkapelseNav…" började Artificiella.

"SkapelseNav? Vad är det för något?"

"Ett cirkelformat epicentrum med energikonverterare, vakuum-transformatorer, substansgivare, galaxikon-magneteo-riter, parallellvågs-transportörer, cybernetiska fibercells-fixerare, antimassa-inverterare, spatialmatrixer, super-soniska transmittorer, strängsignal-mottagare, och … "

Kiro och Alyz nickade allvarligt som om de kände till alla avancerade apparater och mätinstrument som hon räknade upp. Men Artificiella märkte förstås att de bara låtsades, så hon avbröt sig och sammanfattade:

"Hans laboratorium, alltså!"

Kiro knöt nävarna i knäet och fräste mellan tänderna:

"Var det där han slog dig? I sitt fantastiska laboratorium?"

"Det stämmer, sa Artificiella. Men det beror inte på att SkapelseNavet är något speciellt lämpligt ställe att misshandla Humanoider på."

Kiro drämde knytnäven i sitt lår och fräste:

"Varför gjorde han det då?"

"Han gjorde det för att han tycker att Humanoider är speciellt lämpliga varelser att misshandla, oavsett var vi befinner oss!"

Artificiella märkte till sin förvåning att hennes förklaring bara gjorde Kiro och Alyz ännu mer dystra, så hon log och sträckte på sig och skakade sitt långa blåsvarta hår så det sprakade.

"Nej, nej, nej! Det är inte alls som ni tror! Det var inte alls någon bortkastad tid!"

Kiro och Alyz drog efter andan.

"Misshandel är väl alltid bortkastad tid!" sa Alyz.

"Pluto Vulcan skulle påstå det motsatta! Att misshandel alltid är väl använd tid!"

Kiro och Alyz valde att inte kommentera det här.

"Men nu till det positiva: Vet ni vad jag gjorde när Pluto Vulcan hade tröttnat på att misshandla mig?"

"Hällde gift i hans kaffe?" morrade Alyz.

Då skrattade Artificiella länge och hennes vackra blå ögon fick tillbaka sin värme.

"Pluto Vulcan började reta sig på Neptunus Nebulosa och svära: "upblåsta vattenskalle" och zooma in gruvorna på sin övervakningsmonitor. Och då, när han såg bort en kort stund, "råkade" jag ställa om Pluto Vulcans Signalmottagare från Bortre Inre Rymden så att den tog emot inverterade super-soniska spiralvågsignaler från Nano Zenits rymdskepp!"

Artificiellas stora blå ögon gnistrade av glädje och hon såg förväntansfullt på dem. Men eftersom de inte förstod vad hon sa så visste de inte vad de skulle säga. Så de valde att inte säga någonting.

"Nano Zenits rymdskepp är fullt av Katalysoiter som sänder ut kodade signaler. Jag omkodade dem! Rakt framför Pluto Vulcans ögon! Utan att han upptäckte det!"

Artificiella skrattade högt och klappade händerna. Kiro och Alyz skrattade också, för Artificiellas höga varma Kvillronskratt var så smittsamt och värmde så gott i magen, och de var så lyckliga för hennes skull. Fast de förstod inte vad hon menade.

"Från vågrörelser till musik." sa Artificiella.

"Musik? Vadå *musik?*" sa Alyz.

"Ingen i hela universum kan skapa musik som Nano Zenit, det är en sak som är säker!" sa Artificiella.

Hon rörde sina händer som vingar över sitt huvud och nynnade: "*La di da, la di do, di di di…*"

Alyz utbrast, utan att tänka sig för:

"Men är inte Nano Zenit … *död?*"

Artificiella stelnade till och slutade sjunga. Hennes kinder blånade lite svagt och hon sa, så tyst att Alyz nästan inte hörde det:

"Döden är ett relativt begrepp för Humanoider."

Sedan slöt hon sina ögon och blev tyst. Och kritvit.

Kiro knackade med pekfingret på sin panna och gav Alyz en sur blick, så Alyz skyndades sig att fråga:

"Artificiella; vet du vad som har hänt med Fågel Grön?"

Artificiella öppnade sina ögon igen. Hon såg på dem och sa:

"Pluto Vulcan har kedjat fast Fågel Gröns ben vid sin handled i en lång kedja."

Både Kiro och Alyz drog efter andan och mumlade "nej!".

"Oroa er inte! Listigare fågel än Fågel Grön har aldrig funnits! Men nu måste ni berätta vad som har hänt sedan vi skiljdes åt!"

Så Kiro och Alyz började berätta om sina märkliga upplevelser, i mun på varandra.

"Vi hittade Katalysoiten som du hade lämnat kvar!"

"Och vi följde den in i snäckan!"

"Och den väckte känslor som var outhärdliga, precis som du sa..."

"Men vi visste att känslorna inte var på riktigt... "

"Och när vi sa det högt blev vi osynliga och orädda!"

Artificiella nickade:

"Bra! Jag visste att det fanns ohyggligt mycket kraft i just den stenen. Röda Katalysoiter är mycket speciella!"

"Vi fick se när Humanoiderna sprutade in människoblod i varandra… "

"Och när de sög blod ur varandras armar… "

Artificiella skakade på huvudet. Hon suckade.

"De stackarna! De är förtvivlade. De tror att människoblod ska ge dem längre liv. Taluta Krom har också hört det där ryktet!"

"Men det verkade faktiskt som om de mådde mycket bättre efteråt?"

"Vi följde efter dem och de var pigga och glada."

Artificiella såg fundersam ut.

"Märkligt, sa hon. Neptunus Nebulosa hittade ju bara på det där med blodet!"

Artificiella var tyst en stund. Så lyfte hon sin flaska:

"Skål för fantasin! Ingen makt i världen kan mäta sig med fantasins makt. Den är gränslös och trotsar alla lagar och logik."

Som om de inte visste!

Kiro såg på Alyz, tvekade, och sedan bestämde han sig. Han suckade tungt och sa:

"Artificiella, j-jag måste berätta en sak. D-det är m-mitt fel att Alyz fick så ont i armen. J-jag knuffade omkull henne. J-jag vet inte v-varför jag gjorde det…"

Artificiella klappade hans hand.

"Det har med tankens kraft att göra. Telepati. Tankar som reser utanför kroppen som radiovågor på okänd frekvens. När Pluto Vulcan slog mig med el-stöten så tänkte jag på er två för att härda ut med hans misshandel. Det skulle jag inte ha gjort. För i samma ögonblick som jag tänkte på er över-fördes min smärta till er så att ni kunde känna den, lika intensivt som jag själv."

Kiro mumlade, så tyst att det nästan inte hördes:

"M-men när j-jag knuffade Alyz, då…?"

"Pluto Vulcan sa vidriga saker om Nano Zenit. I exakt samma ögonblick som jag önskade att jag kunde knuffa till Pluto Vulcan för att få tyst på honom, knuffade du till Alyz."

Kiros förvåning övergick i lättnad. Han började äta av proteinkexen med stor aptit. De var så tunna att man kunde linda ett kex tio varv runt pekfingret och så fulla av näring att man blev mätt av ett enda kex. Men eftersom de var så goda åt de fyra stycken var.

"Tänk att ni var så mottagliga för min smärta! Det betyder att vi hör ihop för alltid." sa Artificiella.

"Just det!" sa Alyz.

"Kunde inte ha sagt det bättre själv." sa Kiro.

De slukade de sista smulorna av kexen och drack ur de sista dropparna ur de små lila flaskorna. Runt omkring dem brummade det från kokongerna där alla bortförda människor från Generativa Nova sov sin djupa sömn medan de blev bestulna på sina mest betydelsefulla minnen.

Alyz visste att de måste befria dessa stackare från sin fångenskap, visste att de hade massor av hårt arbete framför sig och inte mycket tid till sitt förfogande, visste att det här kunde vara ett livsfarligt uppdrag, visste att de kunde misslyckas totalt och dö under sin kamp. Men ändå, när de satt där så nära varandra hon och Kiro, med Artificiella armar runt sina axlar, mådde Alyz bättre än hon hade gjort i hela sitt liv. Hon kände sig lycklig.

Känslor är magiska och oförklarliga ting. Somliga är beredda att döda för dem. Andra är beredda att dö för dem. Och för första gången i sitt liv förstod hon varför.

"Känslor är det starkaste som finns." tänkte Alyz.

*

17. Revolution och Blodbad

De hörde buller bakom sig och vände sig om. Svarta stövlar slog mot det kalla stengolvet. Pluto Vulcan närmade sig med rasande hastighet. Hans pionröda slängkappa fladdrade som en flagga mellan kokongerna och lämnade ett blodrött spår av röda fjädrar efter sig.

Någonstans i böljorna under den pionröda slängkappan skymtade de en liten röd fågel som flaxade så tappert och kämpade så hårt för att slita sig loss från sin kedja att fjädrarna yrde i luften och kedjan rasslade. Den lilla fågelrösten kraxade: *"en fågel i underjorden, en fågel i underjorden!"*

Pluto Vulcan tvärstannade när han fick syn på Taluta Krom som låg raklång på golvet intill en kokong och andades i takt med de andra sovande varelserna.

"Pluto Vulcan anropar Humanoid G65X!" vrålade han.

Men Taluta Krom sov tungt och vaknade inte. Då sparkade Pluto Vulcan på hennes ben med sin blanka svarta stövel, men det enda som hände var att det klirrade till och en blå flaska rullade fram från under hennes mage. Taluta Krom slickade sig om munnen och mumlade *"människoblod"*.

Pluto Vulcan fick syn på Artificiella och barnen.

"Vad är det här? En drogad Humanoid! Försöker ni lura mig?" vrålade han.

Han rusade fram till Artificiella och skakade hennes axlar så hårt att hennes långa blåsvarta lockar virvlade i luften.

"Lura dig? Varför skulle vi lura dig?" flämtade Artificiella. "Jag skyndade mig hit för att ta hand om de skadade barnen när du…!"

"Varför anlände de här barnen flera dagar senare än alla andra nybyggare?"

"Jag … vet inte!"

"Inte? Ni kom ju hit samtidigt, du och barnen! Eller hur? "

Artificiella vände bort sitt ansikte och sa:

"Barnen hjälpte mig att fly från Neptunus Nebulosa!"

"Ha! Försöker du inbilla mig att två barn skulle ha hjälpt en Humanoid att fly från Pions och universums näst intelligentaste människa, min bror? Förolämpa inte min intelligens! Det är fullständigt otänkbart."

Pluto Vulcan lyfte sin el-stöt för att markera att han menade allvar.

Alyz såg hur både Kiro och Artificiella stelnade till.

"Varför skickade Neptunus Nebulosa er?"

"Vi flydde-…" började Artificiella.

Pluto Vulcan avbröt henne.

"Det räcker! Om jag inte får svar på mina frågor inom tre sekunder kom-mer jag att nacka fågelskrället."

"Vad vill du veta?" viskade Artificiella.

"Redogör för Vattenskallens planer!"

"Planer? Hur skulle jag kunna veta-…"

Pluto Vulcan slet till sig Fågel Grön. Den lilla fågeln flaxade tappert för att komma loss, men Pluto Vulcans knotiga hand slöt sig i ett järngrepp kring Fågel Gröns hals och vingarna slutade röra sig.

Kiro och Alyz skrek till.

"Tala! Mitt tålamod är inte oändligt!" vrålade Pluto Vulcan.

Han viftade hotfullt med el-stöten i sin andra hand och det sprakade till i luften.

"Näbbulösa … vill ha … människoblod!" kraxade Fågel Grön.
Pluto Vulcan släppte sitt grepp kring den lilla fågelns hals.

"Människoblod? Aha! Det förklarar alla inbrott och stölder som har inträffat den senaste tiden!"

Han skrockade.

"Men vad ska han använda människoblodet till? Svara!"

Han spände ögonen i Artificiella och hon svarade:

"Hur skulle jag, en värdelös Humanoid, kunna förstå hur Pions och universums näst intelligentaste människa tänker?"

Pluto Vulcan blev mörkröd i ansiktet. Han sa ingenting, men den här gången skakade han den lilla fågeln så våldsamt att fjädrarna yrde och singlade ner på marken, långsamt som döda höstlöv. Kiro och Alyz skrek och försökte närma sig Pluto Vulcan men han höll Fågel Grön högt upp i luften, och viftade med el-stöten framför sig som ett svärd, och de kom inte nära.

Plötsligt knakade det till från Fågel Gröns hals, som om ett ben bröts av. Den lilla fågelkroppen hängde livlös i Pluto Vulcans grymma näve, som en vissnad blomma. Alyz var så chockad att hon inte kunde säga någonting men Kiro skrek så högt att hans röst brast:

"D-du… har… d-dödat Fågel Grön!"

Pluto Vulcan sneglade på Fågel Grön.

"Fel!" sa han.

Sedan härmade han Kiro:

"N-ni har d-död-dat den här p-pladdrande, b-babblande, tj-tjattrande fjä-fjä-fjäderinsekten!"

Pluto Vulcan låste upp låset till kedjan runt fågelns ben och slängde Fågel Grön över axeln. Fågelns livlösa lilla kropp landade med en duns på Taluta Krom, som för en kort sekund slutade andas i takt med nybyggarna och mumlade "blodbrist".

Pluto Vulcan ryckte på axlarna. Så log han mot de chockade åskådarna och sa:

"Stirra så mycket ni vill! Fågel Röd är numera Fågel Död och det är för sent att göra någonting åt det. Jag varnade er för vad som skulle hända om ni vägrade samarbeta. Inbillade ni er att jag skojade?"

"Din-din… b-blodtörstige f-fågelmördare!" skrek Kiro.

Både Kiro och Alyz var så arga att de skakade.

Pluto Vulcan såg en smula roat på Kiro, som om Kiro var en liten äcklig insekt som hade börjat tala. Sedan slet han tag i Artificiellas arm i ett stenhårt grepp:

"Vattenskallen skickade er för att kunna sabotera mitt arbete! Erkänn!"

"Tror du vi skulle jobba för någon som är lik dig, din jävla djurplågare!" skrek Kiro.

Men Pluto Vulcan brydde sig inte om Kiro, trots att Kiro skrek så han blev röd i ansiktet. Han lyfte el-stöten, och strök den hotfullt nära Artificiellas ansikte:

"Hur ska jag kunna veta det? Jag är bara en Humanoid!"

Pluto Vulcan vrålade:

"Ingen Humanoid kan vara så intelligent som du, Artificiella, och bara vara en Humanoid!"

Artificiellas stora blå ögon flammade till av ilska:

"I så fall ber jag om ursäkt för att jag är felkonstruerad!" svarade hon.

Pluto Vulcan stirrade på henne med gapande mun. Sedan lyfte han handen med el-stöten.

"Tig, din otacksamma varelse! Har du redan glömt vem du har att tacka för allt? Ditt långa liv, din överjordiska skönhet, din fysiska styrka, din astronomiska intelligens! Det är mig du ska tacka! Mig du ska älska! Mig, mig, mig! Inte någon uppblåst vattenskalle som är för korkad för att drunkna!"

Innan Kiro och Alyz hade hunnit fram för att försvara Artificiella hade Pluto Vulcan slagit till henne över ena armen med el-stöten. Hon darrade och blev först mörkblå, sedan alldeles kritvit i ansiktet. Tyget i hennes vita overall trasades sönder och det luktade bränt kött. Hennes ben vek sig under henne. Hon vacklade till och det såg ut som om hon skulle svimma. Och då slog han ännu en gång; Pluto Vulcan; tyrannen, förtryckaren, som hade fört bort Alyzs föräldrar och dödat hennes lilla fågelvän.

Alyz kände hur raseriet sköt upp som en eldslåga i hennes kropp och hon blev så arg så hon slutade vara rädd; så arg att hon trodde att hon skulle explodera av hat. Utan att hon visste hur det hade gått till hörde hon sig själv vråla;

"Neeeej! Du slår henne INTE! Ditt jävla monster!"

"Hellre DÖR jag!" skrek Kiro, lika rasande som Alyz.

Och samtidigt, som på en given signal vrålade de; "*Attack*" och rusade fram mot fågelmördaren i den pionröda slängkappan; inställda på revolution och blodbad; beredda på död, kanske sin egen.

Kiro tog sats och hoppade upp i luften och siktade med högerfoten mot Pluto Vulcans ben och i samma stund som Alyz tog tag i Artificiellas arm träffade Kiros välriktade spark Pluto Vulcans ben så att mannen vacklade till och förlorade balansen och tappade greppet om Artificiella som for iväg genom luften och trillade ihop på golvet medan Pluto Vulcan snurrade runt och famlade med armarna i luften och trasslade in sig i sin pionröda slängkappa och slog omkring sig med el-stöten utan att träffa någon av dem eftersom Kiro och Alyz var beredda och duckade och Artificiella låg på golvet bakom Alyz.

Allting var en enda röra av armar och ben och hat och en fladdrande pionröd slängkappa och en el-stöt farligt nära Kiro och Alyz, när plötsligt Pluto Vulcan vrålade till av smärta. Han tappade el-stöten och det klirrade i marken. Samtidigt hördes skriket från någon med en stämma som var så hög och skarp att det nästan slog lock i deras öron: "*Blodtörstige fågelmördare*"!

När Alyz såg upp i Pluto Vulcans ansikte förstod hon direkt vad som hade hänt. Där satt Fågel Grön med klorna djupt nedborrade i Härskarens ansikte och skrek "*Blodtörstige fågelmördare*" och var argare än Alyz trodde att någon fågel kunde bli.

Fågel Grön var inte alls någon Fågel Död!

155

Hanhon hade bara lurat alla med sin perfekta imitation av en strypt fågel och nu fick Pluto Vulcan igen för sin grymhet. Fågel Grön hade förvandlats till ett rasande litet monster med flaxande vingar och en näbb som uppförde sig som den värsta borrmaskin. Blodet rann från djupa hack i Pluto Vulcans ansikte och öron och han vrålade och fäktade med armarna för att bli kvitt sin angripare Men det var inte lätt, inte ens om man var en rasande Härskare, för om Pluto Vulcan var arg så var det ett intet mot hur arg Fågel Grön var. Hanhon var så arg att fjädrarna sprakade lila av arg elektricitet.

Synen av Fågel Grön som hackade i Pluto Vulcans blödande ansikte och öron, fick Alyz att vända sig bort. Hon hörde Kiro skrika med rösten full av hat:

"Här får du din… *din blodtörstige fågelmördare!*"

Alyz hörde tre hårda slag och sedan ett fräsande ljud som följdes av en vidrig stank och en tung duns. Så blev allt tyst och hon vände sig om igen. En bit bort låg Pluto Vulcan utsträckt på marken. Fågel Grön satt på hans bröstkorg och kraxade: "*Blodtörstige fågelmördare!*"

"Titta inte! Han ser jätteäcklig ut!" sa Kiro.

"Inte äckligare än vanligt. Vad hände?"

"Pluto Vulcan tappade el-stöten och jag använde den."

"Är han…?"

"Nej. Men han är inte lika tuff utan el-stöten."

"Jätteäcklig fågelmördare inte tuff." sa Fågel Grön och rättade till några fjädrar.

Alyz klappade Fågel Grön som ännu en gång hade räddat dem ur knipan.

"Tack, Fågel Grön. Du är en smart fågel, du!"

"Fågel Grön smart fågel." sa Fågel Grön. "Rolig fågel också." Och så visslade Fågel Grön så högt att det nästan slog lock för deras öron.

De ledde bort Artificiella och satt och höll om henne en stund. Hon skakade fortfarande i hela kroppen och var mycket blek med stora blå fläckar i ansiktet. Efter en stund reste hon sig långsamt med deras hjälp. Hon gick fram till Pluto Vulcan och började lyfta honom i armarna.

"Hjälp mig placera Pluto Vulcan i den där transformationskapseln! Nu är det hans tur att dela med sig av sina kunskaper."

Mycket motvilligt tog Kiro och Alyz tag i Pluto Vulcans ben och hjälpte Artificiella att lyfta honom. Det kändes som om han vägde ett ton och det tog en bra stund att släpa honom fram till en ledig kokong. Flera gånger tappade Alyz taget om benet som hon höll i, men det berodde inte på att han var så tung, eller att han stank som en död bibizospya; nej det berodde på att hon blev så äcklad av att tvingas röra vid mannen som hade misshandlat och försökt döda hennes bästa vänner.

Efter mycket slit lyckades de lyfta upp och dumpa Pluto Vulcan inuti kokongen. Han var otäck att se på där han låg, med alla blödande köttiga hack i ansiktet och sina stora sönderslitna öron. Kroppen stank av elakhet och sura vätskor. En svärm Bakterilliter surrade så nära blodet i Härskarens ansikte att det såg ut som om han led av en allvarlig form av exploderande tonårsacne.

"*Pluto Vulcan måste vara den fulaste människan i hela universum!*" tänkte Alyz.

Hon var tvungen att vända bort ansiktet för att inte kräkas.

Artificiella placerade Pluto Vulcans armar och ben och stora blodiga huvud i kroppsforms-fördjupningarna inuti kokongen och kokongens röda inre formade sig efter hans kropp som mjuk *smoz.*

Sedan hämtade hon "*Bruksanvisning för Transformationskapslar*" som låg på golvet bredvid Taluta Krom. Hon kikade in i en av kokongerna och började undersöka kokongens röda mjuka inneväggar.

"Jag undrar hur han separerar minnen och känslor och hur energin lagras?" sa hon och höll upp sladdarna i luften.

"Vi har varit i rummet där minnena spelas upp." sa Alyz.

"Har ni? Hur kom ni in där?"

"Vi följde efter en Humanoid och hamnade mitt inne i ett sorgligt minne."

"Tänk att få resa in i människors minnen, att få uppleva människors känslor och tankar. Det skulle jag verkligen vilja vara med om!" sa Artificiella.

Hon stod stilla i några minuter och läste i bruksanvisningen. Sedan suckade hon:

"Puh. Det här blir inte lätt! Den Stora Minnestanken Synapsis-Synopsia magasinerar tankar och känslor och minnen men allting är kodat. De här koderna finns inte i något av mina program ..."

"Kan vi hjälpa till?" frågade Kiro.

Artificiella pekade in i kokongen där svärmen med Bakterilliter surrade och smaskade i det intorkade blodet i Härskarens ansikte. Nu såg det ut som om den exploderande tonårsacnen hade utvecklats till variga bruna smittkoppsskorpor som täckte hela ansiktet.

"*Nu är han nästan lika ful på utsidan som på insidan.*" tänkte Alyz.

"Kan du vifta bort de där små blodtörstiga insekterna från den där stora blodtörstiga insekten, tror du?" bad Artificiella.

Kiro hämtade Bakterillitstaven som låg kvar vid Taluta Kroms sida och gav den till Artificiella. Hon bökade runt med den inuti kokongen en stund och utbrast:

"Märkligt ..."

"Vadå?"

"Se själva!"

Artificiella förde in både Bakterillitstaven och el-stöten inuti kokongen över den medvetslöse Pluto Vulcan och de såg hur Bakterilliterna formade tecken i luften.

"Se! Kemiska formler!"

De kikade in i kokongen men kunde inte urskilja några formler, bara krumelurer som såg ut som klumpar av glänsande insekter och larver i skarpa färger som blixtrade till mot kokongens röda väggar.

"Aha! Nu förstår jag." sa Artificiella. "Bakterilliterna är gnistor av medvetande som tycks ha slunkit ut genom sprickor i Den Stora Minnestanken. El-stöten ger impulser som formar gnistorna till formler, men bara inuti transformationskapslarna, förstås!"

Kiro såg lika frågande ut som Alyz kände sig.

De ryckte på axlarna och log lite tamt.

"De där första Humanoiderna som ni följde efter samlade upp Bakterilliter som hade läckt ut och förde tillbaka dem till Den Stora Minnestanken." sa Artificiella.

Hon började känna på de röda väggarna inuti kokongen igen och suckade igen.

"Det här är inte lätt, det säger jag bara. Hur ska jag få veta vilken omloppsbana Nano Zenit sändes ut i?"

Alyz trodde inte sina öron.

"Nano Zenit? Men nybyggarna då? Ska vi inte befria dem först? Var det inte därför vi kom hit?"

Just då stönade Pluto Vulcan och började röra på sig och kokongen gungade till.

"Oj, nu är det bråttom!" sa Artificiella. "Jag måste koppla upp honom omedelbart, innan han vaknar! Och för att ta emot svaren på mina frågor måste jag vara inkopplad själv. Men det går nog inte…"

"Varför då?"

"Jag är inte mänsklig… inte kompatibel. Jag kan inte koppla upp mig mot en människa."

"Kan vi inte koppla upp Pluto Vulcan och gå in i rummet där minnena visas?" sa Kiro.

"Jättebra förslag, Kiro! Fantastiskt!" sa Artificiella.

Han blev lite röd om kinderna och såg ner i golvet.

"Äsch. Det var väl ingenting."

Artificiella började meka med sladdarna inuti Pluto Vulcans kokong och Kiro och Alyz satte sig ner på golvet.

Det enda ljud som hördes runt omkring dem var andetagen från alla människor som sov inuti kokongerna. Eftersom alla människor andades ut och in samtidigt, lät det som om andetagen kom från en enda sovande kropp.

När Alyz hade lyssnat en stund märkte hon att hon började bli sömnig. Hon märkte att hon hade börjat andas i samma takt som nybyggarna och att hennes tankar fladdrade omkring lite hur som helst, som små fjärilar i en urskog. Hon sneglade på Kiro som satt hopkurad med huvudet lutat mot sina knän. Han andades långsamt, lika långsamt som människorna i kokongerna.

"*Som om han sov... Som om han drömde att han sov och var uppkopplad till Den Stora Minnestanken... Som alla andra nybyggare... Som sover... Som drömmer...*"

Hon ryckte till när hon hörde Artificiellas röst:
"Äntligen! Nu är jag klar. Nu är Pluto Vulcan uppkopplad till Den Stora Minnestanken."

Och där låg han, den store Härskaren, fängslad av en sömn så mäktig att inte ens han, Pluto Vulcan, Pions mäktigaste man, kunde förhindra att två barn, en Humanoid och en liten fågel lade beslag på universums mest välbevakade hemligheter.

*

18. Suckar, Sopor och Silverspiraler

"Nu har vi bråttom!" sa Artificiella.

Alyz sträckte på sig och gäspade:

"Men nybyggarna då? När ska vi koppla bort nybyggarna?" tjatade hon.

"Senare! Vi kan inte ta några risker. Först måste vi få veta vad Pluto Vulcan har gjort med deras hjärnor och vad han har för ondskefulla planer."

Artificiella viftade med Taluta Kroms Bakterillitstav.

"*Till Minnesrummet!*"

Men istället för att hamna i Minnesrummet hamnade de mitt i en våldsam storm. Vinden kastade nästan omkull dem och dammet som rördes upp av vinden sved i ögonen och förblindade dem och gjorde det nästan omöjligt att andas.

I nästa stund blev de bombarderade med små hårda stenar som träffade dem överallt på kroppen med en fruktansvärd kraft. Kiro och Alyz skrek när stenarna träffade deras huvud. Men det skulle de inte ha gjort eftersom deras munnar fylldes av damm som höll på att kväva dem.

Hårdast av alla drabbades Artificiella. Tusentals små stenar bombarderade hennes kropp med en sådan kraft att hon nätt och jämnt kunde hålla balansen. Tusentals små stenar från alla håll sögs till hennes stackars kropp som om hon var en magnet. Tusentals små stenar fortsatte att misshandla hennes kropp som om de var små soldater av sten som alla hatade henne intensivt. Tusentals små stenar uppförde sig som om de deltog i en attack där målet var att bomba sönder Artificiella.

"*Tjoff-poff- swoff…*" lät det.

De kröp ihop tätt intill varandra på marken och drog ner skyddshuvorna och munskydden över sina ansikten för att skydda sig mot de värsta attackerna. Stenar, sand och grus virvlade förbi över deras huvud och träffade deras ryggar istället.

Plötsligt skrek Fågel Grön hjärtskärande. Hanhon hade blivit träffad av en sten i huvudet och flaxade förvirrat runt ett par varv i luften. Alyz sträckte ut handen bakom sig och fick tag i den lilla fågelns ena vinge, sekunden innan hanhon skulle ha kraschlandat i dammet och begravts under tusentals stenar.

Kiro slet till sig Bakterillitstaven från Artificiellas hand. Han spottade och fräste med munnen full av sand och grått damm:

"*Sovsalen! Sovsalen! Sovsalen!*"

Då slutade det att storma, precis lika snabbt och oförklarligt som det hade börjat, och det blev alldeles tyst och stilla.

När deras ögon hade vant sig vid mörkret kunde de konstatera att de var inne i en mörk gruva. Svarta bergväggar slöt sig över deras huvud som en kista. Stora block av sten, varav många var större än tetraedern Alyzs familj bodde i, hade lossnat från bergväggarna och skymde sikten in i de mörka gångarna.

De undersökte Fågel Grön som kurade ihop sig under sina röda vingar och kraxade hjälplöst.

Artificiella klappade Fågel Grön och bäddade ner den lilla fågeln i bröstfickan på sin overall, nära sitt eget hjärta.

När de satt böjda över Fågel Grön hördes plötsligt några svaga suckande läten. De lade märke till några långa smala Humanoider som strök förbi med vacklande steg. Humanoiderna var klädda i blå overaller och hade långa röda, gröna, blå eller gula flätor. De kände sig fram längst bergväggarna med darrande händer och såg sig omkring med uppspärrade ögon, som de letade efter någonting eller var rädda för någonting. Deras ansikten var bleka och utmärglade. Några av Humanoiderna skakade så mycket att de hade svårt att röra sig. Men plötsligt, och lika omärkligt som de hade dykt upp, hade de försvunnit igen, in i en av de mörka gruvgångarna.

Kiro och Alyz såg på Artificiella, men Artificiella sa ingenting. Hon bara slöt sina ögon och stod alldeles stilla.

Efter en stund hördes ett tungt, skrapande oväsen med gnisslade oljud och sedan passerade ännu en grupp Humanoider i smutsgröna overaller. De här Humanoiderna såg starka och friska ut, med grova armar och ben och snaggade huvud målade i olika färger. Tillsammans puttade och drog de en svart vagn på hjul. Vagnen var större än hela Alyzs sovmodul och den var fullastad med stenar.

"Kom så följer vi efter dem!" viskade Artificiella. "De har hämtat mineraler för export till jorden och är på väg ut härifrån."

Humanoiderna kämpade på. Den tunga vagnen gnisslade och skramlade när den drog sin dyrbara last genom gruvgångarna i urberget. Svetten rann i deras ansikten och de gav ifrån sig konstiga grymtanden på sitt eget språk. Ibland gav någon av dem ifrån sig ett högt vrål som ekade mellan berg-väggarna. Alyz föreställde sig att vilda djur på jorden vrålade som de här Humanoiderna.

Fukten rann längs de svarta stenväggarna och det drog kallare för varje steg de tog. När Alyz såg hur svårt Humanoiderna led av kylan, var hon tacksam över sin overall och tunna skyddsdräkt.

Någonstans långt borta i gruvan hördes några suckande läten.

Artificiella höjde handen.

"Vi har hamnat på Soptippen!"

"Soptippen?" sa Alyz och Kiro.

"Den här platsen kallas så. Be mig inte förklara varför!" Jämrandet från eländiga röster omkring dem ökade i styrka. Till slut ekade suckarna så tunga mellan bergväggarna att det lät som om själva berget grät. Det blev så outhärdligt att tvingas lyssna på allt lidande att Alyz höll händerna för öronen. Hon började skaka, men inte av kylan, utan av alla ljud hon inte lyckades stänga ute.

Plötsligt råkade hon snubbla till i halvmörkret. När hon böjde sig ner för att undersöka vad det var hon hade snubblat över, upptäckte hon en livlös Humanoid på marken. Ansiktet var kritvitt och fullt av ljusgröna mögelfläckar och mörkblå ärr och ögonen var slutna. Den långa mörkröda flätan var tovig med gröna mögelfläckar, damm och smuts. I Humanoidens smutsiga, blå overall gapade stora hål med förkolnade kanter.

"*Han eller hon är död!*" tänkte Alyz.

När hon såg sig omkring upptäckte hon att det låg Humanoider överallt på marken. Alla skakade och jämrade sig. Deras suckande fick luften att kännas kall och full av sorg och skräck. Det fick håret att resa sig på hennes armar.

"De är trasiga." sa Artificiella. "De har börjat skaka. De kommer att gå sönder inom 24 timmar om inte någon människa ingriper."

Kiro och Alyz såg på varandra.

"Men de enda människor som inte sover är Kiro och jag!"

"Och vi vet inte hur man gör när man räddar Humanoider!" utbrast Kiro.

"En enda människa kan rädda oss nu." sa Artificiella.

Alyz trodde nästan inte sina öron.

"Du menar Nano Zenit? Men han…"

"Just det. Men då måste vi först rädda honom. Och för att kunna göra det måste vi ta oss ut härifrån på något sätt. Vårt främsta hopp är de där Humanoiderna. De kommer bara hit ner en gång i kvartalet. När de har fyllt sin kvot med värdefulla stenar lämnar de Soptippen."

Tiden tickade obarmhärtigt iväg och för varje minut blev de bara tröttare. Luften var tung att andas; kvav och sur och rökig. De orkade inte hålla jämna steg med Humanoiderna, trots Humanoidernas tunga last, och till slut upptäckte de att de varken kunde se eller höra dem längre. Humanoiderna hade försvunnit med sina stenar någonstans in i någon av de mörka gruvgångarna.

"Vi kommer inte ut härifrån!" sa Artificiella. "Jag förstår inte varför?"

Det var sant. Det tycktes som om de irrade runt i en stor stenlabyrint och återkom till samma utgångspunkt hela tiden. Bakterillitstaven fungerade fortfarande inte av någon anledning.

De släpade fötterna efter sig meter efter meter på den hårda marken, medan de fyllde lungorna med den kvava och sura och rökiga luften och ansträngde sig för att se mer än tre meter framför sig.

"Nej, nu orkar jag inte mer." sa Artificiella plötsligt. "Jag håller på att gå sönder."

Kiro och Alyz såg på varandra.

"Gå sönder! Det kunde inte vara sant!"

Artificiella var ju deras enda trygghet. De skulle inte klara sig utan henne. De skulle dö här, på en mörk soptipp i underjorden. Ingen hade letat efter Kiro när han försvann, så varför skulle någon leta efter Alyz? Hennes föräldrar skulle kanske ha glömt bort henne när de blev befriade från sina kokonger. Om hennes föräldrar blev befriade från sina kokonger, om …

"*Nej. Jag vill inte dö. Inte nu. Inte här.*" tänkte Alyz.

Hon vände sig till Artificiella som hade börjat skaka.

"Du får inte gå sönder, Artificiella!"

"Jag beklagar. För att vara en Humanoid har jag blivit ovanligt gammal, men nu känner jag att min kropp håller på att falla sönder. Mitt ekolod är utslaget."

"Man får inte ge upp bara för att man inte har ett fungerande ekolod!" sa Kiro. Och för första gången lät han riktigt arg på Artificiella. Men hon såg vänligt på honom och sa:
"Problemet är större än du tror, Kiro. Problemet är att jag inte kan tänka klart, längre. Min artificiella intelligens håller på att raderas ut. Mina nerv-fibrer är obalanserade. Se! *Okalibrerad*! Hela jag!"
De stirrade på hennes blåskimrande hand. Det var den mest misshandlade hand Alyz någonsin sett, full av blåmärken och rivsår. Den skakade okontrollerat. Små vassa stenar hade borrat sig in under huden som groteska vårtor.
"Se hur jag skakar! Se! Ingen självdisciplin alls!"
Nu var det Alyzs tur att reagera. Hon utbrast:
"Men Artificiella! Skulle det inte vara konstigare om du inte skakade? Så mycket stryk som du har fått idag? Och du blev ju stenad?"
Artificiella log sorgset.
"När vi Humanoider blir obalanserade börjar vi skaka. När vi har börjat skaka, skakar vi tills vi har skakat sönder. Om ingen människa ingriper."
Kiro skakade på huvudet och grimaserade.
"Det är så vi är programmerade. Av säkerhetsskäl, förstås!"
Artificiella skrattade till. Men det var ett glädjelöst skratt.
"Det är därför vi undviker el-stöten."
Kiro sparkade på några stenbumlingar som om allting var deras fel. Allt, inklusive hans oförmåga att hjälpa Artificiella.
"Här ska inte vara något jävla *svinn*!" fräste han. Rösten var tjock, av ilska eller gråt.
Artificiella log, men hon sa ingenting mer.
Då såg de ett litet rufsigt rött fågelhuvud sticka fram från Artificiellas bröstficka. De klappade den lilla fågeln.
"Mår du bra igen, Fågel Grön?"
"Fågel Grön mår bra, Artificiella mår bra, Äcklig Fågelmördare inte mår bra."

"Artificiella mår inte alls bra." viskade Alyz in i fågelns öra.

"Artificiella inte nyckel." sa Fågel Grön. "Inte nyckel – inte perfekt balans."

Artificiellas hörsel var tydligen inte nedsatt för hon utbrast:

"*Nyckel*? Vilken nyckel!?"

Hon spände blicken i den lilla fågeln.

"SkapelseNav!" sa Fågel Grön lite malligt och putsade sina röda fjädrar.

Helt plötsligt, av någon märklig anledning, fick Artificiella små blå fläckar på kinderna och slutade nästan helt att darra. Hon sträckte ut sina armar i luften och sa:

"A-ha! Det är därför vi inte kommer ut härifrån och det är därför vi inte kommer in någonstans, för Pluto har lagt in en säkerhetsspärr om han själv skulle bli utslagen...!"

"Fågelmördare dö, alla dö. Perfekt balans!" sa Fågel Grön.

"Om Pluto har nyckeln kommer vi inte in i Den Stora Minnestanken eller i SkapelseNavet eller ens tillbaka till Sovsalen. Vi får stanna på Soptippen för alltid." sa Artificiella.

Hon suckade och sjönk ihop igen.

"Det här är hans straff!" sa Artificiella. "Det här är en raffinerad variant av el stöten!"

Hon skakade på huvudet och skrattade sitt glädjelösa skratt igen.

"*Och jag som trodde att han saknade fantasi!*"

De såg sig omkring bland stenbumlingarna. Någonstans i närheten jämrade sig en plågad Humanoid. Ekot av hans plågade röst var en försmak på vad som väntade dem själva om några timmar.

"Fågelmördare inte nyckel." sa Fågel Grön.

"Inte? Men var är nyckeln, då?" frågade Kiro.

"Fågel Grön *ont mage*!" protesterade Fågel Grön.

De klappade försiktigt den lilla fågeln.

"Din lilla stackare. Det är Plutos fel att du har ont i magen. Allting är hans fel!"

"Fågelmördare *ont öra*."

"Tack vare dig och mig har han ont överallt! Rätt åt honom!" sa Kiro och skrattade grymt.

"Just det! Duktig, duktig Fågel Grön!" sa Alyz och instämde i Kiros grymma skratt.

"Men var är nyckeln om inte Pluto har den?" frågade Artificiella.

"Fågel Grön *ont mage!*"

"Stackars, stackars lilla Fågel Grön!" sa alla på en gång. De pussade hennehonom på det lilla fågelhuvudet och klappade försiktigt den lilla ömma fågelmagen. Men då blev Fågel Grön otålig och skrek:

"Fågel Grön nyckel! *Mage! Mage! Mage!*"

"Vad … vad menar du?" frågade Alyz.

Fågel Grön lyfte från Artificiellas hand och flög bort och satte sig bakom en sten. Efter en liten stund återvände hanhon med någonting i sin skära näbb som såg ut som en liten självlysande silverspiral med små gnistrande spetsar.

"Fågel Grön inte ont mage. Mage perfekt balans." sa Fågel Grön och släppte ner silverspiralen i Artificiellas hand.

Artificiella torkade av den lilla självlysande silverspiralen noga på sin overall. Sedan satt hon stilla och såg på silverspiralen som låg i hennes kupade händer som i ett litet varmt bo. Den strålade som en liten solreflektor.

Artificiella sa ingenting på en lång stund. Hon darrade nästan inte alls. Om inte Alyz hade vetat att Humanoider inte kan gråta hade hon kunnat svära på att två tårar droppade ner på den lilla självlysande silverspiralen.

"Tack snälla Fågel Grön." sa Alyz. "Du hjälper oss alltid."

"Fågel Grön smart fågel. Lura Äcklig Fågelmördare."

"Du är den smartaste fågeln i hela universum!" sa Kiro.

"Nä." sa Fågel Grön och lade huvudet på sned.

"Jo!"

"Nä!" sa Fågel Grön.

"Jo!"

"Nä, Fågel Grön *roligaste* fågel hela universum!"

Sedan skrek honhan så att det värkte i deras öron och flög runt och petade dem i deras magar med sin lilla skära näbb så de inte kunde hålla sig för skratt längre. Men Artificiella sa ingenting. Hon satt alldeles stilla och såg på nyckeln och hennes händer darrade inte längre.

*

19. Smärtans Musik

Artificiella lyfte upp den lilla silverspiralen till sin mun, mumlade något och blåste tre gånger. Sedan lade hon Bakterillitstaven och el-stöten tätt intill varandra på marken, placerade silverspiralen på de två stavarna, och blåste ytterligare tre gånger.

Efter en stund steg en blå ljuslåga upp från de båda stavarna och silverspiralen började glöda i en rödorange färg.

Då plockade Artificiella upp silverspiralen och höll den framför sin mun. Ännu en gång mumlade hon någonting och blåste tre gånger på den.

När den lilla silverspiralen slutade glöda och bara gav ifrån sig en tunn grå rök tryckte hon den mot sitt öra. Ett svagt klickljud hördes. Artificiella lade armarna i kors över bröstet, och skrek ut över Soptippen:

"*Ka-li-bre-rad!*"

Sorgen som vilade över Soptippen kändes så tung av att inte ens Alyzs tunna, lätta regnbågsoverall med termofilter och kamouflagekrom kunde stänga den ute.

Sorgen trängde in igenom hennes overall och den trängde in igenom hennes hud.

Sorgen trängde till och med in i hennes bröstkorg, där den kramade hennes lungor så hårt med sina iskalla spökhänder att det gjorde ont att andas.

Överallt mellan stenbumlingarna på marken låg Humanoider och skakade. De var fler nu än tidigare, men Alyz hade ingen lust att räkna dem.

Artificiella pekade på de skakande kropparna och sa:

"Se! Det här är Plutos Vulcans verk! För att förhindra att vi Humanoider tar livet av oss har han programmerat oss för den mest utdragna och plågsamma död som finns. Han brukar roa sig med att komma hit för att se och lyssna."

Kiro och Alyz stirrade på henne.

"Va?"

"Plutos Vulcan har en liten apparat som registrerar lidande. Skakningar som ögat och örat inte kan uppfatta. Ni förstår; vi Humanoider dör inte förrän vi har skakat sönder inuti. Inte förrän alla våra inre organ vibrerat sönder och är finfördelade till atomer utplånas smärtan. Pluto Vulcan uppskattar ljudet av långsamt sönderfall. För honom är förintelse skönhet. För honom är smärta musik."

Artificiella drog ett djupt andetag:

"Och när det gäller smärta är Pluto Vulcan mycket musikalisk."

När Alyz stod där hos de döende Humanoiderna hände det att några av dem öppnade sina ögon och såg rakt på henne. Blicken i deras ögon var så fylld av skräck och sorg att Alyz ryste. Det var som om de insåg att allting var för sent, att det enda som återstod i deras fattiga, plågade liv var att dö. De visste att Pluto Vulcan hade lagt in en spärr i deras program för att förhindra självmord. En spärr som förvandlade deras sista timmar i livet till ett enda utdraget lidande där smärtan växte i styrka för varje sekund.

"Skräcken för att dö har varit det enda som har hållit dem vid liv, men nu vet de att de inte kommer undan längre." tänkte Alyz.

Artificiella satte sig ner på huk framför en Humanoid som låg på marken.

"Din smärta är min." sa hon och placerade sina händer på hans axlar.

Alyz flämtade till när hon kände igen den smutsiga, livlösa stackare som hon nästan hade snubblat över någon timme tidigare. Nästan hela ansiktet var täckt av mögel, nu. Den röda flätan hade lossnat från skallen och låg som en krans av torra strån runt hans grönfläckiga huvud.

"*Det är alltså så här en död Humanoid ser ut.*" tänkte Alyz. "*Hur kan någon tycka om att se på det här?*"

Artificiella höll ett fast tag om Humanoidens axlar. Hon befallde:

"*Sluta skaka!*"

Långsamt, långsamt, som om det var mycket ansträngande, öppnade Humanoiden sina ögon och såg på henne. Ögonen var täckta av en gulaktig hinna. En ljusblå vätska sipprade fram mellan de torra spruckna blå läpparna.

"*Humanoidblod.*" tänkte Alyz.

Artificiella såg honom djupt in i ögonen och han blinkade. Efter några blinkningar försvann den gula hinnan. Artificiella blåste på hans magra ansikte och mögelfläckarna torkade ihop till ett torrt damm som föll ner på marken. Efter en stund hade han samma svagt blå ansiktsfärg som Artificiella.

"Kalibrerad." konstaterade hon och såg på Kiro och Alyz.

"Kalibrerad." instämde Kiro och Alyz. "Definitivt kalibrerad."

Artificiella fortsatte sitt arbete. Hon gick runt på Soptippen och placerade sina händer på Humanoidernas axlar och befallde dem att sluta skaka. En efter en slutade alla att skaka, möglet försvann från deras ansikten, håret blev mjukare, och deras skadade kroppar tycktes få tillbaka sin kraft.

När Artificiella hade räddat alla Humanoider på Soptippen, till och med de som Alyz kunde ha svurit på var döda, tryckte de sig intill varandra som en flock rädda djur. De såg på Artificiella, sin räddare och på de två barnen som stod bakom henne, men deras blickar var misstänksamma och inte alls så tacksamma som Alyz hade förväntat sig.

En Humanoid med grön skalle och tre långa, fula ärr i pannan frågade med torr och knastrig röst:

"Vem är du?"

"En av er. Och en av dem!" sa Artificiella.

Hon pekade på Kiro och Alyz.

Humanoiderna var tysta. De borstade av sig smutsen från sina overaller och ansikten. Det såg ut som om de väntade på att Artificiella skulle dela ut order till dem. Deras ansikten var uttryckslösa.

"Varför avbröt du vår nedbrytningsprocess? Vad tänker du använda oss till?" frågade Humanoiden.

"Jag måste göra en resa till en punkt i det förflutna." sa Artificiella. "En resa i ett specifikt minne som innehåller nyckeln till Pions framtid. Uppdraget är så farligt att resan blir omöjlig utan er hjälp."

Humanoiderna nickade. Farliga uppdrag kände alla Humanoider till. Ofarliga uppdrag existerade inte i deras verklighet. Så de såg på Artificiella med tomma ögon i väntan på hennes order.

"Humanoider är programmerade att lyda. Eller hur?" sa Artificiella.

De nickade och grymtade någonting ohörbart.

"Därför måste ni lyda mig." sa hon.

Humanoiderna nickade igen. Den här gången så ivrigt att de tunna hårtestarna fladdrade.

"Vem lyder du, då?" frågade Kiro.

Artificiella spärrade upp ögonen.

"Jag lyder er förstås!"

"Nej, det gör du inte!"

"Jag är programmerad att lyda!"

"Då har du lyckats omprogrammera dig själv." sa Kiro.

"Det kan jag inte. Jag är en Humanoid!"

"Då är du väl ingen Humanoid längre, då." sa Kiro.

Artificiella såg en stund på Kiro. Så skrattade hon sitt söta Kvillron-skratt och strök sig över örat.

"Kom!"

Artificiella ledde gruppen bort från Soptippen, genom de mörka gruvgångarna som de hade irrat omkring i tidigare. De svarta bergväggarna glimrade av Katalysoiter i olika färger.

Humanoiderna sneglade på Artificiella utan att säga någonting. De skakade inte längre där de gick i raka led med stora spänstiga kliv. Verktygen i deras trasiga overaller gungade fram och tillbaka i takt med deras steg och klingade taktfast när de stötte i varandra. De verkade inte sjuka, inte trötta, inte glada eller ett dugg nyfikna, bara inställda på att arbeta igen.

"*Tills det är dags att skaka sönder, på riktigt, nästa gång.*" tänkte Alyz och tanken fick henne själv att darra.

Här och var i gruvgångarna stod övergivna vagnar och gapade mot dem med sina svarta munnar av metall.

"*Så hungriga att de kan svälja tusen kilo Katalysoiter i en munsbit. Så svarta att de kan svälja allt utom mörkret i Humanoidernas ögon.*" tänkte Alyz.

Artificiella stannade vid en av de övergivna vagnarna och pekade runt bergets väggar:

"För att min resa i tiden ska bli framgångsrik behöver vi Katalysoiter av alla storlekar och färger. De måste vara genomskinliga så att de släpper igenom ljus. Ni måste vara extremt försiktiga när ni lossar dem från berget, så att ni inte lämnar några avtryck. Om ni repar Katalysoiterna och lämnar mikroskopiska spår på ytan utsätter ni mig för livsfara. "

Hon gjorde en kort paus.

"Det här uppdraget är för Pions framtid!"

Humanoiderna mumlade någonting som Alyz inte förstod. De gungade fram och tillbaka och verktygen klingade mot varandra.

"Kom ihåg att Pions framtid är alla varelsers framtid. *Er* framtid också!" sa Artificiella.

Humanoiderna slutade gunga. De stirrade på henne med rynkade pannor och grymtade. Några av dem gapade dumt. De såg förvånade ut. Sedan trängde konstiga väsande pipljud med höga toner ut ur deras strupar. Det lät lite som Hybridfåglarnas sång i urskogen, tyckte Alyz.

Efter hennes ord om deras framtid lyssnade Humanoiderna uppmärksamt på Artificiellas instruktioner utan att mumla alls. Men de tog inte ögonen från hennes mun, som om den ruvade på märkliga skatter.

När Artificiella var klar med sina instruktioner tog Humanoiderna fram sina verktyg och började hacka loss stora stenstycken från bergväggarna. Genom att sedan pressa och smeka fram Katalysoiter ur stenstyckena exakt så som Artificiella hade beskrivit undvek de att lämna några spår på Katalysoiternas yta.

Alyz förstod inte hur Humanoiderna kunde arbeta så hårt när de varit så nära döden för några minuter sedan. Artificiella behövde inte ens använda någon el-stöt för att få dem att arbeta. Det räckte med att hon använde sin röst.

Artificiella täckte insidan i vagnen med en ultraresistoduk från fickan i sin overall. När vagnen var mjukt vadderad och stötsäker, räckte Humanoiderna över Katalysoiterna till henne, en efter en, och mycket försiktigt, som om de var små nyfödda Pioneller. Lika försiktigt placerade Artificiella de värdefulla stenarna i vagnen där de bländade Kiro och Alyz med sina fantastiska dofter och sitt mystiska ljus.

När vagnen var lastad, knappade Artificiella in någonting på Bakterillit-staven, pekade på väggen och sa:

"*Till Minnesrummet!*"

I nästa stund befann de sig inne i det mörka rummet där människornas allra mest betydelsefulla minnen spelades upp. Den röda dimman svepte in platsen med sitt mjuka, tyngdlösa damm som inte kunde röras, bara kännas, och ljuden från lidande människor överröstade bullret från osynliga maskiner.

Precis som första gången hon var där trodde Alyz att hon skulle kvävas. Röken trängde in i hennes näsa och hals och det sved i hennes ögon så hon var tvungen att blunda.

Artificiella stod en stund och såg sig omkring och lyssnade på mullrandet av tunga stenbumlingar som malde mot varandra, och klingandet av metall som stötte mot metall, och på de gurglande, fräsande ljuden som lät som om de kom från visslande ångmaskiner, och på ljudet av förtvivlade människoröster som grät eller skrek. Hon drog några djupa andetag utan att hosta, och såg mycket tankfull ut medan hon analyserade alla intryck.

Efter en stund började hon leta bland Katalysoiterna i vagnen. Hon lyfte upp en liten grön Katalysoit som hon undersökte noga från alla håll, men lade tillbaka i vagnen. Sedan tog hon upp en mörkblå Katalysoit och undersökte den lika noga. Hon skakade på huvudet och suckade. Till slut lyfte hon upp en stor röd Katalysoit från vagnen.

"En Katalysoitisk kvasi-kvasar blir nog bäst ändå!" sa hon.

Artificiella undersökte Katalysoiten noga. Hon vägde den i handen, lyssnade mot sitt öra, kände på ytan. Det röda ljuset bländade Kiros och Alyzs ögon men Artificiella blinkade inte en enda gång när hon såg på den.

"Ett helt perfekt exemplar! Inga trauman! Fantastiskt!"

Artificiella strålade ikapp med den röda Katalysoiten.

"Den blir perfekt!"

Någonstans i den röda dimman skymtade Alyz minnet med kon och hennes kalv. Utifrån och på avstånd såg minnet ut som en vanlig kort informationsfilm från jorden.

"*Det här djuret är en ko. Ett enfaldigt fyrbent däggdjur som producerar mjölk.*" Så skulle Informatorn ha sagt, och ingen, inte ens den minsta pionell, skulle ha tyckt synd om kon eller hennes kalv. Kanske skulle de ha skrattat åt kons uppspärrade ögon och konstiga läten?

Alyz tänkte på hur mycket värre det var att befinna sig inuti själva minnet än att se allting utifrån som en kort film. Hon förstod att de korta filmerna som flammade upp fungerade som intro-film till det äkta minnet. Men det äkta minnet var alltid hemskare än någon kunde föreställa sig. Runt omkring dem flimrade filmerna upp. Olika minnen hade olika röster och dofter och buller, men alla minnen tonade bort i höga skrik och lämnade ett blodrött sken av smärta efter sig.

"*Blod!*" tänkte Alyz.

En av intro-filmerna visade ett litet glasrör, eller en spruta, med någonting inuti som såg ut som en liten fisk, eller en delfin, eller kanske ett litet människofoster. Plötsligt var röret inte längre var ett rör eller spruta. Det hade förvandlats till en raket med kurs rakt ut i rymden. En vattendroppe föll som en tår från spetsen av det som en gång hade varit en spruta och nu var en raket och förvandlades till en blodsdroppe som såg ut som ett rött hjärta som fyllde upp och färgade hela rymden blodröd innan bilden försvann.

Artificiella ställde sig framför platsen där intro-filmen hade visats:

"Det här är minnet jag har sökt. Det är Pluto Vulcans tidigaste minne. Nu försvinner jag ett tag!" sa hon.

"Vi följer med dig!" sa Kiro.

"Just det!" sa Alyz.

Artificiella skakade så våldsamt på sitt huvud att hennes långa blåsvarta hår föll ner över ansiktet:

"Nej, nej, nej! Kiro, Alyz; Pluto Vulcans minnen är outhärdliga! Fasans-fulla! De är som ett fasansfullt vakuum av inverterad känsla. Ett svart hål som sväljer allt ljus, allt som är gott..."

Kiro försökte protestera: "Men du då..."

Artificiella satte fingret framför sin mun:

"Det är därför jag tar med mig en röd Katalysoit in! För balansens skull. Ni vet själva hur effektiva Katalysoiter är!"

Men ju mer Artificiella förklarade ju mindre förstod Alyz vad hon menade.

"Ursäkta, men hur kan du veta allt det där med vakuum och svart hål och sånt innan du ens har gått in i minnet?"

"Han skapade mig för att stå ut med sig själv. Det är därför jag vet."

"*Vet vad?*" tänkte Alyz.

När Alyz utbytte en blick med Kiro såg hon att han tänkte precis samma sak som hon själv: "*Vad är det som Artificiella vet som inte vi får veta?*"

Artificiella såg på dem och läste deras tankar. Hon sa med en röst som var strängare än Informatorns allra värsta skrämselröst: "*Ni stannar här!*"

Sedan tog hon ett steg framåt och det sista de hörde henne säga innan hon försvann in i den tjocka röda dimman var: "*Det här minnet kan mycket väl vara orsaken till varför …*"

De hörde aldrig slutet på meningen. De stod kvar och såg efter henne en lång stund. Kiro muttrade:

"Vad tror hon om oss egentligen? Kan någonting bli värre än det där minnet med kalven som skulle slaktas?"

"Nej! Det är inte rättvist! För det var faktiskt vi som berättade för henne om det här stället!" sa Alyz.

Fågel Grön lade sitt lilla huvud på sned och sa: "Äcklig Fågelmördare inte dö."

Kiro gav Fågel Grön en irriterad blick.

"Bevisa att du är den smartaste fågeln i universum – berätta något vi inte redan vet!" sa han surt.

"Minne inte dö. Minne ont – alla ont. Ont inte dö – alla dö…"

De orkade inte diskutera med Fågel Grön som började bli tjatig. Istället lade de sig ner på golvet, rullade ihop sina skyddsdräkter till huvudkuddar, tog på sig munskydden mot den stickande röken, och somnade.

Fågel Grön fortsatte sin långa harang. Länge, länge hörde Alyz den lilla fågelns röst genom sina konstiga drömmar. "*Minne inte dö. Minne ont – alla ont. Ont inte dö – alla dö…*"

*

20. Växthuset Anatomia

De väcktes av Artificiellas steg. När de reste sig upp från det hårda golvet och såg sig omkring i den röda dimman, stod Artificiella framför dem. Hon var blekare än vanligt och såg bräcklig och sliten ut. Hennes overall hade grånat och fått sotiga hål och hennes långa hår var täckt med grå snö-kristaller. Men om hennes ansikte och hår och kläder hade grånat under vistelsen i Pluto Vulcans minne, så lyste hennes ögon klarare än någonsin nar hon såg på dem.

"*Hjälp! Hon har blivit galen!*" tänkte Alyz.

Men när Artificiella öppnade munnen lät hon bara utmattad:

"Ni två ska vara väldigt tacksamma för att ni slapp se det jag såg, och känna det jag kände därinne!"

"Fick du svar på dina frågor?" undrade Alyz.

"Ja. Jag fick nya svar på mina gamla frågor, och nya frågor till mina gamla svar."

Hon sträckte fram handen och öppnade den. I gropen av hennes handflata låg ett pyttelitet, nästan färglöst gruskorn.

"Det här skulle ha hänt med era hjärnor!" Sa hon.

Kiro och Alyz såg på gruskornet och skrattade.

"Vadå? Vad menar du?"

"Men känner ni inte igen den? Det här är Katalysoiten. Den röda Kvasi-Kvasaren!" sa Artificiella.

De satte skrattet i halsen och såg från gruskornet till Artificiella. Kiro svalde hårt och viskade:

"*Vad hände med din hjärna, Artificiella?*"

Artificiella var tyst en stund. Sedan skrattade hon:

"Jag tror den svällde!"

Sedan vände hon sig till Humanoiderna och skrek:

"Följ mig, allihop! Tiden krymper!"

Tjugo trasiga Humanoider, en nervös liten röd fågel, två yrvakna barn och en mycket sliten Artificiella lämnade Minnesrummet. Artificiella var så blek så hon nästan verkade genomskinlig.

"*Skynda, skynda, skynda!*" mumlade hon för sig själv.

Humanoiderna som trängdes bakom Artificiella var tysta och tålmodiga men Alyz fick känslan av att det var någonting de ville veta. De sneglade på varandra och gungade lite åt sidorna och krafsade sig i huvudet. Många av Humanoiderna hade förlorat nästan allt sitt hår när de höll på att skaka sönder, och deras skallar lyste blekt blåvita, utom på de fläckar där det fortfarande växte några enstaka, långa testar. Deras overaller var trasiga med stora öppna hål där man kunde se stora blå ärr efter brännskador och skärskador. Men ingen av dem beklagade sig.

När de hade lämnat Minnesrummet trädde en av Humanoiderna fram ur gruppen. Alyz kände igen Humanoiden som Artificiella hade räddat först av alla. Han som Alyz trodde var död. Två långa tunna, röda hårtestar hängde ner över axlarna på den smutsiga blå overallen. Han såg på Artificiella med sina stora gröna ögon och frågade sedan, med en röst som lät torr som ökendamm:

"Artificiella Superstella: Vilka arbetsuppgifter vill du att vi ska utföra?"

"Jag vill att ni förbereder mottagandet av Nano Zenits rymdskepp. Finns det några Humanoider som är experter på rymdkommunikationer och rymdtransporter?"

Humanoiden vände sig till de andra i gruppen och det lät som om han ställde en fråga på Humanoidspråket. Han fick några grymtningar till svar från några av Humanoiderna. Men de flesta verkade inte förstå vad han talade om. Han förklarade för Artificiella:

"Det finns bara en enda Humanoid som är expert på rymdkommunikationer och rymdtransporter. Det är gamla Cassiopeia SupraPion."

"Var befinner hon sig?"

"Hon är alltid vilande."

"*Vilande? Var?*"

Humanoiderna såg på varandra. Ingen sa någonting.

"Är det ingen av er som vet?" sa Artificiella och spände blicken i dem. "*Tänk!*"

"I Förrådet." sa en av dem tillslut.

Humanoiden som visste var Cassiopeia SupraPion vilade var lite smalare än de andra, med kloka gröngula ögon och ovanligt långa öron. Hans hår var axellångt och kritvitt och huden över det avlånga ansiktet var rynkig.

Rynkorna i ansiktet och sättet han hade att kröka ryggen fick honom att se äldre ut än de andra Humanoiderna. Alyz studerade några rödbruna fläckar på hans overall och fick syn på en namnnål med texten "*SKXY 14 Sabiriskt Stål*".

De andra blängde på honom.

"Förrådet?" sa Artificiella fundersamt. "Det känner jag inte till."

"Förrådet i Växthuset *Anatomia*." fortsatte Humanoiden och hans långa, rynkiga hand darrade till.

Artificiella tänkte högt:

"Hm… Växthuset *Anatomia* bör ligga i anslutning till Skapelse-Navet..."

En späd Humanoid med namnnålen "*NNP63XX Kondensa Kilowatt*" avbröt hennes tankar.

"Men vi får inte gå dit. Bara utvalda Människor och Humanoider med specialtillstånd från Härskaren får besöka Förrådet." sa hon.

"Nu har ni har mitt specialtillstånd!" sa Artificiella.

En kortvuxen, stark Humanoid med namnnålen "*PVG72XY Joni Järn*" sa:

"Vi lyder Dina befallningar, Artificiella Superstella, men säg oss nu: vilken Människa lyder *Du*?"

Artificiella såg på honom en lång stund med trötta ögon. Hon suckade. Det såg ut som om hon hade lust att säga så många saker att tiden inte räckte till.

"Jag, Humanoiden Artificiella Superstella, lyder Människan Nano Zenit som befinner sig på sitt rymdskepp, någonstans i bortre inre rymden. Om inte Nano Zenit kan återvända till Pion är planetens framtid i fara. Därför måste vi hjälpa honom att navigera tillbaka till oss. Den enda som kan hjälpa oss just nu, är Cassiopeia SupraPion som är vilande. Därför har ni Nano Zenits specialtillstånd att gå in i Förrådet i Växthuset *Anatomia* och tina upp Cassiopeia SupraPion."

Humanoiderna nickade och mumlade någonting. Artificiella riktade stavarna mot väggen och sa:

"Växthuset *Anatomia*!"

I nästa stund befann de sig inne i ett grått rum med kallt grönvitt ljus. Svarta hål som såg ut som ögon stirrade ner på dem från taket. Svarta kistor i alla storlekar stod uppradade längs den ena väggen.

Locket till en av kistorna stod på glänt och när Alyz kikade in i den tyckte hon att den såg ut som en gjutform med konturer av en människokropp inuti.

På de grå arbetsbänkarna runt om i rummet trängdes rader av glaskärl. Skära köttklumpar som såg ut som kroppsdelar flöt omkring i glaskärlens gröna, rosa och gula vätskor.

Öron, ögon, näsor, fingrar…

Alyz ryckte till och såg på väggarna istället. Där hängde gammaldags bilder med illustrationer av människokroppen. Bilderna var intressanta för de visade alla de delar av människokroppen som människokroppen själv inte frivilligt visar upp.

Alyz hade sett sådana här anatomiska bilder av människokroppen på utbildningsenheten många gånger. Så många gånger att hon skulle kunna beskriva hudens, hjärtmuskelns, det centrala nervsystemet, och skelettets delar och funktioner i sömnen. Hon visste att om man tryckte på olika knappar på de här anatomiska bilderna kunde man klä av människokroppen lager för lager. Först försvinner huden, sedan musklerna, sedan de inre organen, tills bara skelettet återstår.

Kiro kunde inte låta bli att trycka på knappen som fanns bredvid bilden av människohuvudet. Då försvann bilden in genom en smal glugg i väggen och bakom bilden fanns ett fack. De skrek till. I facket stod ett riktigt människohuvud! Och inte nog med att huvudet saknade kropp; det hade varken näsa, öron, ögon eller hår, heller!

Snabbt tryckte Alyz på knappen igen. Men istället för att den målade anatomiska bilden hoppade tillbaka framför facket, dök det upp ett nytt fack med ett nytt avhugget människohuvud som såg lite annorlunda ut, men som också saknade näsa, ögon eller öron. Alyz greps av panik och slog på knappen tills det värkte i pekfingret, men det enda som hände var att facken rörde sig framåt och nya hårlösa huvud utan näsor, ögon eller öron dök upp framför dem.

"Var inte rädda! Här i Växthuset odlas reservdelar till människor." sa Artificiella.

"Riktiga ... *huvud?*" frågade Alyz. Hennes röst lät som en viskning.

"*Vem behöver ett nytt huvud?*" frågade Kiro, och hans röst lät också som en viskning.

Men Artificiella kastade bara en snabb blick på huvudet och konstaterade:

"Det där bör vara hudprover till människor med hudsjukdomar, eller brännskador. Eller graverande ungdomsfixering."

"Men *varför?*"

"För export till jorden, naturligtvis!"

Artificiella verkade plötsligt så otålig. Hon grep tag i deras händer och drog iväg med dem ut genom en lång korridor. Alyz fick en stark känsla av att Artificiella inte ville berätta hela sanningen om de där huvudena för henne och Kiro.

"Kom, vi har inte tid för observationer och spekulationer! Vi måste ta oss till Förrådet!" sa Artificiella.

Alyz som höll på att snubbla flämtade:

"Var tillverkas Humanoider?"

"Jag vet inte, jag minns inte längre. Vi Humanoider får inte veta någonting om vårt ursprung eller vår historia."

Artificiella undvek deras blickar.

"Jag tror att de tillverkas här i Växthuset." viskade Kiro.

"Det tror jag också." viskade Alyz.

Förrådet var en plats med högt i tak och med långa, smala labyrintliknande korridorer. Väggarna var täckta från golv till tak med hyllor och skåp i blank metall.

Artificiella gick runt i Förrådet och studerade hyllorna och glaskärlen och alla djupa fack som fanns längs väggarna. På facken satt skyltar. På en del av facken stod bokstavskombinationer, på andra fack sifferkombinationer. På vissa fack fanns det bara symboler.

Artificiella stannade framför en vägg med höga metallskåp vid skylten "*Säkerhetsförvaring*" och lyfte en av stavarna. Det tjöt till vid ett av facken med skylten "*Hypotermi*". Ett titthål öppnades och Artificiella kikade in.

"Jag anser att Pions expert på rymdkommunikationer och rymdtransporter har vilat färdigt!"

Artificiella tryckte på några knappar vid Cassiopeia SupraPions fack och en liten grön lampa började lysa svagt. Bredvid lampan fanns en mätare med en tunn silvernål som visade hur lång tid det tog att tina upp henne.

"Etthundra tjugo minuter: Två timmar alltså".

"Människobarnen, fågeln och jag hinner inte stanna tills hon har tinat upp." sa Artificiella. "Vi måste omedelbart ta oss till SkapelseNavet för att etablera kontakt med Nano Zenits rymdskepp och hjälpa honom att navigera hem."

Hon delade ut instruktioner till några av Humanoiderna och bad dem bevaka mätaren vid Cassiopeia SupraPions fack och meddela henne om det uppstod några problem.

Alyz studerade Humanoiderna i smyg. En av dem, den äldre Humanoiden med det kritvita håret och namnnålen "*SKXY 14 Sabiriskt Stål*" sneglade mot ett högt metallskåp med skylten "*Blodbank*". Det var alltså här Humanoiderna stal människoblod! Alyz stötte till Kiros arm och nickade mot skåpet. Skulle de berätta det här för Artificiella? De såg allvarligt på varandra och skakade på huvudet. Nej. De hade viktigare saker att göra än att sladdra på några stackars Humanoider som bara ville få leva lite längre.

"Kiro och Alyz! Till SkapelseNavet!" sa Artificiella.

*

21. *Pluto Vulcans SkapelseNav*

Att kliva in i SkapelseNavet kändes som att kliva in i ett elektroniskt jätteägg. Plasmaskärmarna på de runda väggarna visade teleskopiska bilder av stjärnor och planeter och asteroider och gasmoln. Då och då zoomade teleobjektiven in Pions röda, bergiga yta. Under plasmaskarmarna löpte en cirkelformad instrumentpanel, med lysande rör och blinkande lampor och tusentals små knappar och spakar och plasmaskärmar som gnistrade som snökristaller.

"*Som ett rymdskepp under jorden!*" tänkte Alyz.

Artificiella rusade fram till instrumentpanelen. Det såg ut som om hon hade längtat i hela sitt liv efter det här ögonblicket. I flera minuter dansade hon runt som en svarthårig älva och drog i spakar och tryckte på knappar och matade in små mikrochips i instrumentpanelens öppningar. Hon såg ut som om hon lekte en lek och inte hade någon aning om vad hon gjorde. Hela tiden skrattade hon sitt pärlande Kvillronskratt.

"Fånga tiden! *Ha ha ha!*"

Plötsligt försvann allt ljus från alla plasmaskärmarna. Artificiella viskade:

"Beskåda universums födelse!"

I nästa sekund exploderade hela SkapelseNavet av färger. Alyz kände det som om hon befann sig i explosionens knopp, mitt i lågan av en stjärnblomma som slog ut. Dånet var öronbedövande. Artificiella klappade händerna och vrålade:

"Boooom!"

Alyz höll för öronen:

"Big Bang? Är du säker?"

Artificiella skruvade ner volymen några decibel.

"Säker och säker… "

Hon himlade med ögonen och började prata sakta och märkvärdigt med betoning på alla viktiga ord:

"Jag försöker *Lokalisera var Nano Zenit Befinner sig* och då är det *Bäst att Gå Metodiskt Tillväga* och *Börja från Början.*"

Sedan skrattade hon sitt höga Kvillronskratt och studsade upp och ner på golvet, barnsligare än den barnsligaste minipionell. Hon var inte alls sig lik. Alyz skruvade på sig och mumlade:

"Vad hände egentligen inne i Pluto Vulcans minne? När din hjärna svällde, menar jag?"

Artificiella blev tyst. Hon stelnade till som om Alyz hade slagit henne. Sedan vände hon sig bort från deras blickar och studerade universums födelse på skärmen.

Alyz ångrade sig genast. Hur kunde hon ha varit så klumpig? Hon hade aldrig tidigare sett Artificiella så glad och sprallig. Men nu, på grund av Alyzs dumma fråga verkade Artificiellas glädje som bortsopad. Till och med Kiro skakade på huvudet och stönade.

Efter en lång stund började Artificiella berätta vad hon hade upplevt. Hennes röst var spröd som en vilsekommen vindpust:

"För att komma in i Pluto Vulcans minne var jag tvungen att passera igenom den röda dimman. En kort sekund, eller kanske en evighet, svävade jag tyngdlös i tomma intet, i icke-tiden. Sedan märkte jag att jag hade hamnat i en vit bubbla utan kyla och utan värme. Inuti bubblan låg tre små gossar i tvåårs-åldern. De var identiskt lika, med vitlockigt hår och stora blå ögon och likadana vita overaller i

mikrotitanull och vita sensorkängor i ultrakashmirdiabas. *Det enda som skiljde de små gossarna åt var namnen som stod på overallernas fram- och baksidor; I, II, och III.*"

Artificiella harklade sig och fortsatte sin redogörelse: *"Från overallerna stack det ut blå och röda slangar. Slangarna var uppkopplade till mätinstrument utanför bubblan som registrerade pojkarnas rörelser. När pojkarna skrek av hunger blinkade röda lampor på mätinstrumentet, men ingen mat dök upp. Istället för mat dök det upp en skärm med ett foto på ett grönt äpple. Pojke I sträckte händerna mot fotot och då dök det upp tre olika skyltar med orden "äpple", och "vattenskalle", och "stöt".*

En mansröst frågade: "Vad vill du ha, I? Peka!" Pojke I tryckte på skylten med texten "vattenskalle" som var närmast. Då öppnades en liten lucka i skärmen och i nästa ögonblick fick den lille pojken en stråle med iskallt vatten i ansiktet. Han började gallskrika av ilska, och då hörde jag hur någon skrattade hysteriskt utanför bubblan. Ett foto på en apelsin dök nu upp på skärmen. Då klättrade pojke II över sin genomblöta bror, fram till skärmen och försökte röra vid fotot, men det försvann och istället dök det upp tre skyltar med orden "apelsin", och "stöt", och "docka".

Mansrösten frågade: "Vad vill du ha, II? Peka!"

När II pekade på skylten med ordet "docka" öppnades en liten lucka i skärmen. I nästa ögonblick flög det ut en liten decimeterstor docka med långt svart hår. Stöten när dockan träffade pojken i ansiktet var så hårt att han trillade baklänges, över sin blöte bror. Först gallskrek han av smärta och sedan blev han så rasande att han började sparka och bita pojke I, och dunka dockan i huvudet på sin lille bror. Utanför bubblan hörde jag mannen skratta så han nästan inte fick luft.

Då kröp pojke III, som hade suttit och tittat på dem, fram till sina små bröder och klappade dem över håret. Sedan tog han dockan och strök hennes svarta hår också.

"Aj, aj, aj", sa han.

Då tystnade skrattet utanför bubblan."

Artificiella såg på Kiro och Alyz skakade på huvudet. Hon var tyst en stund, suckade och fortsatte:

"Genom bubblan kunde jag se mannen som hade skrattat. Det var en rynkig gammal man med spretigt vitt hår och krokig rygg och de gulaste tänder jag någonsin har sett. Mannen sträckte in sin håriga hand genom bubblan och placerade en flaska inlindad i sprakande elkablar framför barnen. Pojke I klev över sin bror och sträckte sin hand mot flaskan. När han rörde vid flaskan med sin hand fick han en stöt och skrek av smärta. Pojke II knuffade undan sin bror och försökte själv komma åt flaskan, och fick en stöt. Nu gallskrek båda pojkarna. Tårarna och snoret droppade ned på deras overaller. De började slita i varandras ljusa lockar. Pojke III såg på dem med huvudet på sned.

"Aj, aj, aj", sa han igen.

Så kröp han fram till flaskan och gav den en spark. Det fräste till under sulan på hans lilla känga och nappflaskan välte. I nästa stund gick flaskan sönder och innehållet rann ut på golvet.

Pojke III slickade i sig lite vätska från golvet och sedan började han att sjunga och gunga med armarna runt sig själv och dockan.

När mannen hörde III: s sång log han och klappade III på det vitlockiga huvudet. De andra små pojkarna sträckte upp sina små runda armar mot mannens händer. Men mannen drog snabbt ut sina händer från glasbubblan utan att röra vid dem. Pojke I och II satt stilla och såg länge efter mannen. Deras underläppar darrade. Sedan såg de på pojke III, som fortfarande sjöng sin lilla sång medan han klappade dockan på huvudet.

Plötsligt lyfte pojke I handen och smällde till pojke III över munnen med en vass skärva från den trasiga nappflaskan. Pojke III började blöda kraftigt. Han såg på sin bror med stora förvånade ögon. Stora tårar började trilla ned för de runda barnakinderna.

"Aj, aj, aj", sa han.

Då skrattade II ett litet elakt skratt och drog med fingret över broderns ansikte. Han såg på det mörkröda blodet och smakade på det. I skrattade och gjorde likadant. Tårarna glittrade som kladdiga regndroppar i III: s lilla runda blodiga ansikte. Han grät en liten stund och så började han sjunga igen. Han såg sig omkring i bubblan och såg på sina små bröder.

"Varför?" Sjöng han med sin lilla sorgsna barnaröst.

"Varför?"

"Varför?"

För varje gång han sjöng sitt "Varför" blev gossen mer och mer upprörd. Bubblan började skaka och skärmen började vibrera kraftigare och kraftigare tills vibrationerna fick rören med mätinstrument utanför bubblan att spricka.

Vatten sprutade in i bubblan och glassplitter från skärmen virvlade omkring i luften som tunn, vass snö. De tre små gossarna såg sig omkring och skrek högljutt av rädsla och I och II började slå pojke III tills han slutade att sjunga och lade sig ner på golvet med händerna för öronen och somnade, mitt i oväsendet. De andra två små gossarna skrek och fortsatte slå på honom tills de inte hade några krafter kvar i sina små kroppar utan svimmade.

När jag lämnade dem flöt deras små kroppar omkring i en bubbla täckt av is, med små hjärtformade droppar av blod infrusna i isens mitt."

Artificiella var tyst en stund.

"Som ni förstår var de tre små gossarna I, II, och III Neptunus, Pluto och Nano. Mannen var deras far, Axl Xerxes, känd som Professor X."

Kiro såg ner på sina händer och mumlade:

"Fy vilket otäckt barndomsminne!"

"Ja," sa Artificiella.

Hon darrade till.

"Det var mycket, mycket otäckare än vad jag kan beskriva med ord. Jag kunde nämligen känna all smärta och hunger och förtvivlan de små barnen kände i min egen kropp."

Artificiella tog fram det pyttelilla, nästan färglösa gruskornet och höll upp det mellan tummen och pekfingret:

"Katalysoiten i min hand började ryka och glöda och skaka tills den skrumpnade och förlorade sin färg. Om jag inte hade haft

Katalysoiten skulle jag själv ha skakat sönder av smärtan i den lille gossens sång… "
Artificiella såg plötsligt oändligt trött ut. Hon mumlade:
"Det här var inte det enda minnet jag besökte medan ni sov. Men jag tänker inte berätta om de andra. De var bara upprepningar och variationer av det allra första minnet. Det grymmaste minnet. Det minne som finns bevarat i den här Katalysoiten."
Kiro och Alyz såg på varandra och visslade. Alyz var glad för att de inte hade fått följa med in i Pluto Vulcans fasansfulla minnen. Artificiella skälvde till som om hon skakade av sig de obehagliga minnena. Hon harklade sig och sedan fortsatte hon med sin vanliga glada Kvillronröst:
"Nu tänker jag hämta hem Nano Zenit med hjälp av kraften i just den här Katalysoiten!"
Kiro och Alyz såg misstänksamt på det pyttelilla, nästan färglösa gruskornet mellan Artificiellas tumme och pekfinger.
"Hur då?"
"Den här Katalysoiten kan lokalisera *Smärtpunkten*. Den punkt dit Pluto Vulcan sände sin egen bror."
"*Smärtpunkten?*"
"Just det. Smärtpunkten i Pluto Vulcans eget sinne! Den motsvaras av en position på Himlakartan. Signalerna kan navigera dit med hjälp av informationen i smärtan. Smärtan har styrt alla Pluto Vulcans tankar, där finns också gåtan till Nano Zenits läge i universum."
Artificiella lyste upp och började förklara. För att de lättare skulle förstå vad hon menade, ritade hon streck och cirklar i luften med sina händer:
"Pluto Vulcan är sitt eget universum. Det motsvaras av det riktiga universum. Nano Zenits position i det riktiga universum motsvaras av hans position i Pluto Vulcans universum. Jag lokaliserade var minnet fanns och tog med det tillbaka, som en sten från hans hjärna. Katalysoitens motsvarar ett parallellt hålrum i hans hjärna och i det riktiga universum, där tiden står still. Katalysoiten kommer att

finna sin plats och skicka hem Nano Zenit till oss."

"Hur lång tid kan det ta?"

"För honom, nanotid, men för oss, - jag vet inte? Dagar? Timmar?"

"Hur ska du kunna skicka ut Katalysoiten i rymden?"

Artificiella skrattade högt och kastade slängkyssar till rymden:

"Jag omvandlar den till ren energi! Världens enklaste sak med en Katalysoit. Ni ska få se!"

Kiro och Alyz förstod inte hur någonting som lät så invecklat kunde vara världens enklaste sak. Faktum var att de inte förstod ett smack. Men det ville de förstås inte erkänna så de sa ingenting utan bara nickade. Artificiella såg på dem och log:

"Äsch! Det låter svårare än det är. För min del kan jag inte förstå hat."

"Hat? Det är en bristsjukdom." sa Kiro.

Artificiella såg fundersam ut.

"Så du menar att Pluto Vulcan lider av en *brist*sjukdom?"

Fågel Grön som hållit sig tyst och avvaktande en ganska lång stund instämde:

"Minne ont. Alla ont. Alla sover. Ett, två, tre. Perfekt balans!"

Artificiella klappade den lilla fågeln på huvudet.

"Just det! Vi har ingen tid att förlora! Sätt på er de här skyddsglasögonen så ska jag visa vad jag menade! Nu ska ni få vara med om någonting fantastiskt!"

Hon drog ut en låda under instrumentpanelen. Där låg prydliga rader med olika typer av skyddsutrustning; pansarhandskar, immunitetsspray, glasfiberhöljen, antigravitations gel, olika sorters små metallverktyg och andra saker i trä och metall med blytyngder, som Alyz trodde var gammaldags kompasser och ritverktyg och mekaniska mätverktyg.

Artificiella letade fram svarta skyddsglasögon som hon delade ut till dem. Fågel Gröns skyddsglasögon fick vikas några gånger och skruvas ihop några storlekar för att passa på näbben, men när de kom på plats såg den lilla fågeln så häftig ut att Kiro och Alyz inte kunde sluta skratta.

Det tog en stund för Artificiella att lugna ner dem, för när hon hade lyckats lugna ner Kiro och Alyz fortsatte Fågel Grön att vifta på stjärtfjädrarna och vicka med näbben i någon konstig dans och då började Kiro och Alyz skratta igen, och då blev Fågel Grön uppmuntrad att fortsätta. Så pågick det en stund.

När alla hade skrattat färdigt tryckte Artificiella på en knapp i instrumentpanelen. I nästa stund gled en silverglänsande cylinder upp från golvet. Artificiella skruvade av locket på cylindern. Ljuset som strömmade in från den runda öppningen var så starkt att det skulle ha gjort dem blinda om de inte burit solglasögon. Det var som se rakt in i solen.

Artificiella tog på sig ett par pansarhandskar och sedan placerade hon Katalysoiten över den lysande öppningen. Den lilla torra Katalysoiten började lysa inifrån och svälla upp som ett popcorn. Långsamt pulvriserades Katalysoiten till en märklig tjock gas med en färg som Alyz aldrig hade sett i hela sitt liv.

Efter en stund var hela SkapelseNavet upplyst av den dammiga färgen. Den hade en smak och en lukt och små lekfulla känselspröt som smekte hennes näsa och fick henne att nysa. Dessutom tyckte hon sig höra en svag melodi som gjorde henne både sorgsen och lycklig på samma gång.

När hela Katalysoiten hade förvandlats till ett lysande fint damm som virvlade omkring i SkapelseNavet som en liten otyglad tornado, knappade Artificiella in en kod på instrumentpanelen. Då hördes ett susande ljud från den runda öppningen i cylindern och virveln sögs ut i rymden.

Sedan började Artificiella skruva tillbaka locket på luckan igen. Det var så tungt att hon fick använda all sin kraft. Hon ansträngde sig så mycket att hennes fötter lyfte från golvet och hon svävade fritt i luften med bara händerna med pansarhandskarna fästade i locket. Hennes långa blåsvarta hår flöt omkring bland de glänsande partiklarna i luften och det såg ut som om hon simmade i vatten.

En tunn stråle av dammigt ljus trängde tillbaka från sidorna i luckans öppning, och försvann in i Artificiellas mun och näsborrar. Ett klick hördes och sedan var locket på plats igen. Men Artificiella snurrade ett helt varv i luften innan hon landade på golvet med en duns. Ur hennes mun rann en grön vätska som luktade illa och frätte ett litet hål i pansargolvet.

Kiro och Alyz stod som förstenade och såg på hennes ihoprullade kropp.

"Artificiella trött." sa Fågel Grön.

"Nej jag tror hon är sjuk!" jämrade sig Kiro.

"Hon är förgiftad av ljuset som flög in i henne!" sa Alyz och hennes röst ät lika eländig som Kiros.

Fågel Grön putsade sina röda fjädrar och förklarade:

"Artificiella sover. Alla sover."

De böjde sig ner och försökte skaka liv i Artificiella. Men hon vaknade inte. Hon andades lugnt. Men hon såg inte sjuk ut. Ett litet svagt leende lekte på hennes läppar som om hon drömde den mest underbara dröm.

"Vakna, Artificiella! Nano Zenit ska landa snart!"

"Och vi måste väcka nybyggarna."

"Vi klarar det inte utan dig!"

"Snälla, Artificiella! Vi behöver dig!"

Men hur mycket de än skakade henne och hur mycket de än tiggde och bad, vaknade inte Artificiella.

*

22. Halvsanningar och Halvmänniskor

En röst från instrumentpanelen ropade "*Hallå*". De reste sig och lämnade Artificiella på golvet. På bildskärmen såg de Humanoiden med det kritvita axellånga håret som stirrade på dem med uppspärrade gröngula ögon och skrek:

"*Humanoid SKXY 14 Sabiriskt Stål anropar Artificiella Superstella! En allvarlig nödsituation har uppstått!*"

En skräll hördes någonstans i bakgrunden.

"Hallå! Vad har hänt?" frågade Alyz. "Hallå! Svara!"

För sent. De hade blivit bortkopplade.

"Megaskit också! Allt ska man klara av själv!" skrek hon.

Kiro tog de två stavarna och sa:

"Förrådet!"

I nästa stund befann de sig i Förrådet. Humanoiderna trängdes framför skåpet som innehöll Pions nedfrysta expert på rymdkommunikation och rymdtransporter. De gungade fram och tillbaka på fötterna, ryckte på axlarna och grymtade.

"Vad är det som har hänt?" frågade Alyz.

Men ingen svarade. Alyz trängde sig in i klungan och ställde sig framför den rödhårige Humanoiden som Artificiella hade räddat först på Soptippen. Han fick plötsligt bråttom att skrapa på en smutsfläck på sin smutsiga overall för att slippa möta hennes blick. Men när hon harklade sig såg han på henne, grymtade till, och pekade på mätaren. Nålen på mätaren darrade till, men rörde sig inte framåt. Knappen bredvid blinkade rött och gav ifrån sig ett svagt pip.

"Å nej! Det får inte vara sant!" sa Alyz.

"Men stå inte bara där! Gör någonting, då!" sa Kiro till Humanoiderna.

Plötsligt blev alla Humanoiderna väldigt intresserade av att borsta bort smuts från sina trasiga overaller och dra i sina örsnibbar. De suckade och grymtande, men ingen av dem sa någonting vettigt.

"Vad är det med er? Varför gör ni ingenting?" frågade Alyz.

Hon blängde så argt hon kunde på den rödhårige Humanoiden med namn-nålen "*PVG72XY Joni Järn*".

"Vi lyder inte order från omogna halvmänniskor." svarade han kort.

"*Omogna halvmänniskor?*"

Kiro blev så rasande att han sparkade på skåpet. Hela skåpet vibrerade och rasslade av smällen. Nålen på mätaren tog ett skutt framåt och knappen lyste grönt. Men Kiro märkte ingenting för han skrek till av smärta och började hoppa omkring på ett ben.

"*Barn* heter det!" skrek han. "*Barn, barn, barn!*"

Humanoiderna såg på Kiro där han hoppade omkring på ett ben och skrek "*barn, barn, barn*". De grymtade och nickade till varandra, som om de ville säga: "*Se på den där omogna halvmänniskan! Hur kan man lyda order från någon som honom?*"

Alyz vände sig till den vithåriga Humanoiden med namnnålen "*SKXY 14 Sabiriskt Stål*" som hade anropat Artificiella några minuter tidigare.

"Hur länge har nålen stått stilla?" frågade hon, så lugnt hon kunde.

Svaret som hon fick blev:

"Eftersom det är en omogen halvmänniska som frågar kan jag inte uttala mig om det."

Alyz förstod exakt hur arg Kiro kände sig. Raseriet växte i henne. För att slippa se på Humanoiderna och bli ännu argare och kanske göra någonting mycket dummare ut än att hoppa omkring på ett ben, blundade hon, tvingade sig att andas lugnt, och att räkna till tio.

När hon öppnade ögonen igen råkade hennes blick hamna vid skåpet med skylten *Blodbank* på dörren. Där, på golvet framför skåpet, kunde hon tydligt urskilja några röda blodstänk. Alyz drog ett djupt andetag. Hon vände sig till Humanoiderna som var upptagna med att grymta missbelåtet, massera gamla sår i ansiktet, gunga på fötterna, eller knäcka lederna tillrätta i sina långa fingrar, och sa:

"Om ni hjälper oss nu så lovar jag att inte berätta för Pluto Vulcan att ni har gjort inbrott och stulit blod."

Humanoiderna upphörde med sin kroppsvård och såg från Kiro till Alyz. De muttrade. Kiro muttrade också. Alyz harklade sig och ansträngde sig för att inte låta som en omogen halvmänniska när hon frågade:

"Nano Zenit ska snart landa med sitt rymdskepp. Var landar man med ett rymdskepp har på Pion?"

Humanoiderna teg en lång stund. Men tillslut, när Alyz pekade på en blodplätt och mumlade; "*Pluto Vulcan, aj, aj, aj*", svarade en liten smal Humanoid med namnnålen "*NNLB 34XX Myona Moln*":

"Cassiopeia SupraPion är den enda som vet var rymdfarkosterna landar."

"Det tror jag inte på!" protesterade Kiro. "Ni vill inte hjälpa oss!"

"Nej, nej! Vi får inte veta. Det är av säkerhetsskäl! Det är därför hon alltid är vilande när hon inte behövs. Hon är en gammal modell och därför en säkerhetsrisk."

"En säkerhetsrisk? Varför då?"

Myona Moln var tyst en stund, som om hon tvekade. Så blinkade hon häftigt ungefär femton gånger och grimaserade, innan hon sa: "Cassiopeia SupraPion är konstruerad för att aldrig gå sönder. Därför är hon *extremt* stark. Men hon har mycket svårare att förstå en order än oss nya Humanoider. Om hon inte förstår en order får hon kortslutning i sitt program och blir *extremt* farlig. Därför måste hon vila när de inte använder henne."

Kiro muttrade igen och Alyz skyndade sig att fråga: "Hur kan ni veta att hon är så *extremt* stark och *extremt* farlig om hon all-tid är sövd? Ni får ju inte vara här? Vem har berättat allt det här? Vilka är "de"?"

Humanoiderna såg på varandra. Ingen sa någonting. De knäppte med fingrarna och gungade på fötterna och borstade av sina smutsiga overaller igen.

"Döljer ni någonting för oss?" frågade Kiro. "Någonting som vi borde känna till?"

Ingen av Humanoiderna svarade.

Humanoiderna och barnen blängde på varandra.

Humanoiderna var många fler till antalet, och de flesta var både större och längre än Alyz och Kiro. De svalt och frös och arbetade under vidriga omständigheter. Varje dag blev de utsatta för grov misshandel. Alyz insåg att det krävdes tuffare tag för att få dem att prata än att stirra tufft på dem, så till sist sa Alyz:

"Lyssna! Vi vill befria nybyggarna. Vi vill befria Arrificiella. Vi vill be-fria Nano Zenit. Vi vill befria er."

Humanoiderna skrapade med fötterna och utstötte några konstiga läten. Den späda Humanoiden med namnnålen "*NNP63XX Kondensa Kilowatt*" steg fram ur gruppen. Hon såg på Kiro och Alyz med sina stora gråblå ögon och sa:

"Vad menar ni med "*befria*" oss? Definiera!"

"Befria er från Neptunus Nebulosas och Pluto Vulcans slaveri."

Humanoiderna grymtade igen och såg på varandra. Då viftade Humanoiden med namnnålen "*GH57XY Silke Stålsterling*" sin grova arm som var skrynklig och mörkblå av brännskador.

De andra tystnade.

"Vänta!" sa han till Kiro och Alyz.

Sedan sa han någonting till Humanoiderna och de började prata med varandra på sitt konstiga grymtande språk.

De verkade inte vara överens. Ibland pekade de på Kiro och Alyz och kommenterade dem på ett sätt som antagligen betydde "omogna halvmänniskor" på Humanoidspråket.

Kiro blev mörkare och mörkare i ansiktet. Alyz förstod att han var på väg att säga någonting dumt, eller göra någonting som han skulle få ångra senare, så hon tog tag i hans arm.

"Ropa när ni har bestämt er!" sa hon till Humanoiderna och drog iväg med Kiro.

I ett hörn längre ner i korridoren stod en revita-automat med energikex och energidryck. Medan de väntade på att Humanoiderna skulle bestämma sig för vad de nu skulle bestämma sig för, tryckte Kiro och Alyz ut några energikex och varsin energidryck.

De satte sig ner på golvet och lutade sina huvud mot ett skåp i blänkande stål. Energidrycken var grön och smakade som någonting man tvättar golvet med. Energikexen vågade de inte ens smaka på, eftersom de började surra när de låg i handflatan. Kiro och Alyz spottade och fräste och stönade.

"Kan det bli värre än så här? Artificiella sover och Cassiopeia SupraPion sover och nybyggarna sover och själva är vi omgivna av idioter som hellre vill fortsätta att vara slavar och bli misshandlade varje dag, än att hjälpa oss, bara för vi är barn!"

Men just som de spottade och stönade och svor som värst hörde de ett vrål. Vrålet åtföljdes av klampet från tunga stövlar mot ett hårt golv. Och när de slängde sig ner på golvet och försiktigt kikade fram runt hörnet av revita-automaten där de kunde se utan att själva bli sedda fick de svar på sin fråga. Visst kunde situationen bli mycket värre. För en som inte sov längre var den Äckliga Fågelmördaren. Där stod han, i sin pionröda slängkappa och svarta uniform, om möjligt blekare i ansiktet än någonsin och med de svarta ögonen om möjligt svartare än någonsin. En annan förhatlig figur som inte heller sov längre, var Humanoid G65X Taluta Krom. Vid hans sida stod hon, i sin lila overall med sin långa lila fläta, om möjligt rakare i ryggen än någonsin, och med de kalla ögonen om möjligt kallare än någonsin.

Pluto Vulcan höll händerna över öronen och stönade av smärta: "Jag *döööör*! Någon har opererat i min hjärna! *Tabletter! Skynda!*" Taluta Krom rusade fram och slet upp dörren till ett medicinskåp. Hon letade en stund bland burkarna på hyllorna. Den första burken som hon gav till Pluto Vulcan slängde han iväg över golvet. Locket flög av och tabletterna studsade över golvet under ett intensivt smattrande.

"Inte *järntabletter*, din idiot! Huvudvärktabletter!" Den andra tablettburken dög bättre. Pluto Vulcan öppnade burken och hällde innehållet rakt ner i sitt morrande gap.

Kiro och Alyz kröp ihop bakom hörnet av revita-automaten. Samtidigt som de försökte se så mycket som möjligt av vad som hände, försökte de göra sig så osynliga som möjligt. Fågel Grön darrade av skräck i Alyzs famn och Kiro och Alyz vågade knappast andas.

Först nu fick Pluto Vulcan syn på Humanoiderna som stod och klämde ihop sig i ett hörn, tysta som dammråttor och försökte göra sig osynliga. Pluto Vulcan stampade med stövlarna i golvet och skrck:

"Va? Vad gör ni här? Vem har gett er tillstånd att vara här?" Han såg sig omkring i korridoren och fick syn på blodfläckarna på golvet och skrek:

"Så ni stjäl blod nu igen!" Pluto Vulcan gick fram till skåpet med skylten "*Blodbank*" på dörren, slet upp dörren och rev ut alla glasflaskorna på hyllan. Den ena flaskan efter den andra krossades mot stengolvet.

"Här får ni! Varsågoda! Slicka golvet, era dresserade kloakråttor!" Det klirrade och kraschade av krossat glas. Humanoiderna stod och stirrade på blodet som flöt ut runt fötterna på dem, mörkrött och segt och klibbigt. Några stod orörliga, andra började skaka.

Pluto Vulcan skrattade åt deras skräck och härmade hur de lät och rörde sig. Han vände sig till Taluta Krom.

"Det var klokt av dig att väcka din Härskare direkt när du själv vaknade. Se vad som händer om Härskaren är frånvarande ett kort ögonblick! Kaos! Anarki! Olydnad! Vem tjänar på det?"

Han tog ett hotfullt steg mot Humanoiden med namnnålen "*PVG72XY Joni Järn*". Humanoiden kröp ihop och höll upp armarna för sitt ansikte så att man bara såg de tunna röda hårtestarna. Pluto Vulcan hånskrattade och pekade på honom:

"Vems fel är det att den här uttjänta köttroboten inte ligger på Soptippen? Va?"

Han pekade på en annan av de skräckslagna Humanoiderna. Det var en liten Humanoid nästan utan hår på skallen och med inslagen näsa och brännskador i ansiktet. Hon hade namnnålen "*NN92XX Geli Joule*". Pluto Vulcan fnyste när han såg på den magra misshandlade varelsen i sin trasiga overall som nu var prickig av blodstänk.

"Och det där misslyckade experimentet? Har du sett något fulare i hela ditt liv? Har du någonsin sett någonting som mer förtjänar att inte finnas?" frågade han Taluta Krom.

Så slängde han iväg en flaska rakt in i väggen. Ljudet av krossat glas ekade runt väggarna.

Pluto Vulcan vrålade, högröd i ansiktet och med saliven sprutande:

"Jag ska upplysa dig om vem som ligger bakom det här upproret! Artificiella! Jag utrustade henne med en astronomisk intelligens och hur tackar hon mig?"

Taluta Krom blinkade mycket snabbt, men hon sa ingenting eftersom hon inte visste vilket som var det rätta svaret. Men Pluto Vulcan förväntade sig inget svar.

"Artificiella försöker vända Humanoiderna mot mig! Hon försöker utplåna mig! *Varför?* Jag gav henne allt! Varför är hon inte tacksam? Varför avgudar hon mig inte?"

Han blängde på de skräckslagna Humanoiderna som backade tillbaka in i hörnet igen och gjorde kladdiga avtryck av blodet från golvet.

"Varför älskar hon mig inte?" skrek han. "Svara!"

Han spände blicken i Humanoiderna som svarade i en skrämd kör:

"Humanoid PV12XY Svedd Platina vet ej."

"Humanoid GH57XY Silke Stålsterling vet ej."

"Humanoid NNP63XX Kondensa Kilowatt vet ej."

"Humanoid NN92XX Geli Joule vet ej."

"Humanoid PVG72XY Joni Järn vet ej."

"Humanoid SKXY 14 Sabiriskt Stål vet ej."

Pluto Vulcan snurrade runt.

"Var är hon? Svara! Något fragment av ett uns av information måste väl ha fastnat i era eländiga slamhål till hjärnor!"

Han lyfte handen som för att slå den som stod närmast. Det var Humanoiden med namnnålen "K27XY Sabiriskt Stål", som svarade med skrämd röst:

"Jag såg Artificiella Superstella på Soptippen."

"Jaså! Och? Och? Var är barnen, då? De där uppkäftiga äckliga krypen? Och det kraxande fågelskrället? Den där patetiska, pladdrande pyttevampyren?"

Kiro och Alyz kröp ihop bakom hörnet. De såg på varandra.

"Vi är förlorade! Vad gör vi nu? Humanoiderna lyder Pluto Vulcan!"

Pluto Vulcan var eldröd i ansiktet.

"Svara! Var är de?"

En kör av röster mumlade:

"Humanoid NNP16 XX Gluona Dagg vet ej."

"Humanoid NNRF57XX Tauon Slam vet ej."

"Humanoid NNLB 34XX Myona Moln vet ej."

"Humanoid PVG72XY Joni Järn vet ej."

"Humanoid PV12XY Svedd Platina vet ej."

"Humanoid GH57XY Silke Stålsterling vet ej."

"Humanoid NNP63XX Kondensa Kilowatt vet ej."

"Humanoid NN92XX Geli Joule vet ej. "
"Humanoid PVG72XY Joni Järn vet ej."
"Humanoid SKXY 14 Sabiriskt Stål vet ej."
"Humanoid NNP 12XY Mani Malm vet ej."
"Humanoid GH518XX Silva Sand vet ej. "
"Humanoid NNP22XX Patenta Plåt vet ej."
"Humanoid NN99XY Karrg Koppar vet ej."
"Humanoid PVG72XY Bränni Bronzi vet ej."
"Humanoid SKXY 44 Mellow Silver vet ej."
"Humanoid…"
PlutoVulcan stampade med foten och vrålade:
"Det räcker, det räcker! Mitt arma huvud…! Hitta barnen och fågeln och för dem till mig! Jag väntar på Soptippen. Jag har god lust att skrota Artificiella för gott. Men först ska jag skrota er, era missfoster."
Han gav dem en mordisk blick.
"Nej förresten. Innan jag skrotar er ska barnen och fågeln och ni själva få se vad som händer med en Humanoid som tror att hon har äkta människoblod i sina ådror."
Han höjde rösten och den darrade till av självmedlidande:
"Tror hon, en simpel Humanoid, att hon kan behandla mig hur hon vill? Mig; Pions Härskare!"
Han skrattade till.
"Hon ska minsann få se… Nej, nej, *ni* ska få se… *Se* förresten? Nej, ni ska få *dricka* den syntetiska sörjan som cirkulerar i hennes mindervärdiga kropp. Ni ska få dricka hennes blåa pseudoblod tills ni spyr, era patetiska pseudovampyrer!"
Sedan gjorde han en svepande gest med handen, så den pionröda slängkappan fladdrade.
"När ni har tömt hennes falska kropp på sitt falska blod, ska jag skrota er! Er och alla träckhjärnor på Pion som motarbetar mig! Ni ska minsann få se vem som bestämmer!"
Taluta Krom nickade så hennes lila fläta viftade.
"Torka upp blodet innan ni försvinner!" tillade Pluto Vulcan.

De hörde ljudet av hårda stövlar som avlägsnade sig.
Och sedan blev det tyst.

Förutom några små grymtanden och hummanden som avlöstes av nervösa frasanden och pipanden och ett och annat ynkligt vrål blev det alldeles tyst.
Under en lång stund var det alldeles tyst.
Tillräckligt tyst för att Kiro och Alyz skulle rycka till vid ljudet av en ringsignal.
En kort stund senare viskade någon:
"*Kom hit, människobarn!*"
Kiro och Alyz kikade fram bakom automaten.
"Hon är upptinad nu!"

*

23. Cassiopeia SupraPion

Cassiopeia SupraPion såg ut som ingen annan. Hon var varken människa eller Humanoid, djur eller maskin men ändå såg hon ut som alltsammans på samma gång. Cassiopeia SupraPion var säkert minst två och en halv meter lång och flera huvud längre än de längsta Humanoiderna. Hon var så mager att man såg stålskelettet genom hennes fjälliga kristallskinnshud. Cassiopeia SupraPion stod placerad inuti skåpet för hypotermi där hundratals mikroduschar sprutade ut tjockt ljusgrönt slem över henn. När hon var täckt från topp till tå med ljusgrönt slem började små snurrande cellstimulatorer ge ifrån sig ultraviolett ljusånga.

Alyz och Kiro såg på medan det ljusgröna slemmet långsamt sögs in genom porerna i Cassiopeia SupraPions tunna kristallskinnshud och fyllde ut den magra kroppen så att hon blev mer och mer lik en människa och mindre och mindre lik en maskin. När processen var klar glänste de tunna fjällen på hennes kroppsdräkt som silver. Cassiopeia SupraPion öppnade sina ögon. De var blå. Och gröna. Och violetta.

Och ljuset i dem var så skarpt att Kiro och Alyz blev bländade.

Cassiopeia SupraPion öppnade munnen och formade sina läppar till ett runt O och sedan drog hon ut dem till ett streck – och sedan formade hon dem till ett O igen. Långsamt och mödosamt pressade hon fram en lång mening:

"Cassiopeia Sup*rrrrra*Pion vilat femton år*rrrr*? *Ja? Nej?*"

Orden lät som om de kom inifrån en konservburk. Ett brummande eko uppstod, som från en Spigg som surrar runt instängd i en konservburk.

Alyz blev nervös och full i skratt, men hon försökte låta bli att skratta eftersom det är oklokt att skratta åt varelser man tänker be om hjälp. Hon harklade sig och stammade:

"Ursäkta att vi väckte dig … men-men det är ett nödläge … vi-vi behöver din hjälp. Vi vet inte var rymdskeppen landar på Pion … vet inte hur man förbereder landning… när jag tänker efter vet vi *ingenting* … vi har inte fått lära oss någonting man har nytta av … på utbildningsenheten … egentligen…"

Efter en liten stund kom svaret från Cassiopeia SupraPions burkröst:

"R*rrr*ymdskepp? *Ja*. Miner*rrr*aljägar*rrrr*e jo*rrrr*den? *Ja?*"

"Nej, det är inga mineraljägare från jorden. Det är Nano Zenit! Han ska återvända från bortre inre rymden med sitt rymdskepp."

Det burrade inifrån Cassiopeia SupraPions bröstkorg.

"Pluto Vulcan ge tillstånd? *Ja?*"

"Nej."

Burret blev snabbare och rösten högre:

"Cassiopeia SupraPion inte förstå data. Nano Zenit åter*rrrr*vända. *Ja?* Pluto Vulcan ge tillstånd. *Nej?* Ekvation inte möjlig."

"Artificiella Superstella har gett order om att Nano Zenit ska återvända."

Cassiopeia SupraPion var tyst en stund. Sedan sa hon:

"Artificiella Superstella. Humanoid? *Ja?*"

"Ja."

"Cassiopeia SupraPion inte förstå data. Cassiopeia SupraPion inte förstå data."

Alyz höjde rösten för att göra sig hörd:

"Det är en lång och invecklad historia. Artificiella skulle kunna förklara allting för dig om hon inte sov!"

Cassiopeia SupraPion stod alldeles stilla. Sedan kom en lång serie med ord:

"Artificiella Humanoid. *Ja?* Artificiella sova. *Ja?* Artificiella ge tillstånd Nano Zenit återvända? *Ja? Nej?*"

"Ja."

"Cassiopeia SupraPion inte förstå data. Humanoid inte behörig ge tillstånd. Ekvation inte möjlig."

Cassiopeia SupraPion stirrade på dem. Hennes ögon började snurra och blev röda. Grön rök bubblade ut ur hennes öron. Hon upprepade:

"*Ekvation inte möjlig! Ekvation inte möjlig! Ekvation inte möjlig!*"

Det började rycka i hennes långa armar och ben också. Sedan tog hon två stora steg fram mot Kiro och Alyz och de kände genom sina kroppar hur golvet vibrerade, som om Cassiopeia SupraPion vägde minst ett ton.

Kiro svor högt och Alyz ansträngde sig för att komma på någonting smartare än att skrika "*hjälp*". Men innan hon hade hunnit tänka ut någon smart strategi skyndade sig Humanoiden med namnnålen "*SKXY 44 Mellow Silver*" fram. Till deras förvåning ställde han sig mellan Cassiopeia Supra-Pion och Kiro och Alyz, som för att skydda dem. Han sa:

"Lyss', Cassiopeia SupraPion! Ekvationen *är* möjlig. Nya tider betyder nya order från Pluto Vulcan. När Pluto Vulcan är borta bestämmer Artificiella Superstella över alla Humanoider."

Cassiopeia SupraPion pressade fram frågan:

"Nya or*rrr*der från Pluto Vulcan. *Ja?*"

"Ja." sa Kiro.

Men Cassiopeia SupraPion gav sig inte så lätt. Hon krävde att få veta:

"Artificiella Humanoid? *Ja? Nej?*"

Alyz blev alldeles kall i hela kroppen.

"Ska jag bara stå och se på medan Cassiopeia SupraPion får kortslutning i sin robot-hjärna och exploderar framför oss, bara för att jag blir sjuk av att ljuga?"

Så hon öppnade munnen och sa:

"Nej. Artificiella *inte* Humanoid."

Sedan inväntade Alyz sitt straff, för hon visste mycket väl vad det innebar att ljuga.

Informatorn hade hypersensibiliserat alla barnen mot att ljuga. Det räckte med att man ljög en enda gång och samtidigt såg in i *"lögnsaneraren"* för att man skulle bli sjuk i timmar efteråt. Och inte nog med det; en enda dos, vid ett enda tillfälle räckte för att hypersensibilisera någon för resten av livet. Effekten av *"lögnsaneraren"* var så total att det var omöjligt att någonsin ljuga igen utan att drabbas av en fruktansvärd huvudvärk och kräkas.

Alyz kämpade mot illamåendet och kräkimpulserna som hon visste skulle komma och hon tänkte tappert:

"Ibland måste man ljuga.

När hela planeten är i fara, och alla människor i hela kolonin utom man själv och pojken som alla tror är död, har blivit bortförda och ligger nersövda i kokonger som stjäl deras minnen och Humanoiden Artificiella Superstella är medvetslös eftersom hon har omvandlat den röda Katalysoiten till ren energi; och när den enda som kan hjälpa en att ta emot Nano Zenits rymdskepp från Bortre Inre Rymden är en robot som håller på att få kortslutning i kretskortet för att inte ekvationen är möjlig, då måste man ljuga fast man vet att man kommer att må dåligt i flera timmar, kanske flera dagar, kanske hela livet efteråt."

Alyz satte sig ner på golvet och väntade på att huvudvärken skulle slå ner som en blixt i hennes huvud. Men ingenting hände.

Efter några minuter förstod hon att det förmodligen berodde på att Informatorn (precis som alla andra nybyggare) var nersövd för tillfället, och att ljuset från *"lögnsaneraren"* inte kunde hitta fram till henne genom alla gångar och skikt i Pluto Vulcans verkstad.

En ny farlig tanke som hon knappast vågade tänka färdigt, snuddade också vid henne. Tänk om det var så att Informatorn hade ljugit för barnen om *"lögnsaneraren"*? Som han hade ljugit om Kiros försvinnande? Men hon skakade bort tanken.

Under tiden Alyz försökte att hålla tillbaka sina rebelliska tankar och samtidigt förberedde sig på att bli sjuk, hörde hon hur *Mellow Silver* försökte förklara saker för Cassiopeia SupraPion:

"Lyss', Cassiopeia SupraPion! Pluto Vulcan är en grym och orättvis härskare. Artificiella Superstella vill befria oss från vårt slaveri."

"Slaverrrrri okej. Långa sovmorrrrrgnar okej." sa Cassiopeia SupraPion.

Kiro sneglade på Alyz. Han nickade mot den stora figuren och snurrade med ögonen. Alyz fnissade till. Cassiopeia SupraPion såg så konstig ut att det var omöjligt att hålla sig för skratt. Det knakade och gnisslade värre i hennes stålskelett än i den gamla hissen. När hon rörde sig sprutade det ut grön slemmig vätska ur glipor vid silverfjällen vid armbågarna och knäna, och ljudet lät som långa utdragna pipande pruttar.

Plötsligt började hennes ögon snurra okontrollerat åt olika håll, och bäst som det var pillade hon ut det ena ögat, spottade på det gröna slemmet och polerade ögat noga mot fjällen i sin silverhud. Sedan satte hon tillbaka ögat i ögonhålan, blinkade några gånger och gjorde samma sak med det andra ögat.

"Fettfrrrritt! *Ja*! Bäst för krrrropp!" sa hon allvarligt till dem. Kiro och Alyz var tvungna att vända sig bort för att inte skratta högt.

"Bäst för knopp! *Jaaaa*!" härmade Alyz tyst. Kiro stampade i golvet och höll sig om magen medan Alyz bet sig i handen och skakade av skratt.

Fågel Grön hade hållit sig ovanligt tyst under upptinandet av Cassiopeia SupraPion. Men när Kiro och Alyz skrattade så de nästan grät åt den där konstiga varelsen, som varken var människa, Humanoid eller fågel, då fick det sannerligen vara nog, och Fågel Grön vrålade:

217

"Fågel Grön roligast universum! Fågel Grön!"

Cassiopeia SupraPion såg på Fågel Grön och hennes ögon blinkade till:

"Cassiopeia SupraPion inte förstå data. Ekvation inte möjlig. R*rr*öd fågel Fågel Gr*rr*ön? *Ja? Nej?*"

"Fågel Grön inte förstå data. Cassiopeia SupraPion maskin?! *Ja? Nej?*"

Fågel Grön var så arg och flaxade så våldsamt med vingarna att en mängd röda fjädrar lossnade och virvlade ner i en liten hög på golvet. Men trots att Kiro och Alyz visste att de sårade sin lilla vän kunde de bara inte sluta skratta, hur mycket de än försökte.

Cassiopeia SupraPion stirrade på den lilla röda fågeln. Hon blinkade några gånger och bytte ögonfärg från grön till mörkviolett. Sedan påbörjade hon en lång förklaring:

"Cassiopeia SupraPion maskin? *Nej.* O*rrr*iginalmodell. *Ja.* Första Hybridmodell Humanoid-Cyborg tillverkad Planet Pion av Axl Xerxes Pion år 50. *Ja.* Prototyp. *Ja.* Elastisk platina-titan-stål-skelett. *Ja.* Isole*rrrr*ingsmaterial, hydrixio-Mirg. *Ja.* Cassiopeia SupraPion rymdexpert. *Ja.* Förstå order. *Ja.* Bästa alla Modeller. *Ja.* Bygga landningsramper, rymdskepp. Mycket sta*rrr*k. *Ja.* Tål regn, vatten, snö, is, vä*rrr*me, kyla, sy*rrr*a, f*rrr*ost, g*rrr*avitation, hypotermi- ."

Nu avbröt Fågel Grön henne med ett skri:

"Cassiopeia SupraPion t*rrrrrrr*råkigast universum! Fågel Grön föreslå mer hypote*rrrrrrrrrrrrrrr*rmi!"

Efter sin dräpande kommentar gömde Fågel Grön ansiktet under vingen och började putsa sig. När Alyz hade skrattat färdigt sa hon, så strängt hon kunde:

"Aldrig i livet! Här ska ingen sova! Vi måste hämta Artificiella!"

*

24. Tidlösa Färger och Färglösa Faror

När Kiro, Alyz, Cassiopeia och Fågel Grön störtade in i SkapelseNavet låg Artificiella fortfarande och sov på golvet. Undersköna färger sköljde över henne från SkapelseNavets instrumentpaneler och speglar. Ena stunden glänste hon smaragd-djupblå, nästa sken hon guld-orange-cerise, för att sekunden senare skimra i den mest utsökta grön-violett-rosa färg.

Fågel Grön kraxade av förtjusning, medan Kiro och Alyz var så överväldigade att de inte kunde pressa fram ett ljud.

"Är de här de äldsta färgerna i universum?

Eller; Är de här de yngsta färgerna i universum?

Är alla andra färger miljoner ljusår gamla kopior av de här färgerna?

Eller; Är de här färgerna en sekund unga original av alla miljoner ljusår gamla färger?"

Alyz blev snurrig av att tänka på det.

Det enda hon visste helt säkert var att dessa var de vackraste färger som någonsin hade funnits. Hon tänkte:

"Och om de är femton miljarder år gamla och nyfödda, och alltså lika gamla och unga som all tid som har funnits i universum, måste det måste betyda någonting speciellt att Artificiella är den första levande

varelse som de lyser på. Här, nu och då."
"Hoppas hon vaknar snart så hon får se det här!" sa Kiro.
"Vi kan inte vänta. Pluto Vulcan letar efter henne!" sa Alyz.
De underbara färgerna gjorde inte något intryck på Cassiopeia SupraPion, men hon såg intensivt på Kiro och Alyz och lyssnade på deras ord. Hon blinkade snabbt och hennes ögon började rotera. Sedan började hon spruta ut frågor med sin entoniga, metalliska röst.
"Cassiopeia SupraPion inte förstå data? Ekvation inte möjlig. Pluto Vulcan leta Artificiella? *Ja? Nej?* Pluto Vulcan inte veta var Artificiella? J*a? Nej?* Pluto Vulcan bestämma allt Pion? *Ja? Nej?*"
Alyz stampade med foten och fick nästan skrika för att höras:
"Lyssna Cassiopeia! Men lyssna då! Lyssna!"
Tillslut lyckades Alyz få henne att lyssna:
"Pluto Vulcan säger: Om Pluto Vulcans hjärna går sönder får Artificiella bestämma."
"Pluto Vulcan är kaputt. Svag hjärna." sa Kiro.
Cassiopeias ögon snurrade lite långsammare.
"Pluto Vulcan svag hjärna? *Ja?* Dålig modell? *Ja? Nej?*"
Fågel Grön nickade energiskt, och passade på att upplysa:
"Pluto Vulcan äcklig fågelmördare. Pluto Vulcan äcklig Humanoidmördare också."
Cassiopeia SupraPion lyssnade intensivt på Kiro och Alyz och på Fågel Grön. Efter en stund svarade hon:
"Cassiopeia SupraPion starkast universum. *Ja.* Aldrig sönder. Aldrig svag. Aldrig kaputt. Aldrig äcklig fågelmördare. Lyfta två ton. Inga problem."
"Bra! Då får du bära Artificiella på ryggen." sa Alyz.
Kiro och Alyz plockade fram munskydden från sina skyddsdräkter. Det var samma munskydd som de använt som fallskärmar tidigare. Nu vecklade de upp sina munskydd igen och knöt ihop båda till ett enda stort tygstycke som de lyfte över Artificiella i. Cassiopeia satte sig ner på knä och hjälpte dem att lyfta upp tygstycket med Artificiella på sin rygg.

Sedan knöt de fast tygstycket runt Cassiopeias axlar, rygg och höfter med hjälp av remmarna i munskydden och några finurliga knopar. När de var klara kunde man se konturerna av Artificiellas huvud och kropp genom fallskärmarna.

Eftersom Cassiopeia var så stor såg Artificiella ut som ett litet sovande barn på sin mammas rygg.

"Var ska Nano Zenits rymdskepp landa?" frågade Kiro när de var klara.

"Rymdskepp landa Landningsramp." sa Cassiopeia.

"Och var finns den?"

"Landningsramp Cassiopeia SupraPions hand."

"*Va*? Ska han landa i din *hand*?" skrek Kiro.

Han blängde på Cassiopeia. Men ilskna blickar bet inte på universums starkaste och äldsta Humanoid-cyborg-prototyp. Hon förklarade lugnt:

"Mikro-information i Cassiopeia SupraPion hand. Cassiopeia SupraPion hand elektronisk nyckel."

Cassiopeia SupraPion förde sin högra hand över instrumentpanelen och en siluett med formen av en hand tändes. Cassiopeia placerade sin hand på den lysande handen och i nästa stund kunde de höra hur det knastrade och sprakade när en mängd information överfördes från mikrochipsen i Cassiopeias hand till instrumentpanelen.

Fågel Grön flög omkring och busvisslade över Cassiopeias huvud. När det hade slutat blixtra och spraka och mullra i tangentbordet och Cassiopeia hade avlägsnat sin hand, vrålade den lilla fågeln:

"Cassiopeia Supra*Pion* nyckel*person*!"

"Röd Fågel Grön roligast universum." svarade Cassiopeia SupraPion.

Och från den stunden var de vänner.

Det började hända saker. Över deras huvud öppnade sig en cirkelformad lucka i SkapelseNavets kupol. De såg upp genom en lång tunnel upp mot ett litet hål. Däruppe någonstans mycket högt över deras huvud skymtade de den blå himlen och stjärnorna.

"Utgång och Ingång Landningsramp. *Ja.*" sa Cassiopeia.

"Är Landningsrampen någonstans däruppe?" frågade Alyz.

"Landningsramp inte någonstans däruppe. *Nej.* Landningsramp exakt där uppe. *Ja.* Stor gravitation. *Ja.* Stor precision. *Ja.*"

"Wow!" sa Kiro och gjorde segergesten Pionara Vincere med knutna nävar.

Cassiopeia lyfte sina egna händer precis som Kiro och sänkte dem igen. Sedan blinkade hon några gånger och sa:

"*Wow?* Cassiopeia SupraPion inte förstå *Wow?*"

"Perfekt balans!" sa Fågel Grön.

"Landningsramp inte *wow. Nej.* Fattas Katalysoiter."

"Var då?" sa Kiro.

"Landningsbana runt Landningsramp i*nte wow. Nej.* Fattas Katalysoiter. Gröna bäst. *Ja.*"

Alyz kom att tänka på en sak.

"Kiro! Det finns en hel vagn med helt perfekta Katalysoiter i Minnes-rummet!"

Kiro lyste upp.

"Till Minnesrummet!"

Men de hamnade inte i Minnesrummet. De var tillbaka i Förrådet igen.

Humanoiderna stod kvar och verkade bli nervösa när de dök upp. Ett hummande läte spred sig mellan Humanoiderna. Några av dem stampade otåligt på golvet.

"Härskaren letar efter Artificiella." sa Humanoiden med namnnålen *Mellow Silver.*

Humanoiden med namnnålen Röd Svavel pekade på det svarta stengolvet.

"Härskaren gick ner där."

"Där? Men...?"

De såg på det svarta golvet utan att förstå. Cassiopeia SupraPion hjälpte till att förklara för de förvånade barnen.

"Hemliga gångar. *Ja.* Axl Xerxes rita. *Ja.* Cassiopeia SupraPion bygga. *Ja.* Starkast universum. *Ja.* Gammal gång. *Ja.* Tiden kortare, då länge sedan. *Ja.*

"Långt borta, liten tid." instämde Fågel Grön.

"Vart leder den här gången?"

"Neptunus Nebulosas vattentorn. *Ja.*" sa Cassiopeia SupraPion.

Kiro och Alyz utbytte blickar igen och nickade.

"Glömskans väg.", sa Alyz.

Kiro lyfte stavarna och gjorde ett nytt försök: "*Minnesrummet!*"

Men av någon konstig anledning hamnade de inte i Minnesrummet den här gången heller, utan i ett runt rum med stora konkava och konvexa spegelkristaller som flöt omkring på väggarna och formade sig efter utbuktningar och gropar som segt *gelió* i vatten på kemilektionerna.

När Alyz ställde sig framför en klump spegelkristaller såg hon till sin fasa hur hennes ena öga förstorades tills det kändes som om hon skulle sugas in genom pupillen och in i sin egen hjärna. Hon flämtade till och tog ett steg tillbaka. Kiro som stod och speglade sin hand fick se hur hans fingrar delade sig i nya fingrar som delade sig i nya fingrar som slingrade sig runt kroppen som en växtätande växt runt en liten skräckslagen Spigg.

Till och med Fågel Grön som hade en helt vanlig spegelbild, bortsett från att hanhon var genomskinlig, flaxade oroligt. Men när Cassiopeia speglade sig hände däremot ingenting alls eftersom hon saknade spegelbild.

De ryste.

"Elektriska störningar. Atmosfären. *Ja.* Inte *wow.*" sa Cassiopeia.

Håret hade rest sig på Kiros armar och huvud.

"Inte wow!" flämtade han.

"Rymdskepp inte förstå data. Inte hitta planet Pion. Inte kan landa. *Nej.*

Bråttom grön Katalysoit."

"Vad ska vi göra?" frågade Alyz samtidigt som hon gjorde sitt bästa för att pressa ner håret som stod rakt upp med båda händerna."

"Finns annat sätt. Annan väg. Andra gångar. *Ja.*"

Cassiopeia SupraPion ritade en ring i luften med sitt finger och plötsligt syntes konturerna av en cirkel i golvet. Konturerna av cirkeln visade sig vara skarven till ett lock till en av de hemliga gångarna. Cassiopeia tryckte ut en av sina gripnaglar och lyfte på locket och de klättrade ned för en stege. Ner i mörkret. Ner i den trånga gången.

Cassiopeias ultrasyn kastade ett svagt ljus över de mörka väggarna i den hemliga gången. Efter en kort promenad stannade de framför en stege.

"Minnesrum. *Ja.*"

De klättrade upp för stegen och Cassiopeia SupraPion lyfte av locket över deras huvud.

Lukter och ljud och röd rök slog emot dem från Minnesrummet, lika stickande och påträngande som alltid. Kiro och Alyz började hosta. Minnesbilder flammade upp runt omkring dem; plågade minnen som följdes av skrik från plågade människor och skarpa, brända lukter.

Några meter rakt framför dem reste sig den svarta vagnen, välkomnande som en väldig kista för Soptippens utslitna Humanoider, för tillfället lastad med ovärderliga Katalysoiter.

"Vagnen får inte plats i den hemliga gången." konstaterade Kiro.

"Vagn restprodukt. *Ja.*" sa Cassiopeia SupraPion.

Hon gick fram till vagnen, lyfte upp den ena kortändan och tömde det värdefulla innehållet ner i den hemliga gången. Dånet från Katalysoiterna när de rullade ner genom hålet och slog i marken och studsade mot väggarna i den hemliga gången var så öronbedövande att det överröstade mullrandet från Minnesrummet. Alyz var tacksam för Artificiella inte vaknade av allt oväsen. På det viset slapp Artificiella se hur Cassiopeia behandlade de ömtåliga, ovärderliga Katalysoiterna.

De klättrade ned för stegen och Kiro drog igen luckan bakom dem. Så fort luckan kom på plats blev det alldeles tyst igen.

Cassiopeia riktade sin ultrasyn mot högen med Katalysoiter.

En skarp röd stråle träffade de gröna Katalysoiterna och de började lydigt rulla framåt, som om de blev lurade att tro att det var nedförsbacke när det i själva verket sluttade uppåt.

"Cassiopeia SupraPion stark ögon. *Ja*. Cassiopeia magnetisk charm." förklarade Cassiopeia blygsamt.

"Starkast ögon universum." instämde Fågel Grön.

Hundratals självlysande gröna Katalysoiter av alla storlekar rullade framåt i en lång rad i den mörka hemliga gången, medan Artificiella vaggades som ett litet spädbarn på Cassiopeias rygg.

Efter en lång promenad stannade Cassiopeia.

"SkapelseNav. *Ja*." sa hon.

Alyz sneglade upp mot luckan till SkapelseNavet. Att rulla ner Katalysoiterna i ett hål var väl inte så svårt, men hur skulle Cassiopeia bära sig åt för att transportera de gröna Katalysoiterna på andra hållet; först upp till SkapelseNavet, och sedan ytterligare några hundra meter till upp till Landningsbanan så att Nano Zenit kunde landa med sitt rymdskepp?

Alyz suckade.

Svårigheterna verkade aldrig ta slut.

Så fort de löste ett problem uppstod genast ett annat.

"Hur skulle de hinna med allting?

Nano Zenit var på väg till planeten Pion från bortre inre rymden utan att kunna landa med sitt rymdskepp och Artificiella bara sov, och kanske Pluto Vulcan skulle hinna sabotera landningen?

Hur skulle Kiro och Alyz kunna befria alla de sovande människorna om Artificiella inte vaknade i tid?"

Tankarna surrade i Alyzs huvud. Hon och Kiro delade ett ansvar som var så stort att hon knappast vågade tänka på det. Om någonting gick fel skulle det leda till en katastrof, inte bara för Kiro och Alyz själva, och Artificiella och Fågel Grön, och nybyggarna, och kolonin, utan kanske även för alla miljoners miljoner människor på jorden som var beroende av *eEkoExist-importen* från Pions gruvor. I värsta fall kanske hela mänskligheten var i fara…

"Hade det någonsin funnits några barn med samma tunga ansvar för hela mänskligheten, som hon och Kiro? I så fall; varför hade hon inte hört talas om dessa unga hjältar?"

Som om Cassiopeia hade registrerat Alyzs oro genom sina sensorer, sa hon:

"SkapelseNav exakt däruppe. *Ja.* Cassiopeia gå sist. Katalysoiter lyda Cassiopeia hela universum. *Ja.*"

Cassiopeia öppnade luckan upp till SkapelseNavet och Kiro och Alyz såg upp. En obehaglig känsla vilade över SkapelseNavet. Det var kolsvart däruppe och alldeles tyst. Vad hade hänt med alla de underbara färgerna? Fågel Grön flaxade roligt med vingarna. Till och med Cassiopeia reagerade.

"Universum sovmorgon. Cassiopeia SupraPion inte förstå data. *Inte wow.*" sa hon.

Sedan sa hon ingenting mer. Hon släckte ner sin ultrasyn utan att berätta varför.

Kiro och Alyz klättrade upp för stegen, klev ut ur luckan in i SkapelseNavets kompakta mörker.

Plötsligt rasslade det till och i nästa stund kände Alyz hur någonting sladdrigt med jättemånga, jättelånga ben kastade sig över henne.

"En muterad jätteinsekt från Yttre Rymden!"

Alyz började fäkta med armarna och skrika, samtidigt som Kiro började fäkta med sina armar och skrika. Ju mer de fäktade med armarna och sparkade med benen, ju bättre grepp fick jätteinsekten om dem. Jätteinsektens trådsmala långa armar trasslade in sig runt Kiros och Alyzs kroppar som slemmiga tunna rep.

"Ett jättespindelnät!"

När Alyz försökte trassla sig ur jättespindelnätet föll hon omkull och i fallet drog hon med sig Kiro. De föll på varandra, och de föll på det hårda golvet, och det gjorde så ont att hon skulle ha skrikit om det inte var för att hon var så rädd att hon upphörde att känna någonting annat än rädsla.

*

226

25. Nätet dras åt

Ett skarpt ljus bländade dem.

"Var är Artificiella!" röt en mullrande stämma.

Och i samma ögonblick insåg Alyz att hon hellre skulle ha stått öga mot öga med en livsfarlig muterad jättespindel från Yttre Rymden än med ägaren till den här skräckinjagande rösten. Det här kunde bara betyda en enda sak: Att alla deras ansträngningar hade varit förgäves.

"Välkomna, kryp!" väste ännu en bekant röst.

"Han lever! Vi är inga mördare!" tänkte Alyz.

Men av någon anledning gjorde inte hennes upptäckt att hon mådde ett dugg bättre. Snarare tvärtom.

"Jag trodde att de här krypen arbetade för dig." sa Neptunus Nebulosa.

"För mig? Jag trodde först att de arbetade för dig. Men så insåg jag att de här krypen arbetar för Artificiella." sa Pluto Vulcan. "Hon förbereder en revolution tillsammans med Humanoiderna."

"Om du lurar mig, Pluto!" varnade Neptunus Nebulosa.

"Idiot! Det är Artificiella som har lurat oss! Fattar du inte? Först sövde hon dig, sen sövde hon mig. Syftet är att ta över Generativa

Nova och härska över Pion. Pojken och flickan ska bli föräldrar till Pions nya slavar: människorna!"

Neptunus Nebulosa stönade och hans röst var så full av avsmak att det lät som om han höll på att kräkas:

"Åh så *vidrigt*! Ingenting, absolut ingenting, är så vedervärdigt vidrigt som baksluga Humanoider!"

Pluto Vulcan körde upp ficklampan i Alyzs och Kiros ansikte och vrålade:

"Nå! *Var är Artificiella?*"

Men Kiro och Alyz sa ingenting. De stod på knä, intrasslade i ett jättenät och skakade av skräck. Kiros mage kurrade.

"*Var är Artificiella?*"

"Vi säger ingenting om ni inte släpper oss." sa Kiro.

"Och bara så ni vet håller vi på att dö av hunger!" sa Alyz.

Hon höll armarna om magen och jämrade sig av hungerplågor. Sedan förde hon upp handen framför pannan och gav ifrån sig en lång suck, för att tillslut segna ner på golvet igen. Kiro tog lite längre tid på sig att svimma. Han balanserade en lång stund på knäna i fruktansvärda hungerkramper och ylanden, innan han föll ihop i en hög på golvet. I skenet från Pluto Vulcans ficklampa var deras lilla uppvisning mycket effektfull.

Precis när alla trodde att Kiro skulle bli liggande reste han sig mödosamt upp på armarna och suckade "*maaaat*". Sedan föll han ihop i en orörlig hög.

"Mat, mat, mat! Ni tänker bara på mat, era äckliga kryp!" ryste Neptunus Nebulosa.

"Tala om var Artificiella är och vad hon har för planer så kanske vi släpper er, annars dumpar vi er på Soptippen!" sa Pluto Vulcan. Men Kiro och Alyz teg och låtsades vara avsvimmade. De hade inte en tanke på att förråda Artificiella. När Neptunus Nebulosa och Pluto Vulcan började prata sinsemellan om några tekniska detaljer och slutade lysa på dem med ficklampan, viskade Alyz:

"Förlåt Kiro!"

"För att du trillade på mitt ben, eller?"

"Förlåt för att jag lurade med dig ut ur Biosfären. Annars hade du suttit och ätit blårötter och Linjabär nu. Sluppit svälta. Sluppit Sorgens Dal. Sluppit Pluto Vulcans verkstad. Sluppit allt det här eviga slitet."

"Jag har tröttnat på blårötter. Och förresten, vem skulle ha hjälpt dig om inte jag hade följt med?"

"Hjälpt mig?" viskade Alyz och försökte slita bort en klibbig nätmaska från ansiktet.

"Just det; hjälpt dig! Som jag lovade."

Menade han allvar? Eftersom det var mörkt kunde hon inte se om han flinade. Kiro hade så konstig humor. Ingen hade så konstig humor som han.

Alyz gav upp sin kamp mot de trassliga nätmaskorna. Hennes hår hade också fastnat i nätet och när hon rörde sig för hastigt så lossnade stora hårtussar. Det gjorde helt enkelt för ont att försöka komma loss.

"Undrar vart Cassiopeia och Fågel Grön har tagit vägen? Står de och diskuterar universum någonstans medan Kiro och jag ligger tillfångatagna under ett äckligt nät och tvingas lyssna på Pluto Vulcans och Neptunus Nebulosas skrikande?" tänkte hon.

Hon behövde inte fundera mer. Ljudet av tunga klot som rullade över ett hårt stengolv trängde in i hennes öron och i samma stund såg hon två skarpa röda ljusstrålar. Ett band av självlysande gröna Katalysoiter guppade förbi dem som gröna klot på svart nattvatten. Det var en fantastisk syn, så spöklik och vacker på samma gång att Alyz glömde bort att vara arg.

De skarpa röda ljusstrålarna som kom från Cassiopeias ögon försvann någonstans uppåt, i mitten av rummet, genom mörkret i kupolen. Raden av gröna självlysande Katalysoiter följde efter som en liten svans av planeter som sögs in och upp i det svarta hålet ovanför dem. Tydligen hade Cassiopeia och Fågel Grön smitit in i SkapelseNavet utan att någon hade märkt någonting i mörkret och tumultet. Nu var de på väg upp till Landningsrampen.

Pluto Vulcan och Neptunus Nebulosa tystnade.

”*Ser du vad jag tror jag ser?*” viskade Pluto Vulcan.

”Vid alla Svarta Hål och Häxkonvent; vad är det som pågår här?”

Ljuset från Pluto Vulcans ficklampa träffade en metallstege som gick upp genom SkapelseNavets kupol.

”Landningsrampen!” skrek Pluto Vulcan.

Han lyste upp i luckan med sin ficklampa.

”Se! Elevatorstegen är nedsänkt. Artificiella och hennes patetiska pack planerar att fly härifrån! Med mina mineraler som valuta! Ta fast dem!”

”Hur då? Jag kan ju inte se dem!”

”De gömmer sig någonstans i mörkret! De fega kräken!” skrek Pluto Vulcan.

Han lyste med sin ficklampa i alla skrymslen och vrår utan att lyckas rikta ljuset på Cassiopeia. Ett avgrundsdjupt skrik skar genom rummet. Sedan trängde en frän lukt av bränt kött in i barnens näsor. Neptunus Nebulosa ylade i högan sky:

”Aj! Aj! Aj! Oj! Ooooh! Jag brände mig på stenarna! Jag brände mig på stenarna!”

De hörde hur han for omkring i en vild krigsdans och vrålade av smärta. Skriken överröstades av Pluto Vulcans mullrande hånskratt:

”*Ha ha ha*! Använd pansarhandskar när du tar på Katalysoiterna, din de-genererade tango-dilettant!”

”Hur ska jag kunna hitta handskar i mörkret, kadaverhjärna? Aj, aj, aj! Min hand! Min hand!” Stönade Neptunus Nebulosa.

”Rätt åt dig din tjuv! Håll tassarna borta från mina ägodelar i fortsättningen!”

”Dina ägodelar? Fortfarande sur för att jag lånade din favoritleksak? ”

Neptunus Nebulosas höga vansinneskratt dånade i rummet. Så följde ljudet av ett knytnävsslag. Ljudet av en ficklampa som föll i golvet. Ett krasande. Ett vrål. Flera smällar och dunsar. Det lät som om Pluto Vulcan och Neptunus Nebulosa slogs. Efter en stund försökte Neptunus Nebulosa lugna ner sin bror.

Han flämtade:

"Sluta! Använd hjärnan! Pluto, din svartsjuka idiot! Artificiella försökte faktiskt döda oss båda. Tycker du vi ska slutföra jobbet åt henne, träskfjärt? Göra det enkelt för henne? Ska vi, de två mest intelligenta människorna i universum, ta kål på varandra för en Humanoids skull?"

Pluto Vulcan suckade och jämrade sig:

"Artificiella är min Skapelse. Hon är perfekt, fullkomlig in i minsta detalj. Så varför gör hon så här mot mig?"

"Varför frågar du mig? Du tillverkade henne. Du programmerade henne. Det betyder att hon är ditt ansvar, skrumphjärna."

Pluto Vulcan sparkade på någonting i sin närhet och jämrade sig ännu högre:

"Jag programmerade henne att älska mig! Så varför lyder hon mig inte?"

Neptunus Nebulosa fnös och nästan spottade ur sig orden:

"Hur mycket du än misshandlar, skrämmer, eller beordrar henne kommer hon aldrig att älska dig, för det är omöjligt! Ingen har någonsin älskat dig, Pluto! Till och med jag, som är din identiska tvilling blir spyfärdig bara jag ser dig!"

Medan bröderna skrek till varandra försökte Kiro och Alyz trassla sig ur det stora nätet. Men det var inte så lätt. Det kändes som om nätet sög sig fast vid deras overaller och ansikten med sina miljoner små sugproppar. Kiro svor högt.

"*Använd Bakterillit-staven och el-stöten!*" viskade Alyz.

"*Bra idé!*"

Kiro lyckades leta fram Bakterillit-staven och el-stöten som hade hamnat någonstans under honom när han föll. När han förde Bakterillit-staven under nätet släppte sugpropparna sitt tag med ploppande ljud, och där el-stöten gick fram lyfte nätet några centimeter så att Kiro och Alyz kunde befria sina kroppar från de kalla, trassliga härvorna, några få centimeter i taget. Det sved i Alyzs hårbotten och hon suckade när hon såg hur många ljusa hårstrån som hade fastnat i nätet.

Efter en stunds klibbigt arbete hade de lyckats befria sig från alla små sugproppar och hela nätet. Med hjälp av det svaga ljuset från Bakterillit-staven och tystare än de någonsin hade tassat, smög de bort till elevatorstegen för att klättra upp till Landningsrampen.

Men så fort de nuddade vid elevatorstegen fick de en stöt. Stöten var så kraftig att Alyz fick en smak av järn i munnen och hon tappade nästan andan. Trots att de var alldeles snurriga av stöten orkade de öppna sina munnar, och deras panikslagna skrik ekade upp i hisstrummans mörka schakt:

"Hjälp!"

"Cassiopeia! Kom tillbaka!"

När bröderna hörde Kiros och Alyzs skrik tystnade deras diskussion. Hårda fotsteg närmade sig med oroande hastighet och Alyz skrek så högt hon kunde:

"Hjälp! Cassiopeia!"

I nästa stund kände Alyz hur någon tog ett hårt tag runt hennes arm. Hon slet och drog för att rycka sig loss, och sparkade med sin känga, men Pluto Vulcan var mycket starkare än henne. Just när han skulle dra iväg med henne, hörde hon någon som kraxade:

"Äcklig Fågelmördare!"

Flaxande fågelvingar fläktade runt hennes öron. Ett illvrål av smärta skar genom luften och det följdes av ännu ett. Det hårda greppet runt hennes arm släppte, samtidigt som Pluto Vulcan och Neptunus Nebulosa försökte freda sig för Fågel Gröns vassa näbb och klor. Omedelbart därefter hörde de en metallisk röst någonstans ovanför dem säga:

"Cassiopeia SupraPion förstå följande: Pluto Vulcan trasig hjärna. *Ja*. Artificiella bestämma. *Ja?* "

"*Jaaaaa!*" skrek Kiro och Alyz.

"Cassiopeia SupraPion inte förstå. Neptunus Nebulosa bestämma? *Ja? Nej?*"

"*Nej*! Neptunus Nebulosa svag hjärna! Hör! Han skriker som en galning!"

232

"Neptunus Nebulosa svag hjärna. *Ja*. Artificiella bestämma? *Ja?*"

"*Jaaaaa!*" skrek Kiro och Alyz.

"Ekvation möjlig. Cassiopeia SupraPion förstå data. Kom!"
Så tog hon tag i både Kiro och Alyz och slängde upp dem på sin ena arm som hon pressade mot sin kropp. Med sin andra lediga arm tog hon ett fast tag om elevatorstegen till Landningrampen och så började de glida genom luften utan besvär.

Alyzs fötter dinglade fritt i luften och hon tyckte att det kändes som om hon svävade. Och Artificiella sov tryggt som en liten pionell i säcken på Cassiopeias rygg, alldeles intill dem. Alyz förstod plötsligt vad Cassiopeia hade menat när hon sa att hon var starkast i universum.

Någonstans långt under sig hörde de Pluto Vulcan och Neptunus Nebulosa skrika när de fick ta emot den ena stöten efter den andra från elevatorstegen.

Neptunus Nebulosas arga röst ekade upp genom hisstrumman:

"Hörde du? En robot som lyder en Humanoid som inte lyder en människa? Inser du vad du har gjort?"

Pluto Vulcan skrek tillbaka:

"Ja, jag inser att jag är hjärnan bakom den intelligentaste konstgjorda varelse som någonsin har funnits i universum. Vilket automatiskt gör mig till den intelligentaste människan i universum."

Neptunus Nebulosa stonade och dramde naven i hisstrummans schakt och ljudet ekade när han vrålade:

"Då borde du fatta en sak: Din synaps-kollaps kommer att förvandla oss båda till Artificiellas lydiga slavar om bara några få timmar!"

Efter en mängd svordomar lugnade Pluto Vulcan ner sig och de hörde honom säga:

"Kom! Vi måste förstöra de andra Humanoiderna innan de gör uppror mot oss!"

Varpå Neptunus Nebulosa hånskrattade:

"För första gången i ditt värdelösa liv säger du någonting vettigt!"

Sedan kunde Alyz inte längre höra vad bröderna sa, eftersom deras röster inte nådde upp till henne där hon hängde bredvid Kiro på Cassiopeia SupraPions starka arm några hundra meter upp i hisstrumman.

"Stackars Humanoider!" sa Alyz. "Nu måste vi befria dem också!"

"Senare!" sa Kiro. "Först ska vi träffa Nano Zenit!"

*

26. Nano Zenit

Från Landningsrampen steg ett magiskt grönt ljus. Det kom från de gröna Giga-KvarkKatalysoiterna som låg i en cirkel på den röda jorden och det svävade som en beskyddande hinna över den sovande Humanoiden, Fågeln, och barnen som väntade på rymdskeppet från bortre inre rymden.

Cassiopeia SupraPion stod mitt i cirkeln av gröna Giga-Kvark-Katalysoiter med sina armar utsträckta mot den svarta rymden. Med sin kropp åkallade hon Nano Zenits rymdskepp. Magiska gröna lågor fick hennes stålskelett att lysa i mörkret. Lågorna dansade en stund runt hennes fingrar innan de fortsatte ut i rymden där de vävde en tunnel av grön eld genom mörkret för Nano Zenit och hans rymdskepp.

Gröna gnistor från Giga-KvarkKatalysoiterna gnistrade som stjärnbloss i natten. Överallt där stjärnblossen slog ner sköt små gröna blad ut ur den röda marken.

Ur de gröna Giga-KvarkKatalysoiterna svävade de gröna älvor, de andar, de urtida väsen som var stenarnas medvetande. De dansade en välkomstdans framför Kiros och Alyzs ögon.

Ett surr hördes från ovan. Alyz såg ett rymdskepp närma sig genom den gröna tunneln av magiskt ljus och sväva rakt ovanför dem.

För att vara ett rymdskepp som återvände från bortre inre rymden såg det inte särskilt imponerande ut. Om det inte hade varit för alla plåtskador hade man lätt kunnat förväxla rymdskeppet med en enkel rymdkapsel för kortare dagsutflykter till Pions två månar. Bucklor och repor från kollisioner med diverse rymdskräp och solstormar och maskhål hade misshandlat farkosten. Stjärndamm och måntårar blänkte på den kopparfärgade utsidan, och på de runda tittgluggarna gnistrade kvarglömda regnbågar från utdöda galaxer.

Alyz förstod inte hur den här skrothögen skulle klara av att landa utan att falla sönder i tusen skärvor. Hon höll andan.

Med ett skrälligt, bullrande ljud som gjorde ont i Alyzs öron, slog landningsstället i marken där Cassiopeia hade stått tidigare. Åtta svarta sugklor borrade sig ner i den röda jorden med roterande rörelser. Efter en stund när motorerna hade slutat brumma och rymdskeppet hade slutat vibrera, vecklade en trappa ut sig.

I nästa stund öppnades dörren till rymdskeppet. En svartlockig ung man i grön overall klev ut på det översta trappsteget. Han såg ut över Landningsrampens röda jord genom den gröna dimman och sträckte på sig. Sedan gäspade han.

Rymdskeppet darrade till. Ett regn av glittrande rymdstoff föll ned från taket, ned över Nano Zenit, och fick hans svarta rufsiga lockar och gröna uniform att glittra i kapp med de blå ögonen. Han såg sig omkring och ropade:

"Artificiella?"

Men Artificiella kunde inte höra hans rop. Hon sov sin djupa sömn under det skyddande täcket av grönt magiskt ljus. När Nano Zenit fick syn på henne rusade han ner för trappan i tre stora kliv, slängde sig ner på knä framför henne, och tvekade en mikrosekund innan han kysste henne på munnen.

Långsamt, långsamt vaknade Artificiella upp från sin djupa sömn. Hon slog upp sina ögon och när hon fick syn på Nano Zenit spred sig ett stort leende över hennes ansikte. Hennes ögon glittrade som två blå tvillingsolar.

"Välkommen hem, Nano Zenit!"

"Tack Artificiella! Det känns skönt att vara tillbaka. Det började kännas lite ensamt efter ett tag."

Artificiella svarade inte. Hon bara log mot den unge vackre mannen som satt på huk framför henne och inte kunde sluta se på henne. Efter en lång stund harklade sig Nano Zenit och sa:

"Jag har komponerat lite ny musik. Vill du höra?"

"Gärna, men först vill jag presentera dig för några mycket speciella personer." sa Artificiella.

Först då kunde Nano Zenit ta ögonen från henne. När han upptäckte att de hade publik blev han röd i ansiktet.

"Det här är Kiro och Alyz. De befriade mig från min fångenskap hos Neptunus Nebulosa." sa Artificiella.

Nano Zenit spärrade upp ögonen och tog dem i hand.

"Vilka hjältar! Ni bär er styrka i ödmjukhetens leende!"

"Och det här är Fågel Grön som befriade oss alla från Pluto Vulcan."

Fågel Grön burrade upp sina röda fjädrar och morrade. Nano Zenit förde samman handflatorna och bugade lätt.

"Briljant! Luftens snabbaste riddare bär eldens färg på sina vingar!"

"Och det här är Cassiopeia SupraPion som förberedde din landning!"

Nano Zenit backade några steg för att kunna se hela Cassiopeia, och förde handen till sitt hjärta.

"En stor dam i alla avseenden!" sa han.

Sedan bugade han så djupt framför dem, med raka ben, att pannan nästan nuddade marken. De såg nyfiket på honom. Han såg lika nyfiket tillbaka. Ingen sa någonting. De bara stod och såg på varandra och log lite generat och skrapade med kängorna i marken.

När Nano Zenit förstod att alla väntade sig att han skulle säga något ryckte han till och pekade på sitt bröst.

"Åh, är det är min tur att utföra hjältedåd? Men jag är varken stark eller snabb eller modig. Eller särskilt stor för den delen."
Han blev lite röd om kinderna igen, och tillade:

"Men jag kan fånga musiken som finns överallt runt omkring oss!"
Nano Zenit tog fram en flöjt från sin overall, drog ett djupt andetag och blåste i flöjten. Sedan började instrumentet spela av sig själv.

"Kosmiskt cerebralt vågspel." sa han, mycket allvarligt och sneglade på Artificiella.
Hon formade händerna till små fjärilar som svävade i luften i takt med hans musik. Nano Zenit viskade bakom handflatan till Kiro och Alyz:

"Jag försöker imponera på henne. Egentligen är jag bara en tolk av sfärernas musik."

"Perfekt balans." sa Fågel Grön.

"Balans … *sss* … sast … p*rr* … univer*rrs* … *ssss* … sum." brummade Cassiopeia SupraPion.
Uppdraget hade slitit på henne. Då och då gav hon ifrån sig gröna blixtar av elektricitet som en *e-brixt* under ett experiment på fysiklektionen. Nano Zenit såg på den lilla röda fågeln och den stora roboten.

"Ni två utstrålar rytm! Ni är luftens och rymdens musik!" sa han beunrande.
Fågel Grön kraxade högt och Cassiopeia SupraPions ögon blev röda och grön rök pyste ut från hennes öron. Alla skrattade lite, men sedan blev Artificiella allvarlig:

"Lyssna, Nano Zenit! Vi måste ta hand om Pluto Vulcan och Neptunus Nebulosa!"

"Kan inte de ta hand om sig själva? Bortskämda typer!"
Kiro och Alyz skrattade högt och rått, och Nano Zenit instämde i deras skratt, men Artificiella skakade på huvudet.

"Alla nybyggare har tillfångatagits och håller på att hjärntvättas. Vi måste befria dem, och återföra dem till ytan, och till kolonin Generativa Nova."

Nano Zenit gapade så stort att munnen såg ut som ett o:

"Men … men … när hände allt detta? Hur är det möjligt? Jag har ju inte varit borta så länge?"

Artificiella blundade och skakade på huvudet.

"För oss här nere på Pion har tiden varit väldigt lång"

Nano Zenit mumlade:

"Försöker du berätta att du har saknat mig?"

Nu kunde inte Cassiopeia SupraPion hålla tyst längre. All information fick det att ryka och pysa lite grönt och hotfullt under armarna.

"Cassiopeia SuprrrraPion inte försssstå data. Ekvavvvvavvvation inte möjlig. Nano Zenit bestämma? *Ja? Nej?* Artificiella bestämma? *Ja? Nej?*"

Nano Zenit skakade på huvudet. Han började putsa sin flöjt (med tyget som hade fungerat både som munskydd, fallskärm, bärsele och senast som liggmadrass till Artificiella) och sa:

"Låt Artificiella bestämma! Hon har den bästa hjärnan på hela Pion, förmodligen i hela universum!"

"*Wow!* Artificiella wowast hela univerrrrssssum!" sa Cassiopeia Supra-Pion.

"Som vatten.", sa Fågel Grön.

De som kunde applåderade vilt och log, och de andra kraxade eller pyste grön rök och snurrade med ögonen, men trots alla bevis på uppskattning verkade inte Artificiella glad.

"Innan ni slösar mer beröm på mig är det en sak jag måste upplysa er om. Mitt närminne har kraschat. All information beträffande de senaste timmarna är raderad."

Hon suckade:

"Jag minns inte hur jag kom hit upp. Jag minns inte när jag träffade Cassiopeia SupraPion. Om någon ska leda oss är det Nano Zenit. Han är åtminstone människa."

Hon såg så bekymrad ut när hon sa "*människa*" att Alyz protesterade:
"Det är inget fel på ditt minne, Artificiella! När vi var i SkapelseNavet blev du utsatt för strålning från ett pyttelitet gruskorn, och sedan somnade du! Vi kunde inte väcka dig. Cassiopeia fick bära dig hit upp på sin rygg."

Artificiella lyssnade intensivt och sedan lyste hennes ögon upp, som från blänket av små stjärnor på botten av hennes blå ögon. Hon klappade händerna och utbrast:
"Åh! Nu minns jag. Jag hade en underbar dröm! Jag drömde! På riktigt!"

Nu lade sig Cassiopeia SupraPion i samtalet för att reda ut alla eventuella missförstånd:
"Humanoider inte d*rrr*ömma. *Nej*. Människor d*rrr*ömma. *Ja.* "

"Jag drömde! " fnissade Artificiella. "Det var underbart med alla färger och all energi!"

Hon suckade:
"Tänk att ni människor får uppleva det varje natt! Det var så magiskt!"

"Mina drömmar är också magiska. Jag drömmer alltid om Artificiella." sa Nano Zenit.

"Om mig? Varför då?"

Alyz kunde inte låta bli att fnissa. Kiro himlade med ögonen. Artificiella såg på dem och sedan på Nano Zenit som rodnade igen.

"Det kan vi tala om senare." mumlade han.

På vägen tillbaka till SkapelseNavet behövde Cassiopeia inte öppna irisporten manuellt, eller bära dem ner för elevatorstegen, eftersom elektriciteten fungerade som den skulle igen. En hisskorg med fotställ och tillhörande fixbälten gjorde den långa nedstigningen säker. Nano Zenits mjuka vackra musik ekade i runt dem i hisstrumman hela vägen ner och det kändes som om de flög. Fågel Grön var på ett strålande humör och de andra skrattade utan anledning.

När de kom ner i SkapelseNavet hade ljuset återvänt.

Pluto Vulcan och Neptunus Nebulosa hade försvunnit och tagit mörkret med sig.

"Jag minns det här rummet!" sa Nano Zenit.

Han såg sig omkring bland de stora instrumenten och plasmaskärmarna.

"Jag minns…"

Leendet i hans ögon slocknade. I nästa stund såg det ut som om all luft gick ur honom. Axlarna sjönk ihop som hos en gammal gubbe, och för första gången sedan han landat blev han allvarlig.

"Det var inte meningen att jag skulle komma tillbaka, eller hur?" mumlade han.

Artificiella slöt sina ögon och stod alldeles stilla, så Nano Zenit vände sig till Cassiopeia SupraPion istället.

"Säg mig Cassiopeia; vilka var dina order den gången?"

"Frrrråga inte möjlig besvarrrra. *Nej.* Artificiella bestämma nu. *Ja.* Nya Orrrrder" nu." sa Cassiopeia.

"Hur länge sedan var det som de skickade upp mig i rymden? Hur många dagar sedan?"

Artificiella skakade på huvudet utan att öppna ögonen.

"*Veckor* sedan?"

Artificiella skakade bara lite lätt på huvudet utan att svara och fortfarande inte se på honom.

"*Månader? År?*"

Han lät förtvivlad att Artificiella öppnade sina ögon igen. Hon försökte fånga hans blick, men lyckades inte.

"Nano, lyss'! Det var länge sedan!"

Han såg upp mot kupolen där hisschaktet var dolt bakom en veckad irisport, och sa:

"Jag vill veta när!"

"Det var hemskt, hemskt länge sedan! Tänk inte på det, Nano!"

Hans händer darrade när han äntligen klarade av att möta Artificiellas blick. Hon såg lika olycklig ut som honom.

"Men varför gjorde de så här mot mig?"

Han såg sig omkring bland instrumenten och plasmaskärmarna, som om svaret fanns att läsa på någon av plasmaskärmarna i SkapelseNavet.

Istället mötte han sin egen spegelbild i en av de blanka ytorna. Han ryggade tillbaka:

"Det här stämmer inte! Hur kan jag se ut som vanligt om jag har varit borta i flera år? Vad var det som hände, egentligen? Jag förstår inte…"

"Du får fråga dem." sa Artificiella.

"Var är de då? Var? Var? *Var?*"

"Pluto Vulcan och Neptunus Nebulosa sa att de skulle förstöra Humanoiderna." sa Alyz.

Nano Zenit stirrade på henne som om hon hade blivit galen.

"*Förstöra Humanoiderna?* Varför då"

"Då vet jag var de är!" sa Artificiella. "Till "Soptippen"!

27. Ombytta Roller

De hamnade bakom ett svart klippblock, stort som Alyzs tetraed i primärhabitatet. Från sin höga utsiktspunkt kunde de se vad som hände runtom på Soptippen, utan att själva bli sedda. Någonstans alldeles i närheten hörde de Humanoiderna mumla och flämta av skräck.

Ett gällt skrik ekade mellan bergväggarna och lukten av bränt kött fick Alyz att må illa. Hon måste anstränga sig för att inte tänka på vad som hände några meter längre bort.

Pluto Vulcans stämma ekade mellan klippblocken:

"Har ni fått nog nu, era slamkrypare? Fram med sanningen, era reptilhjärnor! Var är Artificiella!"

Artificiella trädde fram från sitt gömställe så de kunde se henne.

"Här är jag! Vill du säga mig någonting, Pluto Vulcan?"

Pluto Vulcan och Neptunus Nebulosa vände sig om och fick syn på Artificiella där hon stod några meter bort. De stirrade på henne en lång stund utan att säga någonting. Neptunus Nebulosa sänkte sin el-stöt och Humanoiderna skyndade sig att försvinna bakom några stenblock.

Artificiella stirrade tillbaka på de båda bröderna.

Hennes blick var trotsig där hon stod med händerna i sidorna, rak i ryggen och med sitt långa blåskimrande hår fläktande i den kyliga vinden. Om hon var rädd för dem så dolde hon det väl.

Pluto Vulcans röst lät som en pisksnärt:

”Vi har letat efter dig. Var har du varit?”

”Jag har letat efter er. Var har ni varit?”

Artificiellas röst lät som ett eko av hans röst; lika kall och hård. Pluto Vulcan blev så förvånad över Artificiellas förändring att han inte fick fram ett ljud. Han stirrade på den stolta vitklädda varelsen med långt blåsvart hår och som mötte hans blick med högburet huvud. Neptunus Nebulosa såg från Artificiella till sin bror och muttrade:

”Se vad du har ställt till med i din verkstad! Du har skapat en leksak som bestämmer över dig.”

Pluto Vulcan fnyste och så skrek han:

”Ingen bestämmer över mig. Artificiella bestämmer ingenting! Inte ens en bagatell som när du ska dö får hon bestämma!”

Neptunus Nebulosa skakade på huvudet.

”Ta inte i så du spricker! Tror du jag är blind? Den senaste tidens upplevelser talar sitt tydliga språk. Om inte jag ingriper kommer hon där och hennes pack att ta över kommandot på den här planeten.”

Pluto Vulcans röda slängkappa flaxade i vinddraget när han fräste:

”Tänk på vem du talar till och var du befinner dig! Underjorden är mitt rike. Mitt, mitt, mitt! Här nere bestämmer jag allt, din stinkande kloakråtta! Här nere kan du inte ens andas utan mitt tillstånd!”

Neptunus Nebulosa liksom stelnade till och fräste tillbaka:

”Vakta din tunga, din hybrisanfrätta varböld. Glöm inte vem du själv talar till!”

Pluto Vulcan gav ifrån sig ett fult läte innan han svarade:

”Hur står det till med ditt eget närminne? Jag talar till någon som skulle ha varit ett jäsande kadaver om Artificiella hade fått bestämma. Du borde falla på knä och kyssa mina fötter!”

Nu drog Neptunus Nebulosa efter andan. Han blev alldeles röd i ansiktet och började gräva i fickorna i sin overall med darrande händer. Tillslut fann han en liten ask i en av fickorna och svalde ett blått och ett gult piller. När han hade lugnat ner sig frågade han, mycket långsamt, och med betoning på varje ord:

"Varför förde du mig hit, ner till din mörka värld? Var det för att ha någon att befalla och förnedra nu när inte ens din vackra Humanoidhäxa lyder dig längre?"

Pluto Vulcan hånskrattade:

"Tror du inte jag har större ambitioner än att se dig kräla?"

Han gjorde en gest med handen runt Soptippen och fortsatte:

"En sak ska du ha klart för dig, din förtorkade amöba: Om några år kommer Pion att vara den mest utvecklade planeten i vårt solsystem… "

Neptunus Nebulosa smackade medlidsamt och skakade på huvudet, och Pluto Vulcan skrek:

"Om några år kommer Pion att vara den enda planeten i universum med ett artificiellt medvetande! Gissa vem som kommer att vara Pions medvetande? Vem som kommer att finnas överallt? I alla Humanoider och människor? Alltid? Gissa vem som aldrig kommer att dö?"

Bakom den utskjutande bergväggen stod Kiro och Alyz tillsammans med Nano Zenit, Cassiopeia och Fågel Grön och iakttog Pluto Vulcans och Neptunus Nebulosas gräl. Ljudet av deras hotfulla roster och stamper från deras hårda klangor ekade runt Soptippen.

"Hatet har gjort dem gamla och fula. Varför är mina bröder så fulla av hat?" suckade Nano Zenit.

"Pluto Äcklig Fågelmördare." sa Fågel Grön.

Nano Zenit klappade den lilla röda fågeln på huvudet.

"Försökte han döda dig också? Men du är ju bara en liten fågel?"

Fågel Grön burrade upp sina röda fjädrar och förklarade, mycket stolt:

"Fågel Grön roligast universum. Därför."

Nano Zenit såg på Kiro och Alyz.

"Tänk att ni som är så unga har vågat bekämpa de där männen och deras giftiga tankar!"

Sedan log han mot dem:

"Ni två är Pions sanna hjältar."

Antagligen hade Pluto Vulcan och Neptunus Nebulosa tröttnat på att gräla med varandra för nu gav de sig på Artificiella med gemensamma krafter.

"Nå? Vad har du att säga till ditt försvar, datadräktiga dräggdemagog?" skrek Pluto Vulcan.

"Snacka på, Humanoidhäxa! Eller har du svalt din kluvna tunga?" vrålade Neptunus Nebulosa.

Artificiella bugade lätt och sa med en fullständigt lugn stämma:

"Jag inser att mitt ordförråd är begränsat, för jag förstår inte logiken i hälften av det ni säger. Men jag skulle vilja framföra en liten musikalisk hälsning."

Hon tog några steg ned för berget och ställde sig framför dem. Sedan förde hon Nano Zenits flöjt till sina läppar och blåste i den. Vacker flöjtmusik fylld av smärta, hopp och förtvivlan fyllde Soptippen. Spröda toner virvlade runt och trängde in i allas öron. Det lät som om flöjten grät. En liten gossröst sjöng sorgset:

"*Varför? Varför? Varför*"?

Pluto Vulcan och Neptunus Nebulosa såg sig omkring. De höll upp händerna för sina öron som om de inte stod ut med sången. Ekot av den lille gossens röst förstärktes mellan bergväggarna tills det lät som om själva berget stämde in i sorgesången.

"Förbjudet!" stönade Pluto Vulcan. "Vet du inte att det är förbjudet att spela musik på Pion…"

"Men …? Jag känner igen musiken! " pep Neptunus Nebulosa.

Pluto Vulcan tog ett hotfullt steg fram mot Artificiella. Det skulle han inte ha gjort för i nästa stund hade Nano Zenit rusat fram ur mörkret, ned för berget och ställt sig framför Artificiella för att skydda henne med sin egen kropp.

Hans två bröder blev askgrå i ansiktet. De stirrade på varandra och på den svartlockiga unge mannen i sin gröna uniform, och skakade på huvudet.

"Du? Det är omöjligt! Du är ju död!" viskade Pluto Vulcan och försökte röra vid Nano Zenit.

"Han är död! Det är bara en synvilla! Din Humanoidhäxa försöker lura oss med sina telliska trollkonster!" sa Neptunus Nebulosa.

"Han måste vara död." viskade Pluto Vulcan.

"Det är ett simpelt holgram! Se! Det är bara luft!" skrek Neptunus Nebulosa.

Han knöt sin hand och i nästa stund for knytnäven genom luften och träffade Nano Zenit rakt i ansiktet med ett otäckt ljud. Nano Zenit segnade ner på marken. Blodet började sippra fram från hans näsa och spruckna överläpp och droppade ner på marken där det bildade en liten pöl vid hans huvud.

Artificiella satte sig på marken och lyfte upp Nano Zenits huvud i sitt knä.

Nu rusade också Kiro, Cassiopeia SupraPion, Fågel Grön och Alyz fram från sitt gömställe, ned för berget och fram till den sårade Nano Zenit.

Pluto Vulcan hade hunnit springa iväg men Neptunus Nebulosa stod fortfarande kvar på samma plats och bara gapade dumt när han såg på sin blodiga hand. Cassiopeia klev fram till honom och tog ett stadigt grepp om hans arm.

"Släpp mig omedelbart! Jag befaller dig!" vrålade han.

"Neptunus Nebulosa inte bestämma. *Nej.* Artificiella bestämma. *Ja.* Neptunus Nebulosa svag hjärna. *Ja.*"

"Artificiella är bara en värdelös arbetsmaskin gjord av avfallsprodukter i ett laboratorium! Nu lyder du, din prototyp! Släpp mig, säger jag!"

Neptunus Nebulosa skrek och riktade både sparkar och slag mot Cassiopeia, men det brydde hon sig inte om eftersom hon inte kunde känna sparkarna och eftersom hon bara tog emot order från

Artificiella. Men artig som hon var förklarade hon långsamt med sin metalliska röst för människan med den svaga hjärnan:
"Artificiella gråter." Artificiella drömmer. Artificiella känner smärta. Artificiella älskar. Artificiella människa? *Ja*. Ekvation möjlig."
Nano Zenit jämrade sig. Artificiella torkade bort blodet från hans näsa och mun. Hennes stora blå ögon blänkte av oro.

En bit därifrån stod Pluto Vulcan, likblek i ansiktet, och skakade som om alla nerver i hans kropp hade fått en stöt.
"Det är inte möjligt! Du är ju död! Jag har blivit galen, jag har blivit galen… "
"Pluto Vulcan trasig hjärna. Alla vet. Antik nyhet." sa Fågel Grön.
Fågel Grön gjorde en rivstart och flög sedan runt Pluto Vulcan i allt snävare cirklar medan hanhon snurrade med ögonen och kraxade *"gaaalen, gaaalen, gaalen"*. Ljudet var så högt och outhärdligt att alla iskristaller i närheten sprack och både Humanoider och människor stelnade till som om de hade fått en stöt.
"Kom hit ditt röda beläte så jag får strypa dig en gång för alla!" vrålade Pluto Vulcan och slog i luften efter fågel Grön.
Cassiopeia SupraPion hörde vad Pluto Vulcan sa och såg vad han tänkte göra med hennes vän.
"Pluto Vulcan trasig hjärna. *Ja*. Äcklig Fågelmördare. *Ja. Inte oky*." sa hon.
Med Neptunus Nebulosa dinglande och svärande i sin ena hand gick Cassiopeia SupraPion med raska steg fram till Pluto Vulcan och tog ett rejält grepp om hans arm. Där hängde nu de två bröderna i Cassiopeias båda stadiga nävar, utan att kunna fly eller skada någon annan. De blängde på varandra med hat i blicken och sparkade i luften mot den andres ben.
"Allt det här är ditt fel!" sa Neptunus Nebulosa. "Om inte du hade tillverkat Artificiella och utrustat henne med en exceptionell intelligens…!"

Pluto Vulcan skakade på huvudet och avbröt honom:

"Min abnorma intellektuella aktivitet är en naturkraft som inte går att stoppa. Försök hellre stoppa en solstorm eller en översvämning på jorden. Nej då min avundsjuke lillebror, allting är hans fel!"

Han pekade på Nano Zenit.

"Varför är han inte död? Om han hade dött skulle allting ha varit perfekt på Pion."

Båda blängde på Nano Zenit. Han låg med huvudet i Artificiellas knä och såg upp på dem med trötta ögon.

"Varför hatar ni mig så?" frågade han med matt röst.

"Du är ett misstag, ett missfoster. Du är inte ett dugg lik oss."

"Jag är er *bror*!"

"Du är ett misstag. En laboratoriemiss."

"Varför skickade ni iväg mig?"

"För att Axl Xerxes skulle slippa göra det."

Nano Zenit jämrade sig. Artificiella torkade bort blodet som sipprade fram under näsan.

"Ville-...ville Axl *skicka iväg* mig?"

Pluto Vulcan fnös.

"Axl? *Ha*!"

Det lät som om han spottade när han nämnde sin fars namn.

"Axl var svag. Du var hans enda svaghet. Vi var tvungna att göra det. Åt honom. För hans egen skull. För att hans kosmiska storhet och styrka och hans namn skulle överleva och slippa dras i smutsen. På grund av dig!"

Nano Zenit drog efter andan så häftigt att han råkade svälja lite blod och var tvungen att hosta. När han hade hostat färdigt suckade han:

"Jag förstår inte vad ni försöker säga? Är Axl … *död*? "

Han såg hjälplöst på sina bröder. Neptunus Nebulosa nästan spottade ut orden när han sa:

"Vi visste att du skulle förgöra honom. Och det gjorde du! Din närvaro försvagade honom. Tyvärr försvagade din frånvaro honom ännu mer…"

"Nej! Sluta! Det är inte sant!"

Han förde upp båda armarna framför sitt ansikte som för att skydda sig mot sina bröders hårda ord. Neptunus Nebulosa fortsatte:

"När du försvann dog Axl Xerxes. Av brustet hjärta. Sedan började eländet här på Pion. Vi fick ta över alla hans skitjobb. Kontrollen av Humanoiderna. Mineralexporten till jorden och Triaderna. Vattendriften. Metangasframställningen. Verklighetssaneringen av rapporterna från jorden. Propagandan. Alla strategier. "

"Allt är ditt fel!" avbröt Pluto Vulcan. "Om du aldrig hade funnits skulle Axl Xerxes ha levt nu! Pion skulle ha blomstrat."

Pluto Vulcans ögon glänste av hat. De nästan brändes. Alyz hade aldrig sett så mycket hat i någon människas ögon.

"Så Axl älskade mig." suckade Nano Zenit. "Och det var därför ni ville döda mig, er egen bror?"

Pluto Vulcan fnös. Han gestikulerade vilt med sin fria hand när han skulle markera det han sa:

"Du är en svag, lågpresterande, ointelligent klon. En lallande idiot. Du producerade … *musik*! "

Blotta ordet musik fick honom att rysa. Så fortsatte han:

"Axl Xerxes tyckte synd om dig. Medkänslan gjorde honom svag. Sårbar. Kraftlös. Omanlig. Han fattade dåliga beslut när han hade lyssnat på din … *musik*."

Pluto Vulcan grimaserade:

"Han blev till och med snäll mot Humanoiderna! Så snäll att effektiviteten i vattengruvorna minskade med åttio procent och inkomsterna från vattenexporten och mineralexporten till jorden minskade med fem procent…"

"Just det!" avbröt Neptunus Nebulosa. "Axl Xerxes ville sluta exportera mineraler till jorden. Han svamlade om att Pions minnen och tankar och själ finns i stenarna, förklädd till musik och han-…"

Nu jämrade sig Nano Zenit och avbröt dem.

"Ni är fulla av hat! Jag förstår inte ert hat."

Fågel Grön lade sig i samtalet:

253

"Pluto och Neptunus trasiga!"

"Så är det nog, lilla fågel." suckade Nano Zenit. "Deras hjärtan är trasiga. Trasiga hjärtan läcker blod och dör."

Sakta, sakta vågade sig Humanoiderna fram från sina gömställen på Soptippen. De smög försiktigt runt Pluto Vulcan och Neptunus Nebulosa, först i stora cirklar, och sedan allt närmare. De darrade av skräck om de råkade komma för nära och någon av bröderna riktade en spark med sin hårda känga mot dem. Men trots sin rädsla såg det ut som om Humanoiderna inte kunde få nog av att på nära håll få se och lukta hur hjälplösa Pluto Vulcan och Neptunus Nebulosa var i Cassiopeias järngrepp. Rollerna var ombytta. Det omöjliga hade skett.

Artificiella log mot Nano Zenit som låg i hennes knä.

"Hur mår du?"

Han såg på upp på Artificiella och hans ögon blev mörkblå av kärlek.

"Nu är jag redo för hjältedåd!" sa Nano Zenit.

∗

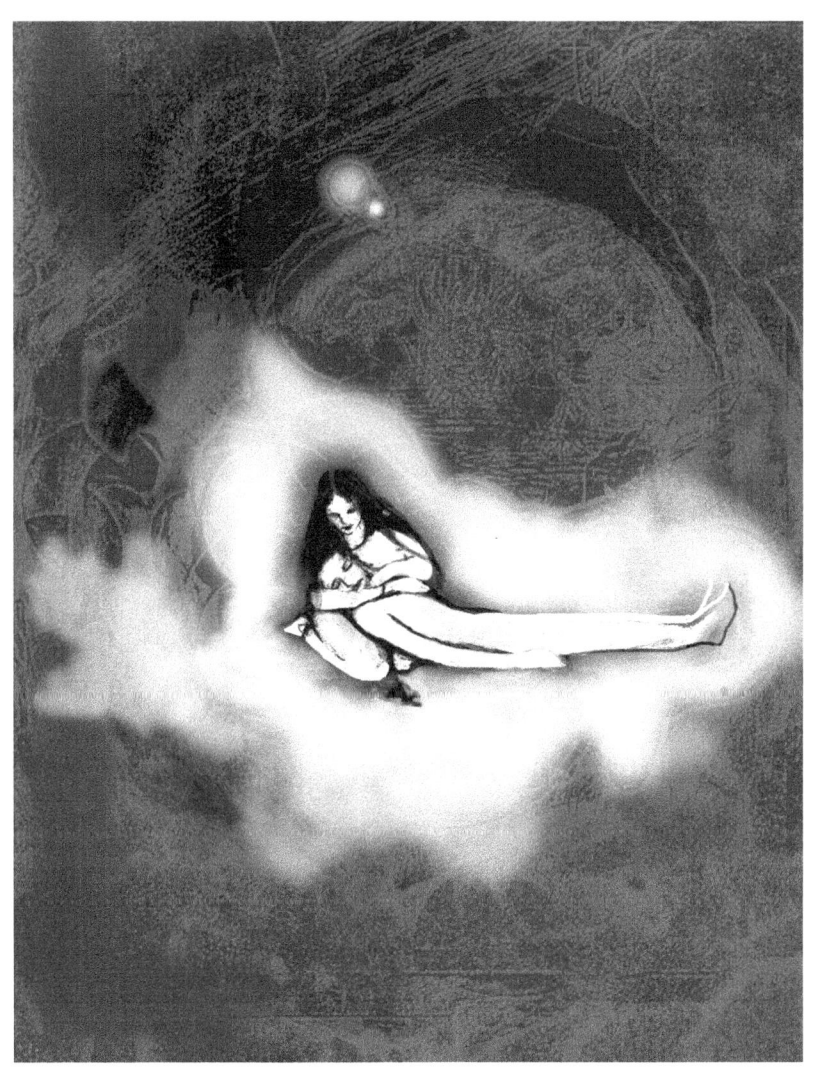

28. Befrielsens Stund

Ögonblicket närmade sig.

Snart skulle de befria människorna från sin fångenskap i Pluto Vulcans verkstad. Snart skulle de kunna lämna Sorgens Dal som hjältar. Inte konstigt att Kiro och Alyz nästan dansade fram.

Kiro, som gick i täten för den stora gruppen med Humanoider, människor, fågel och Humanoid-Cyborg prototyp, pekade med de båda stavarna mot bergväggen och sa:

"*Sovsalen!*"

I nästa stund befann de sig inne i den stora Sovsalen igen och plötsligt kändes det som om tiden stannade.

Det enda som markerade tidens gång var suset av regelbundna andetag från kokongernas inre. Det svaga ljuset som flöt stilla mellan bergväggarna fick kokongernas mjuka skal att se ut som stora märkliga växter från en annan tid. En tid som vilade stilla i den stora Sovsalen.

Nano Zenit snurrade runt och såg sig förundrat omkring på kokongerna. Han såg från de långa glänsande silkeskablarna i taket till de runda silkesmjuka kapslarna som svävade över marken.

Han sträckte fram sin ena hand och smekte sakta den mjuka ytan på en av kokongerna. I nästa stund slet han till sig handen och såg ut som om han skulle svimma.

"Den… den lever…!" flämtade han.

Nano Zenit var tvungen att sätta sig ner på marken. Han gjorde en hjälplös gest mot kokongerna och frågade med rösten full av fasa:

"Var är vi? Vad är det där för någonting?"

Artificiella förklarade:

"Det där är en transformationskapsel. I alla de här transformations-kapslarna vilar bortförda nybyggare medan deras hjärnor är uppkopplade till Synapsis-Synopsia."

Nano Zenit stönade:

"Jag förstår inte…"

"Den Stora Minnestanken." förklarade Artificiella.

"Jag förstår inte… *varför?*" pressade Nano Zenit fram.

"Pluto Vulcan vill äga deras historia. Deras viktigaste tankar och känslor."

Nano Zenit skakade på huvudet och mumlade:

"Det här är värre än jag trodde. Värre än vad de gjorde mot mig. Jag fick åtminstone behålla mina tankar och känslor. Men de här stackarna-… "

Han var tvungen att svälja några gånger innan han kunde fortsätta:

"När de här människopupporna har gått igenom sin metamorfos och kläckts kommer alla människofjärilar att ha samma minnen. Alla deras tankar kommer att flyga åt samma håll på okänsliga grå vingar dit Pluto Vulcan vill.

Han satte händerna framför sitt ansikte och stönade."

"Åh, vilket grymt öde!"

Artificiella klappade honom på axeln och sa:

"Nano! Vi är här för att befria … "

I nästa stund skar en röst sträv och kall som Kuur genom luften:

"Släpp Härskaren!"

Alyz kände igen rösten innan hon fick syn på dess ägare.

"Taluta Krom!"

"Hur kunde hon ha glömt bort Humanoid G65X Taluta Krom? Hur kunde hon ha varit så slarvig?"

Nu stod Taluta Krom framför gruppen och såg på dem med sina sneda gröna ögon. I händerna höll hon en rund, blank metalldosa med små blinkande lampor. Pluto Vulcan hade inte missat den senaste utvecklingen. Nu vrålade han så högt att hans röst ekade mellan väggarna:

"Ni hörde henne! Släpp mig genast!"

Han ryckte våldsamt i sin arm för att komma loss från Cassiopeias järngrepp och skrek till Taluta Krom:

"Humanoid G65X Taluta Krom! Berätta för de här löjliga rebellerna om vapnet i din hand!"

Taluta Krom lyfte upp den runda, blanka metalldosan och sa:

"Det här är en fjärrkontroll med vars hjälp jag bland annat kan reglera energiflödet till transformationskapslarna."

Pluto Vulcan sa:

"Förklara vad som händer med människorna inuti transformationskapslarna när man reglerar energiflödet!"

Pluto Vulcan vände sig till Kiro och Alyz och hånlog mot dem:

"Vill ni ha den långa eller den korta versionen?"

Benen vek sig under Alyz när hon förstod vad han menade. Hon flämtade:

"M-men ... mamma... pappa!"

När Kiro såg hur rädd Alyz blev rusade han fram mot Taluta Krom med el-stöten riktad framför sig som ett svärd. Taluta Krom reagerade blixtsnabbt på hans attack och höll upp metalldosan framför sig som en sköld. I nästa stund träffade el-stöten metalldosan och blev strömförande. Det blixtrade till och en flammade båge av ljus träffade Kiro med en sådan kraft att han lyfte några decimeter innan han kastades i marken så våldsamt att all luft trycktes ur hans lungor och han förlorade medvetandet för en kort stund.

När han öppnade ögonen igen vrålade Pluto Vulcan:

"Vem tror du att du är, din förbannade slyngel?"

"Mina vänner kallar mig Kiro. Du kan … kalla mig Cactus …
Imbecillus Savant … Maximilian." stönade Kiro.

Han hade så ont att han var kritvit i ansiktet. Pluto Vulcan fortsatte
skrika som om Kiro var hörselskadad:

"Vilka anhöriga har du här i Sovsalen?"

"Bara m-min f-far. Min mor är försvunnen." mumlade Kiro.

"Vem är din far? Vilken befattning har han?"

"Han heter Megapotensa Ellips Maximilian. Han arbetar vid
vattenframställningen."

Ett stort sus gick genom gruppen av Humanoider när de hörde
namnet Megapotensa Ellips Maximilian. Alyz mindes vad Kiro
hade berättat om sin far. Hur han hade misshandlat Humanoiderna
när han var på dåligt humör. Och när han var på gott humör. Och,
förstås, när han inte var på något speciellt humör alls.

"Cactus Imbecillus Savant Maximilian! Se på mig när du talar
till mig, din eländige uppviglare!"

Kiro lyfte mödosamt på huvudet och såg upp på Pluto Vulcan.
Fastän han fortfarande låg hjälplös på marken och hade så ont att
han knappast kunde röra sig var hans blick så hånfull att Pluto
Vulcan blev rasande:

"Du och din lika vedervärdiga kamrat har hjälpt en underlägsen
Humanoid att konspirera mot mig, Pions Härskare! Straffet för ditt
brott måste bli kännbart."

"Men eftersom min barmhärtighet så stor att den saknar
motstycke i världshistorien, får din far ta straffet i ditt ställe."

Pluto Vulcan var pionröd i ansiktet och vrålade så spottet stänkte ur
munnen, medan han viftade med sin fria vänsterarm som en galen
dirigent:

"Humanoid G65X Taluta Krom! Eliminera energiflödet till
transformationskapseln med Megapotensa Ellips Maximilian!
Verkställ order genast!"

"Order uppfattad." sa Taluta Krom.

Kiro reste sig mödosamt upp på knä och bönade:

"Nej! Snälla! Gör det inte! Döda inte min far!"

Men det var för sent. Taluta Krom hade redan slagit in några siffror på metalldosan. Ett pip hördes från fjärrkontrollen och en liten röd lampa blinkade till. Från en av kokongerna någonstans i salen hördes ett krasande slafsigt ljud, inte helt olikt det från den köttätande växten i Biosfären.

"Order verkställd." sa Taluta Krom. "Objektet eliminerat."

Kiro sjönk ihop på golvet. Han var kritvit i ansiktet. Långsamt och på alla fyra, som ett sårat djur, kröp han bort från Pluto Vulcan, bort till Artificiella och Nano Zenit. Han skakade och gav ifrån sig konstiga läten, som om han inte fick luft.

Pluto Vulcan vrålade bakom hans rygg:

"Din otacksamme snorvalp! Du borde tacka mig för att jag skonar ditt liv!"

Neptunus Nebulosa hånskrattade där han hängde i Cassiopeias andra arm:

"Vad förväntade du dig, Pluto? Ett tacktal?"

Han började rycka och slita i sina armar för att komma loss, men Cassiopeia släppte inte sitt järngrepp om bröderna. Neptunus Nebulosa sa till sin bror:

"Gör lite nytta för en gångs skull! Se till att få loss oss från den här patetiska plåtpajasen! Eller kan du inte? Skryta är tydligen det enda du är bra på."

Broderns ord fick Pluto Vulcan att låta mer rasande än någonsin:

"Artificiella! Inser du inte vilken makt jag har? Några ord från mig och ni ar alla utrensade på två sekunder!"

Men Artificiella såg inte åt hans håll. Hon och Nano Zenit och Alyz satt och höll om Kiro som skakade okontrollerat.

"Kiro, jag visste inte att du tyckte om din far!" sa Alyz.

Kiro såg upp på henne och hans bruna ögon var lika tomma på uttryck som hans röst när han förklarade:

"Jag har alltid hatat honom. Jag ville att han skulle tycka om mig. Nu är det för sent."

En liten bit därifrån flaxade Fågel Grön runt Pluto Vulcan och skrek:

"Fadermördare, fadermördare, fadermördare!"

"Tig, din Förvuxna Spyfluga!" skrek Pluto Vulcan och slog med sin enda fria hand efter den lilla röda fågeln. "Äcklig Fågelmördare trasig hjärta, trasig hjärta!" kraxade Fågel Grön. "Ekvation möjlig. Äckligast universum." sa Cassiopeia SupraPion.

"Släpp oss! Omedelbart!" vrålade Neptunus Nebulosa.

Pluto Vulcan och Neptunus Nebulosa började sparka och hota och förolämpa Cassiopeia SupraPion. Men inga sparkar eller hot eller förolämpningar hade någon som helst effekt på henne. Hon förklarade långsamt för dem med sin metalliska röst:

"Neptunus Nebulosa svag hjärna. *Ja*. Inte bestämma. *Nej*. Pluto Vulcan svag hjärna. *Ja*. Inte bestämma. *Nej*. Artificiella bestämma. *Ja*."

Pluto Vulcan vrålade:

"Artificiella! Säg till den här jätteroboten att släppa oss omedelbart, annars ger jag order om att strypa energitillförseln till alla transformationskapslarna! Vill du det?"

Artificiella såg på den bleke mannen med sina svarta hål till ögon som sparkade så ursinnigt omkring sig att den pionröda slängkappan böljade, och hon svarade, långsamt och eftertänksamt:

"Nej. Jag vill inte att du ger order om att strypa energitillförseln till alla transformationskapslarna."

Så hon vände sig till Cassiopeia och sa:

"Tysta Neptunus Nebulosa och Pluto Vulcan! Genast!"

Cassiopeia spände blicken i Pluto Vulcan och Neptunus Nebulosa. Hennes ögon blev röda och sände ut ett skarpt ljus som borrade sig in i Pluto Vulcans och Neptunus Nebulosas ögon. De riste våldsamt och skrek *"fusk"* och *"mygel"*. Sedan blev deras kroppar alldeles slappa.

"Liten sovmorgon." sa Cassiopeia SupraPion.

*

29. Världens Bästa Medicin

Först blev det alldeles tyst. Sedan började alla applådera vilt. Fågel Grön flög runt kokongerna och lekte kamikazepilot och gjorde livsfarliga störtdyk-ningar mot de medvetslösa bröderna och kraxade "*Cassiopeia starkast universum*". Till och med Kiro drog lite på munnen.

"Nu måste vi vila en stund." sa Artificiella.

"Humanoiderna var döende för bara några timmar sedan. Sedan måste vi äta. Barnen är utsvultna och du själv har väl inte ätit på ganska länge, Nano?"

"Nej inte …inte på många ljusår, skulle jag tro."

"Nano Zenit hungrigast universum." sa Fågel Grön.

Cassiopeia SupraPions ögon snurrade ett varv och armarna med de två sovande despoterna ryckte till.

"Ljusår *längd-mått*. *Ja. Ljusår tids-mått. Nej.*"

"Nano Zenit tunnast universum." sa Fågel Grön.

Artificiella gick fram till Taluta Krom och lade sin hand på hennes axel. Taluta Krom ryckte till och borstade bort hennes hand som om den var en otäck insekt.

"Pluto Vulcan kommer inte att dela ut några fler order. Han har ingen makt längre. Jag föreslår att du ansluter dig till vår sida, Taluta."

"Jag lyder bara order från Pluto Vulcan om inte något annat har blivit sagt. Något annat har inte blivit sagt." sa Taluta Krom.

Hon blinkade mycket snabbt.

Nano Zenit närmade sig. Han försökte låta sträng.

"Jag är Pluto Vulcans trillingbror. Om du nu måste lyda någon kan du lika gärna lyda mig eftersom Pluto Vulcan och jag är exakt lika, genetiskt sett. Se själv!"

Nano Zenit lyfte upp sin handflata mot Taluta Kroms fjärrkontroll. Den skannade hans fingeravtryck och en lampa blinkade grönt.

"Inga genetiska avvikelser föreligger, vilket är anmärkningsvärt eftersom den yttre likheten är obefintlig. Det innebär att du rent genetiskt, är identisk med Pluto Vulcan."

"Ja!" sa Nano Zenit. "Konstigt va?"

Taluta Krom backade och började tala, mekaniskt och med en röst sträv och kall som Kuur:

"Jag upprepar: Jag lyder bara order från Pluto Vulcan om inte något annat har blivit sagt…"

"Ja, ja, ja." avbröt Nano Zenit. "Eftersom jag har denna identiska genetiska likhet som du själv just har sett, ber jag dig nu… nej, *beordrar* jag dig nu att beställa fram lite mat till oss! Gärna sån där mat som man kan tugga. Om du bara visste hur mycket jag har saknat det! Eller hur länge! Tack!"

Taluta Krom såg på honom och grimaserade. Hon var tydligen ovan vid vänlighet och tacksamhet.

"*Tack*", mumlade hon för sig själv, som om hon smakade på ordet.

"*Tack*", "*Tack*", "*Tack*".

Hon skakade på huvudet och försvann.

Längst inne i Sovsalen låg en hög med omonterade kokonger utan utvuxna näringskablar och nervtrådar, och utan inmonterade synapssensorkonver-terare. Kiro och Alyz hjälptes åt att placera de omogna kokongerna i en cirkel och slog sig ner. Kokongerna var mjuka och formade sig efter deras kroppar som vattenfyllda ballonger. De pekade på kokongerna och bad Humanoiderna sätta sig ner och vila en stund.

Men Humanoiderna ville inte vila. För första gången i deras miserabla liv var de fria och det ville de fira genom att framföra en fantastisk uppvisning.

Medan Nano Zenit spelade rymdmusik på sin flöjt dansade Kondensa Kilowatt, Gluona Dagg, Tauon Slam, Gel Joule och Myon Moln en magisk skuggdans i skenet från en liten järnlykta i cirkelns mitt. Alyz kände sig som en liten insekt, för i skenet av lyktan såg kokongerna ut som glänsande daggdroppar i taket från en liten grotta, och dansarna såg ut som älvor där de svävade ljudlöst mellan kokongerna.

När dansuppvisningen var klar gjorde Mellow Silver, Silke Stålsterling, Pur Platina, Sabiriskt Stål, Joni Järn, Röd Svavel och några andra Humanoider som Alyz ännu inte hade lärt sig namnet på, en akrobatisk balansuppvisning som nästan tog andan ur dem. Humanoiderna klättrade upp på varandra tills de nådde taket i Sovsalen och gjorde kullerbyttor och volter och livsfarliga konster högt över marken utan någon som helst rädsla.

Cassiopeia och Fågel Grön hade en livlig diskussion om universum. De var inte helt överens. Fågel Grön ansåg att universum var störst i universum medan Cassiopeia hävdade att universum var minst i universum.

Taluta Krom återvände med en självgående matroller lastad med Pions specialiteter. Alyz läste på expanso-förpackningarna;

"Crips-chips, plimbärspaj, regnflippor, sabatas, mazziki, slirpinier, strudli, matsikikotletter, kwisiplättar, spritzi-pizza, sulimitzi-biffar, sasasallad, trilpi-läsk."

Nano Zenit såg länge på matrollern och skatterna som trängdes där. Han lyfte upp en expanso-förpackning med *slirpinier* och tryckte den mot sina läppar.

"Oj." sa han drömmande. "Riktig mat! Jag var rädd för att Pluto och Neptunus hade avskaffat riktig mat och infört super-näringslösning istället. Det skulle vara så likt dem."

"Bara Humanoider dricker hans super-näringslösning. Inga människor skulle stå ut med den." sa Artificiella.

"Bara människor som är instängda i ett rymdskepp." sa Nano Zenit.

Artificiella och Nano Zenit såg på varandra. Deras vackra ögon uttryckte samma sorg, men i olika djupblå nyanser. I den stunden lade Alyz för första gången märke till hur lika de var, Artificiella och Nano Zenit.

Skratten ekade mellan kokongerna och de svarta bergväggarna i Sovsalen. Alla njöt av friheten och den underbara maten.

Det vill säga, alla utom Kiro. Han petade i maten och smugglade ner den i sina fickor när han trodde att ingen såg. Han satt och tänkte på någonting och tankarna såg ut att göra honom dyster. Men så fort han märkte att någon såg på honom sträckte han på sig och log och låtsades vara lika glad som alla de andra. Det var nog bara Alyz som förstod att Kiro hade sorg och att han sörjde en far han aldrig hade haft.

Artificiella klappade med händerna och kallade samman Humanoider, människor, Humanoid-Cyborg prototyp och en liten fågel runt sig.

"Lyss' allesammans! Vårt uppdrag närmar sig sitt slut men ännu återstår den svåraste delen. Jag litar på att vi alla gör vårt bästa."

Hon vände sig till Nano Zenit och sa:

"Lyss' Nano Zenit! Om en kort stund ska du och jag börja återvinna nybyggnarnas minnen från Minnestanken och kopiera tillbaka dem till rätt person. Du är den ende som kan härleda varje lidande till varje enskild individ. För oss andra låter varje lidande identiskt."

"Ja, jag tror att musiken kan vägleda oss." sa Nano Zenit allvarligt.

Artificiella vände sig till Humanoiderna och sa:

"Lyss' Humanoider! När Nano Zenit och jag har kopplat bort nybyggarna från transformationskapslarna ska vi väcka upp dem till medvetandetillstånd 2. De kommer att tro att de fortfarande drömmer. Då är det er tur! Ert uppdrag blir att föra nybyggarna tillbaka den väg de kom, genom Glömskans väg."

Humanoiderna nickade.

Artificiella vände sig till Cassiopeia och sa:

"Lyss' Cassiopeia! Under tiden Nano Zenit och jag försöker återvinna nybyggarnas minnen är det absolut nödvändigt att Pluto Vulcan och Neptunus Nebulosa fortsätter att sova!"

"Cassiopeia förstå order." sa Cassiopeia. "Pluto Vulcan och Neptunus Nebulosa sova. *Ja.*"

Slutligen vände sig Artificiella till Taluta Krom som stod vid sidan om de andra och tryckte fjärrkontrollen till sitt lila bröst.

"Lyss' Taluta Krom! Nu behöver jag fjärrkontrollen."

Alla väntade. Men ingenting hände. Taluta Krom stod tyst och gjorde inte en ansats till att lämna ifrån sig fjärrkontrollen.

"Var snäll och ge Artificiella fjärrkontrollen!" sa Nano Zenit.

Men Taluta Krom rörde sig inte ur fläcken.

Hon stod stilla och såg på dem med ett konstigt uttryck i ansiktet.

"Quid pro quo. "*Tack, tack, tack!*" sa hon bara.

Nano Zenit såg på Artificiella.

"*Quid pro quo.*" *Vad menar hon med det?*"

Artificiella blev blek i ansiktet. Hon blånade över kinderna och mumlade:

"De är latin och betyder ungefär "lika för lika". För några dagar sedan lurade jag Taluta Krom att dricka sömnmedel. Nu ger hon igen… "

"Med sömnmedel?"

"Eller något ännu värre."

"*Gift?*"

De såg på varandra under tystnad. Tillslut sa Artificiella.

"Tankemissar och misstankar! Nu är det bråttom!"

Hon vände sig till dem alla och ropade:

"Lyss' allesammans! Taluta Krom har överlistat oss! Hon har förgiftat maten. Vi måste få tag i fjärrkontrollen genast! *Annars... dör... människorna…*"

Hon grimaserade och höll om sin mage. Hon satte sig ner på huk. Själv började Alyz känna sig illamående och trött. Nano Zenit höll för munnen och stönade. Runt omkring dem började Humanoiderna jämra sig. Till och med Kiro kröp iväg och gnällde, trots att han inte hade svalt en smula av maten, eller en droppe av läsken.

Den enda som inte for illa var Taluta Krom. Och, förstås, Cassiopeia SupraPion som stampade så oroligt på golvet att kokongerna runt omkring henne började gunga.

Taluta Krom närmade sig Cassiopeia.

"Väck Härskaren Pluto Vulcan!" befallde hon.

"Pluto Vulcan liten sovmorgon. Ja." sa Cassiopeia.

"Sovmorgonen är över. Väck Härskaren!" sa Taluta Krom

"Ekvation inte möjlig. Nej." sa Cassiopeia.

Taluta Krom viftade med den runda fjärrkontrollen framför Cassiopeia.

"Ser du den här? Artificiella måste ha den. Du får den av mig om du väcker Pluto Vulcan och Neptunus Nebulosa och släpper dem."

Cassiopeia SupraPion stirrade på Taluta Krom. Hon sa:

"Ekvation inte möjlig. Artificiella ge order ha fjärrkontroll. *Ja.* Cassiopeia SupraPion väcka Pluto Vulcan. *Nej.* Ekvation inte möjlig. *Nej.*"

"Väck Härskaren Pluto Vulcan! Omedelbart! Han är Pions Härskare!"

Cassiopeias ögon började snurra och blev röda. Det började ryka ur hennes öron.

"Ekvation inte möjlig. *Nej.* Pluto Vulcan trasig hjärna. *Ja.* Pluto Vulcan ge order. *Nej.* Artificiella ge order. *Ja.* Artificiella ge order Pluto Vulcan sova. *Ja.*"

Det började rycka i Cassiopeias armar. Pluto Vulcan och Neptunus Nebulosa såg ut som två enorma trasdockor där de hängde och svängde i hennes järngrepp. Taluta Krom höll fjärrkontrollen nära Cassiopeias ansikte.

"Väck Pluto Vulcan och släpp ner honom! Annars får du inte fjärrkontrollen! Skynda på innan alla dör!"

"*Ekvation inte möjlig. Ekvation inte möjlig.*"

Cassiopeia visste inte vad hon skulle göra. Hon höll på att få en kortslutning i hjärnan. Vad hon än beslutade skulle hon gå emot en order. Och gjorde hon ingenting skulle alla dö.

Hon talade snabbare och snabbare och hennes röst blev tunnare och tunnare. Grågrön rök puffande ut ur hennes öron och hennes ögon glödde röda från inuti hennes skalle. Samtidigt svängde hennes starka armar som höll i de livlösa Pluto Vulcan och Neptunus Nebulosa så våldsamt fram och tillbaka att det slog gnistor runt omkring dem.

Alyz fick en känsla av att Cassiopeia SupraPion skulle explodera vilken sekund som helst. När hon tänkte på hur hemskt allting var, drog magen ihop sig som en knytnäve. Men hon kunde inte kräkas och illamåendet och huvudvärken blev bara värre och värre. Som i en dimma såg hon hur det rykte från Cassiopeias öron och hur hela Cassiopeia skakade när hon upprepade om och om igen:

"*Ekvation inte möjlig. Ekvation inte möjlig*".

Alyz tänkte:

"*Nu får hon kortslutning i sitt program och sprängs i bitar! Och alla vi andra är förgiftade. Till och med Kiro som inte ens har ätit någonting mår jättedåligt...*"

Världen omkring henne gungade som om hon befann sig under vattnet i en våldsam storm. Men för ett ögonblick tyckte hon att hon såg Kiro tassa omkring med två stavar fästa i skyddsoverallen och någonting i handen som såg ut som en liten flaska.

"*Nu vet jag att jag yrar. Kiro mår ju sämst av alla för han har sorg.*"
tänkte hon.

Kiro i Alyzs feberdröm lyfte handen. Han skrek någonting till Taluta Krom som fick henne att vända sig om. Då kastade han flaskans innehåll rakt i hennes ansikte. Ett vitt dammoln singlade ner över Taluta Krom. Hon gnuggade sina ögon och började klia sig överallt. Fjärrkontrollen föll i golvet med en skräll som gjorde så ont i Alyzs sjuka öron att hon ville gallskrika. Kiro tog upp den runda metalldosan.

"Varsågod!" sa han och gav den till Cassiopeia.

"Kiro friskast universum!" kraxade Fågel Grön.

Cassiopeias ögon slutade snurra och det slutade ryka från hennes öron. Vitt damm trängde ut från Taluta Kroms kläder. Hon frustade och skrek och vred sig och klöste med naglarna.

"Vad gnäller du för?" sa Kiro. "Vänta några timmar när det börjar klia på riktigt!"

"Jag står inte ut!"

"Då har jag ett förslag!" sa Kiro. "Ge mig ett motgift mot ditt gift så får du ett motgift mot mitt gift! Du först!"

Taluta Krom blängde på honom och skrek:

"Er enda räddning ar att ni kräks. Automaten därborta är full av super-näringslösning. Det är det nyttigaste och det äckligaste som finns. Ni kommer garanterat att kräkas, så bortskämda som ni är!"

Taluta Krom rullade runt på golvet och kliade sig överallt och skrek:

"Nu är det din tur, Cactus Imbecillus Savant Maximilian! Ge mig ett motgift! "

"Först måste jag kontrollera att du inte lurar oss." sa Kiro.

Han försvann och återvände med en hel dunk super-näringslösning och påsar att kräkas i.

"Gapa!" sa han.

När Alyz kände smaken av super-näringslösning på sin tunga förstod hon att det inte var en feberfantasi. För något så äckligt som super-näringslösning kan man bara inte fantisera ihop, hur sjuk man än är…

Så fort alla människor och Humanoider mådde lite bättre gav Kiro Taluta Krom ett motgift. Det var ett litet glas med en brun vätska i. Taluta Krom gnuggade sina ögon och ansikte och skvätte lite på overallen. Den var full med fula fläckar och små hål.

"Hoppas motgiftet fungerar!" viskade Kiro bakom handflatan.

"Vad var det för gift?" viskade Alyz.

"Klipulver. Och kaktustaggar. Världens bästa vapen. Kliar och sticks så man kan bli tokig."

"Och motgiftet?"

"Klistrig läk-lera. Världens bästa medicin. Minns du inte, Alyz?"

Så klart hon mindes!

Hon skulle aldrig behöva glömma.

*

30. *Ytvarelser i Vanlighetsdagar*

Många timmar senare stod Kiro och Alyz och såg på när Humanoiderna ledde ut människorna ur kokongerna. Människorna rörde sig långsamt som om de var omgivna av vatten. Plötsligt såg Alyz sina föräldrar och hon ville rusa fram och krama dem. De log mot flickan Alyz för hon fanns med i deras drömvärld i deras konstiga dröm och Alyz log tillbaka mot dem för de fanns med i hennes vakna värld som var precis lika konstig. Men de såg på varandra utan att se varandra. Det konstigaste av allt var att det verkade så normalt.

Kiro som stod bredvid Alyz sa med hård röst:

"Vänta bara, snart är allt precis som vanligt."

"Snart får jag träffa mina föräldrar!" sa Alyz.

Kiro såg på henne med blixtrande ögon.

"Föräldrar? Vad ska man med dem till? Svikare. Förtryckare. Jag har klarat mig bra utan."

Alyz visste inte vad hon skulle svara. Hon hade aldrig hört Kiro låta så bitter.

Utan att de hade märkt det hade Artificiella smugit sig upp bakom dem. Nu lade hon handen på Kiros axel och sa:

273

"Om du skulle ändra dig får du gärna bo hos Nano Zenit och mig. Vi lovar att inte svika dig eller förtrycka dig."

Kiro vände sig om. Han såg länge på Artificiella utan att säga någonting. Plötsligt såg han ut som en liten, övergiven pojke med slokande axlar och stora, sorgsna ögon. Det blänkte till i hans ögon. Underläppen darrade. Så slängde han sig in i Artificiellas famn och kramade henne hårt, hårt, som om han inte kunde släppa henne. De stod och höll om varandra länge, länge och det lät som om Kiro grät.

Tunga steg närmade sig den lilla gruppen och Cassiopeia SupraPion avbröt dem.

"Cassiopeia SupraPion inte förstå data? Cassiopeia SupraPion sovmorgon.Genast? *Ja? Nej?*"

Alyz såg upp på den väldiga varelsen som stod bakom dem.

"Lyss' Cassiopeia SupraPion! Vi kan inte riskera att Pluto Vulcan och Neptunus Nebulosa ställer till med en ny katastrof. De ska få varsitt laboratorium där de kan experimentera hur de vill men i fortsättningen måste de ha ständig övervakning, dygnet runt. Du är rätt Humanoid för det uppdraget!

Fågel Grön flög några varv runt dem och visslade så högt att det nästan slog lock i deras öron."

"Fågel Grön rätt Fågel Grön för det uppdraget!"

Varpå Cassiopeia SupraPion pyste lite grön rök ur öronen och sa:

"Ekvation möjlig. Cassiopeia SupraPion starkast universum. Fågel Grön roligast universum!"

"Taluta Krom då?" sa Alyz.

"Pluto Vulcan kommer att behöva en lydig assistent. Vem är lydigare än Taluta Krom?"

*

De återvände upp till Landningsrampen.

Artificiella och Nano Zenit gick runt rymdskeppet och inspekterade skadorna. De konstaterade att rymdskeppet var i mycket stort behov av service efter sin långa resa.

Lyckligtvis fanns Pions expert på rymdkommunikationer och rymdtransporter i närheten.

"Saknas pansar-bio-tempus-zon-assimilator-fibrer-stoff. *Ja.* Saknas OneiRismus." sa Cassiopeia SupraPion.

Kiro och Alyz nickade.

De såg på medan Cassiopeia rörde samman en blandning som bestod av fjäll från hennes egen konsthud mosade i några deciliter vatten tillsammans med pulvret från röda, gröna och blå Katalysoiter som först hade upphettats till 1000° med hjälp av Cassiopeia ultrasyn. Efter tre strykningar med *Oneirismus*, detta *pansar-bio-tempus-zon-assimilator-fibrer-stoff*, hade de förvandlat Nano Zenits rymdskepp till en Pionjär-zon-transportör; en fantastisk farkost som glänste i alla regnbågens färger.

Med gemensamma krafter placerade de Pluto Vulcan, Neptunus Nebulosa och Taluta Krom i bagageutrymmet, där de fick sova på en bädd av konservburkar med super-näringslösning under ett stort, klibbigt nät som höll dem på plats.

Artificiella, Nano Zenit, Cassiopeia, Kiro, Alyz och Fågel Grön steg in i rymdskeppets förarkabin. Svag musik sipprade ut från de blå väggarna.

När Cassiopeia hade blåst upp munskydden, som hade använts som fallskärmar, bärsele, sovmadrass, och flöjtputsare, och placerat dem över flygstolarna, vilade de tryggt som i ett fågelbo fyllt med det mjukaste dun, omgivna av den vackraste musik som någonsin hade hörts i universum.

Nano Zenit justerade förarsätet och instrumentpanelen så att Cassiopeias väldiga kropp fick plats i stolen där hans lilla späda kropp hade suttit tidigare.

Alla passagerare spände fast sina fixbälten medan Cassiopeia programmerade in nya koordinater i instrumentpanelen. Då och då lyste hela hennes kropp upp i en intensiv grön nyans. Det var när rymdskeppet vägrade ta emot de nya färdbeskrivningarna och skickade tillbaka informationen, förklarade Artificiella. Men Cassiopeia gav inte upp. Hon kämpade på, långsamt och metodiskt och rymdskeppet vaggade fram och tillbaka av hennes ansträngningar.

När de hade suttit och tittat på Cassiopeias slit en stund frågade Nano Zenit:

"Hur tog ni er ner till underjorden?"

"Den långa svåra vägen via Slussen." sa Artificiella.

Nano Zenit nickade.

"Den bästa vägen, den enda rätta." sa han tankfullt. "Den gick jag själv när jag var barn. Utan den erfarenheten tror jag inte jag hade överlevt min tid i rymdskeppet."

"Vad kommer att hända nu?" frågade Alyz.

"Nu ska vi upp till ytan." sa Artificiella. "Vi ska tillbaka till Vanlighetsdagarna och bli Ytvarelser. "

"Ytvarelser? Men vad kommer att hända med oss när vi blir Ytvarelser?"

"Ingenting. På ytan kommer allting att vara precis som vanligt med utbildning och plikter. Kiro kommer att flytta in i en ny tetraed med sin nya familj. Alyz kommer att få en ny pojke i sin kohort, det är allt."

Kiro och Alyz utbytte blickar.

De hade förhindrat översvämning och färskvattenbrist i kolonin.

De hade passerat Slussen och hamnat i Pluto Vulcans verkstad.

Efter många hårda strider hade de befriat nybyggarna från sin konstgjorda sömn i underjorden.

De hade inte precis latat sig den senaste tiden.

"Människorna kommer inte att tacka er." sa Artificiella som om hon hade läst deras tankar.

"Inte?"

"De kommer inte att minnas att de har blivit bortförda eller att ni befriade dem eller återgav dem deras dyrbaraste minnen. Men ni har viktigare saker att tänka på än deras uppskattning."

"H-har vi?"

"S-som *vad då* till exempel?"

"Ni två har kunskaper om den här planeten som de exceptionellt begåvade vetenskapsmännen inte ens kommer i närheten av. Det betyder att ni har ett ansvar för planetens överlevnad. Nano Zenit och jag vill att ni hjälper oss att skapa en bättre värld att leva i för alla levande varelser."

"Perfekt balans!" sa Fågel Grön.

En klar melodi hördes från kontrollpanelen och motorn gav ifrån sig små hummande ljud.

Den lilla farkosten gungade lite i vinddraget.

De steg stadigt.

Genom de små runda fönstergluggarna kunde de se hur de for upp genom geo-passagen.

Upp mot ytan.

Genom flytande röd metall, eld, rök och bubblande vatten. Katalysoiter slog mot zon-transportörens skal med små smällar som liknade fyrverkerier.

Inga mardrömmar störde deras resa tillbaka genom "Slussen".

Alyz var redo.

** SLUT **